한국 오백년 야사 (2)

이명수 저

지성문화사

가은산은 기암 괴석이 널려 있어 수석 전시장을 방불케 한다.

지성문화사

전통사회에서의 한국인은 충효(忠孝)와 신의(信義)를 바탕으로 하는 윤리적 도덕정신을 최고의 가치로 여겼습니다.

그러나 개화기를 기점으로 하여 오늘에 이르는 동안, 시대의 조류가 크게 변했습니다. 구미문화(歐美文化)의 범람으로 인하여 가치관 및 생활 양태에 상전벽해(桑田碧海)와 같은 변화가 생긴 것입니다.

이런 변화를 어떤 말로 표현할 수 있을까요? 한마디로 정신적인 가치 존중에서 물질적인 가치 존중으로 잠시 자리를 옮겼다고 해야 할 것입니다.

굳이 '잠시'라는 말에 방점을 찍은 이유는 다름이 아닙니다. 그것은 시대 사조(思潮)라는 것이 고정 불변하는 것이 아니라 끊임없이 부침하여 유전(流轉)하는 까닭입니다.

작금은 서구의 물질 문명에 길들여진 사람들, 그것을 잘 이용하는 사람들이 떵떵거리고 사는 세상인 것은 분명합니다. 그래서 사람들은 그것을 얻기 위해 아득바득 현실에 영합하고, 도도한 시대의 흐름에서 벗어나지 않으려고 무던히도 애를 씁니다.

그렇지만 과연 오늘을 지배하는 사조가 옳은 것일까요? 우리는 여기에서 인생의 참된 의의를 찾고 행복할 수 있을까요?

이런 물음에 대해서는 사람마다 견해가 다를 수 있겠지

만, 저는 우리의 고유 정서와 동떨어져 있다고 생각합니다.

세계 각 민족에게는 그 민족만이 강하게 지닌 어떤 고유한 자질을 어떤 형태로든 심성 속에 내재하고 있는데, 그것은 시대가 아무리 바뀌어도 쉽사리 변질되지 않습니다.

그리고 인간은 본디 고유성을 추구함으로써 만족과 행복을 느끼는 존재입니다. 다시 말해서 문화의 동질성을 공유하고, 보편적인 사고 방식이 자신과 비슷한 인간 집단에 속할 때 삶의 보람과 재미를 느끼는 것입니다.

그렇다면 한국인의 의식에 깊이 잠재된 순수한 본질은 무엇일까요? 또 그것을 어디에서 확인할 수 있을까요?

저는 오랜 세월을 두고 맥맥이 이어 온 문화적 전통 속에 그것이 있다고 믿습니다. 특히 역사 속에는 옛 조상들의 생각과 행동이 고스란히 담겨 있습니다.

어떤 상황에 처했을 때, 옛 사람이나 지금 사람이 비슷한 생각과 행동을 하게·되는 것이 바로 그 민족의 고유한 자질인 것입니다.

이 고유성이 항상 문화의 기초에 자리잡고 있으며, 국가를 지탱하고 발전시키는 원동력이 되는 것은 물론입니다.

이 책은 가치관의 혼란 시대에 사는 오늘의 한국인이 잠시 잊고 사는 민족성을 되살리자는 취지에서 기획한 작품입니다. 여기에 실린 조상들의 숨결은 국적없이 흔들리는 한국인의 영혼이 가야할 길을 밝혀주리라 믿습니다.

李明洙

훈향 청담
薰香清談

비담 야사
祕談野史

제3장

청등 야화
靑燈夜話

1

훈향청담
薰香淸談

아름다운 빈자(貧者)

춘추시대, 어느 송(宋)나라 사람이 보옥(寶玉)을 손에 넣었다. 그는 윗사람의 환심을 사기 위해 사성(司成) 벼슬에 있는 자한(子罕)에게 바쳤다.

"다시 가지고 가게나."

자한은 일언지하에 그것을 거부했다.

"이 옥은 세공사가 보증한 훌륭한 보옥입니다. 평소 존경하는 나으리께 드리는 저의 마음이오니, 거절하지 마시고 받아 주십시오."

이 말에 자한은 빙그레 웃으며 입을 열었다.

"내가 이 옥을 보니 틀림없이 훌륭한 보옥일세. 그리고 그대는 이 보옥을 몹시 귀한 보물로 여기고 있겠지?"

"그렇습니다."

"바로 그걸세. 나는 재물을 탐내지 않는 마음을 가장 귀한 보물로 여기고 있네. 만약 그대가 나에게 그 보옥을 준다면 그대는 보옥을 잃고, 나는 탐내지 않는다는 마음의 보옥을 잃게 되네. 내가 그것을 받지 않음으로써 두 사람이 모두 보물을 잃지 않게 되는데, 이보다 더 좋은 일이 어디 있겠는가?"(《좌전左傳》)

유관(柳寬)은 세종 때 우의정을 지낸 사람으로 청백리(淸白吏)에 녹선(錄選)된 조선의 명신(名臣)으로 호는 하정(夏亭)이다.

동대문구 신설동과 성북구 보문동에 걸쳐 있는 타원형 지역은 현재 번화한 거리로 변모했지만, 조선시대에는 우산각골(雨傘閣里)이라고 부르는 한적한 마을이었다.

세종 6년(1424)에 우의정에 오른 유관이 이 마을에 살았다. 그는 일찍이 고려 말부터 벼슬살이를 하였지만, 워낙 청렴결백한 사람이었고, 또 어려운 사람을 보고 그냥 지나치지를 못하여 항상 가난했다.

유관의 집은 동대문 밖에 있었는데, 울타리도 없는 삼간초가였다. 일국의 정승이 그런 집에서 산다는 소문은 세종의 귀에까지 들어갔다.

"음……!"

세종은 선공감(繕工監)을 불러 은밀히 분부를 내렸다.

"유정승이 울타리조차 없는 오막살이에 살고 있다 하니, 사정을 알아보고 오도록 하오."

어명을 받은 선공감은 즉시 대궐을 나와 동대문 밖에 있는 유관의 집으로 갔다. 과연 정승의 집치고는 너무 초라하

고 허름했다. 지나가는 행인들이 안방까지 들여다볼 정도
였다.

"허, 세상에……."

선공감은 자기가 본 그대로를 세종께 아뢰었다.

"그런 사람이 정승에 있는 것은 과인에게 홍복(洪福)이
아닐 수 없노라!"

세종은 크게 감탄하며 선공감에게 명을 내렸다.

"아무도 모르게 밤중에 가서 삿자리로나마 집을 둘러치
도록 하라. 유정승이 알게 해서는 안 되느니라."

"예, 분부대로 거행하겠습니다."

이렇게 해서 유관의 집에 갈대로 엮은 삿자리 울타리가
생겼다.

그 후 세종은 알게 모르게 유관을 도와주었지만, 그는 불
우한 사람을 위하여 아낌없이 다썼다.

서거정의 《필원잡기筆苑雜記》에 이런 내용이 나온다.

어느 해 여름, 장마가 한 달이 넘도록 지루하게 계속되
었다. 유정승의 허름한 초가는 오랫동안 이엉을 잇지 못해
지붕에서 물이 새어 방으로 줄줄 흘러내렸다.

유관은 우산을 쓰고 책을 읽고 있었고, 정경부인은 방에
찬 물을 밖으로 퍼내고 있었다. 이때 유관은 부인을 향해
이렇게 말했다.

"우산이 없는 사람들은 이 빗속에서 어떻게 지내겠소?"

부인은 이렇게 대답했다.

"우산이 없는 집은 다른 준비가 있겠지요."

이 말에 유관은 빙그레 웃었다.

이때부터 동네 사람들은 유관의 집을 우산각(雨傘閣)이라 불렀다. 또 이 동네에 우산각이 있다 해서 우산각리(雨傘閣里)라고 불렀는데, 훗날 우산각리의 음이 변해 우선동(遇仙洞)이 되었다고 한다.

유관은 청렴결백하면서도 성실한 사람이었다. 벼슬살이를 하면서도 쉬는 날이면 밭에 나가 손수 김을 매고 농사일을 하였다.

하루는 한 젊은 과객이 그곳을 지나다가 유관을 보았다. 과객이 보기에는 유관이 꼭 늙은 농군으로밖에 보이지 않았을 것이다.

"여보시오, 노인장! 먼길을 왔더니 몹시 목이 마르오. 물 좀 얻어 마실 수 없겠소?"

우물은 마을로 들어가야 있었고, 유관은 따로 준비한 물이 없었다. 그래서 유관은 마을로 가야 물을 마실 수 있다고 정중하게 일러주었다.

"그러니까 이렇게 부탁하는 것이 아니오."

젊은이는 거드름스럽게 계속 말을 이었다.

"영감이 좀 물을 떠다 주시오. 내가 수고비는 주리다."

유관은 젊은이의 얼굴을 유심히 보았다. 희멀쑥한 얼굴에 키가 늘씬한 그는 어느 부잣집 아들로 보였는데, 사람을 대하는 태도하며 말투에 버릇이 없었다.

"허허, 조금만 더 가면 마을이 있다오. 그러니 피곤하더라도 좀 더 걸으시오."

유관은 이렇게 말하고 김매기를 계속했다.

"쳇! 영감태기가 배가 불렀군. 돈을 준다는데……."

젊은이는 이렇게 투덜거리면서 침을 뱉았다.

'뉘 집 자식인지 모르지만 버릇이 너무 없군, 쯧쯧…….'

유관은 속으로 이렇게 생각하며 다시 젊은이의 얼굴을 보았다. 그러자 젊은이는 뚱한 표정으로 인사도 하지 않고 걸음을 옮겼다.

그로부터 며칠 후, 유관은 다른 정승들과 함께 호조판서의 잔치에 귀빈으로 참석했다.

"제 자식놈입니다."

한 젊은이가 절을 올렸다. 그런데 그는 며칠 전 물을 청했던 그 젊은이가 아닌가!

호판의 아들은 전혀 유관을 알아보지 못했다. 그럴만했다. 밭에서 김매기를 하던 노인을 누가 일국의 정승이라 생각할 수 있겠는가!

"여보게, 이 늙은이가 목이 마른데 물 좀 얻어 마실 수 없겠나? 내가 수고비는 주겠네."

유관은 짐짓 모른 체하며 점잖게 말했다. 이 말에 호판의 아들은 깜짝 놀라며 안색이 크게 변했다.

"소인이 지체 높으신 어르신을 몰라 뵙고 죽을 죄를 지었습니다."

호판의 아들은 백배사죄하며 용서를 빌었다.

유관은 정승의 반열에 올랐어도 제자들을 가르치는데 게을리하지 않았다. 때문에 배우러 오는 사람들이 많았는데, 언제나 찾아오는 사람의 이름을 묻지 않았다. 그것은 누구나 차별 없이 대해 주기 위해서 였다.

그의 청렴하고 고결한 인품을 존경하는 사람들은 어떻게

해서든지 그를 도와주려고 했다. 그러나 그는 단호히 거절했다.

"친구 사이에 재물을 나눠 쓰는 것은 의리일세. 그러나 헐벗고 굶주리지도 않는 친구에게 재물을 주는 것은 옳지 않네. 그런 재물이 있으면 불우한 사람을 돕게나."

유관은 집에 찾아오는 손님에 대해서는 지위 고하를 막론하고 친절히 대했다. 가난하지만 항상 몇 사발의 막걸리를 대접했는데, 안주는 소금에 절인 콩이 전부였다.

그러나 손님 접대가 형편없다고 말하는 사람은 아무도 없었다.

유관의 이름은 원래 '너그러울 관(寬)'을 쓴 것이 아니라 '볼 관(觀)'을 썼다. 《임하필기林下筆記》에 그가 이름을 바꾼 까닭이 나와 있다.

그의 아들 유계문(柳季聞)은 태종 8년(1408)에 문과에 급제하여 벼슬길에 올라 세종 때 경기도 관찰사(觀察使)로 제수되었다.

그러자 계문은 관직 이름의 관(觀) 자가 아버지의 이름과 같기 때문에 기휘(忌諱) 관습에 따라 벼슬을 사퇴하려고 했다.

세종이 사퇴를 반려하자, 유관은 스스로 이름을 바꾸면서 이렇게 말했다.

"아비가 자식의 앞길을 막아서야 되겠는가!"

유계문도 아버지의 성품을 닮아 청렴했다.

그는 문장과 글씨가 뛰어나서 태종이 승하(昇遐)하자 왕명을 받아 '금자법화경(金字法華經)'을 썼다.

세종 15년(1433) 5월, 유관은 78세로 세상을 떠났는데, 세종은 그의 죽음을 애통하게 여겨 흰옷을 입은 다음 백관을 거느리고 울었다고 한다.

한 나라의 정승이 유관처럼 청렴결백한 생활을 끝까지 지킨 것은 그리 흔한 일이 아니다.

그래서 선조 때의 실학자 이수광(李睟光)은, 유정승이 근근이 비를 가렸다는 고사(故事)를 널리 알리고, 그 유적과 정신을 후세에 기리기 위해 그 집터에 비우당(庇雨堂)을 지었다.

이 '비우정신(庇雨精神)'이야말로 조선시대 공직 사회에 청백한 기풍을 불어 넣었다고 할 수 있다.

해전(海田)은 말한다.

사람은 스스로의 인생 철학이 명확해야 한다. 철학이 없는 사람은 부정 불의와 타협하기 쉽고, 그로 인해 반드시 오명을 남기게 된다.

유관 정승의 깨끗한 삶이야말로 얼마나 멋지고 아름답고 향기로운가!

공부(功夫)라는 뜻

　신선당(信善堂) 조언수(趙彦秀)는 타고난 성정이 바르고 학문이 깊은 사람이었다. 그는 3조(三朝)에 역사하길 40년, 벼슬이 4경(四卿)에 이르렀으나 은퇴했을 때의 재산은 물려받은 집 한 칸이 전부였다. 그만큼 청빈을 생활화한 관리였다.

　명종(明宗) 때 참찬 벼슬에 있던 조언수는 특진관(特進官)으로 임금 앞에서 경서(經書)를 강론하는 자리에 참석했다.

　이날 명종은 강론에 참석한 많은 신하들을 향하여 이렇게 물었다.

　"공부(功夫)라는 두 자의 뜻은 대체 무엇이오?"

　난데없는 질문에 신하들은 서로의 얼굴만 바라보며 입을 다물고 있었다. 그러자 조언수가 조용히 아뢰었다.

　"공(功)이란 여공(女功)을 말함이며, 부(夫)란 전부(田夫)

를 가리키는 것입니다. 이 말은 여자가 길쌈을 부지런히 하고 농부가 힘써 농사일을 하듯이, 선비는 열심히 학문에 힘써야 된다는 뜻이옵니다."

이 말에 명종은 매우 흡족해 하였다.

판서를 깨우친 청렴한 서리(書吏)

천하를 주유(周遊)하던 공자(孔子)가 어느 날 해질녘에 승모(勝母)라는 마을에 당도했다. 공자는 몹시 지쳐 있었지만, 그 마을에서는 유숙하지 않았다. 또한 도천(盜泉) 옆을 지날 때, 심한 갈증을 느끼고 있었으나 그 샘물은 마시지 않았다.

그것은 어머니를 이겨내는 것은 자식의 도리에 어긋나는 일이며, 도천이라는 천한 이름을 가진 샘물을 마시는 일은 고고한 인품으로서 불명예스럽고 수치스러운 일이라고 생각했기 때문이다. (《설원說苑》)

김수팽(金壽彭)은 영조(英祖) 때 사람인데, 활달하고 절개가 대단했다. 아무리 자신에게 이익이 될지라도 그것이 옳은 일이 아니면 뜬구름처럼 여겼다.

그는 호조(戶曹)의 서리(書吏)로 있었는데, 그 천성이 청렴결백하여 좁쌀 한 톨도 사사로이 쓰는 일이 없었다.

그의 아우는 혜국(惠局)의 관리로 있었다. 어느 날 수팽이 아우의 집에 갔더니, 뜰에 항아리가 죽 놓여 있고, 항아리마다 염색하는 즙(汁)이 찰랑거리고 있었다.

그것을 본 수팽의 안색이 크게 변했다.

"도대체 이것이 무엇에 쓰는 물감이냐?"

형의 강직한 성격을 누구보다도 잘 알고 있는 아우가 조심스럽게 입을 열었다.

"예, 형님. 집안 살림에 보탬이 될까 해서 제 처가 염색하는 일을 하고 있습니다."

"뭐, 제수씨가 염색하는 일을 한다고?"

수팽의 차가운 말에 아우는 더듬거렸다.

"그, 그렇습니다."

"이 고얀 놈아!"

수팽은 불같이 화를 내며 아우를 꾸짖었다.

"우리 형제가 모두 나라의 녹을 받아 생계에는 지장이 없다. 그런데 관리의 집에서 이따위 영업을 하면, 우리보다 더 곤궁한 사람들은 무엇을 해먹고 살라고 이런단 말이냐?"

이렇게 꾸짖은 수팽은 즉시 모든 항아리를 뒤엎어 버렸다. 그러자 붉고 푸른 물감들이 온통 마당에서 수채로 철철 흘러내렸다.

"다시는 이따위 짓을 하지 말아라! 알았느냐?"

"예, 형님."

이런 일이 있고부터 수팽의 아우도 부업(副業)에 마음을 빼앗기지 않고, 관리로서의 청빈함을 지켰다.

하루는 수팽이 공문서의 결재를 받으려고 판서(判書)의 집에 가서 서명(署名)하기를 청했다.

그러나 판서는 손님과 더불어 바둑에 열중해 있었다.

"나으리, 먼저 결재부터 해주십시오."

"아, 알았네."

수팽이 거듭 청했지만 판서는, 알았다고 하면서도, 여전히 바둑만 계속 두고 있었다.

'음······!'

한참을 기다리고 있던 수팽의 미간이 꿈틀했다. 다음 순간 그는 재빨리 사랑 마루로 뛰어올라가 손으로 바둑판을 마구 휘저어 버렸다.

"허······!"

"허······!"

엉겁결에 당하는 일이라 판서와 손님은 약속이나 한듯이 눈을 크게 뜨고, 같은 소리를 토해내고만 있었다.

바둑판을 엉망으로 만들어 버린 수팽은 다시 뜰 아래로 내려와 힘있는 소리로 말했다.

"소인이 지금 나으리 앞에 죽을 죄를 지었습니다. 하지만 이것은 나라의 일이니 늦출 수 없습니다. 소인 대신 다른 사람을 채용해서 문서에 결재 하시기 바랍니다."

수팽은 문서를 마루 위에 놓고 돌아서서 성큼성큼 밖으로 걸어나갔다. 그제서야 판서는 그를 붙들고 사과하며 이렇게 말했다.

"허허, 이 사람아! 내가 결재를 속히 하지 않은 것은 과실이네. 그러나 자네도 바둑을 한번 두어 보게. 한번 시작한 바둑에서 손을 뗀다는 것이 그렇게 쉬운 일은 아닐세."

이렇듯 수팽은 공사에 있어서 성격이 대쪽같았다.

한번은 임금이 환관(宦官)에게 명하여 탁지(度支)에 있는 돈 십만 냥을 가져오라고 했다.

어명이 내려진 때는 초저녁이었다. 마침 수팽이 대궐의 숙직을 하고 있었는데, 환관이 와서 어명을 전했다.

"어명이오! 어서 십만 냥을 꺼내 주시오."

"내 선에서 처리할 수 있는 문제가 아니다."

수팽은 당당히 거부했다.

"어명을 거역할 셈이오?"

환관이 눈을 부라리며 엄포를 놓았다.

"아무리 어명이라도 호조판서의 결재 없이는 내줄 수가 없다. 내가 판서대감의 재가를 맡아올 때까지 기다려라."

수팽은 시간이 없다고 화를 내며 독촉하는 환관을 개의치 않고, 그 길로 판서의 집으로 달려가서 결재를 맡아온 후에 돈을 내주었다. 이때는 이미 날이 훤히 밝은 뒤였다.

임금은 환관을 통해서 이 말을 전해 듣고, 수팽의 처사를 가상히 여겼다.

호조의 탁지에는 바둑처럼 만들어 놓은 은(銀)을 많이 저장해 두었다. 이 은덩이는 봉부동(封不動)이라 하여 수백 년 동안 전해져 내려온 것인데, 어떠한 일이 있어도 손을 대지 않았다.

새로 부임한 모(某) 판서가 그것을 보고 한참 동안 만지

24

작거리다가,

"앙증맞군. 내 딸년의 패물을 하나 만들어 주면……."
하고 중얼거리면서 몇 개를 집어냈다.

곁에서 그것을 지켜보고 있던 수팽은 판서보다 더 많은
은을 집어내며 이렇게 말했다.

"소신은 대감보다 딸이 많습니다. 무려 다섯이나 되니 좀
많이 가져가야 하겠습니다."

"허……!"

판서는 무안하여 집었던 은덩이를 도로 놓았다. 그러자
수팽도 집었던 은덩이를 놓고 궤의 열쇠를 잠궜다.

이렇듯 수팽은 평생토록 청렴결백을 잃지 않고 살았다.

해전(海田)은 말한다.

윗물이 맑아야 아랫물이 맑다는 말은 진리에 가깝다. 세
상에는 흔히 벼슬이 높은 자가 부정한 짓을 하면서, 밑에
있는 사람들에게는 부정한 짓을 하지 말라고 경계한다. 이
는 큰 도둑이 작은 도둑을 나무라는 격이 아닌가!

슬픈 일이지만, 윗물이 맑지 않을 때는 아랫물이라도 스
스로 정화하는 노력이 있어야 한다. 그래야 부정과 부패의
연쇄반응이 생기지 않는다.

윗사람의 그릇된 점을 날카롭게 지적하여 개선시키는 김
수팽의 용기와 기절(氣節)은, 공직자의 귀감(龜鑑)이 아닐
수 없다.

청백리의 집안 단속

후한(後漢)의 양진(楊震)은 해박한 지식과 청렴결백으로 관서 공자(關西孔子)라는 칭호를 들었다.

그가 동래(東萊) 태수로 부임할 때 창읍(昌邑)이란 곳에서 하룻밤 묵게 되었다. 이때 창읍현령 왕밀(王密)이 밤에 찾아와서 10금(金)을 그에게 주었다. 양진은 그것을 거절하면서 좋게 타일렀다.

"나는 그대를 바른 사람이라고 믿었네. 그런데 그대가 나를 이렇게 대한단 말인가?"

이 말에 왕밀은 목소리를 낮췄다.

"지금은 밤중이라 아무도 아는 사람이 없습니다."

양진의 미간이 무섭게 꿈틀거리는가 싶더니, 비수같은 소리가 터져나왔다.

"뭐, 아무도 아는 사람이 없다고? 하늘이 알고, 땅이 알고, 그대가 알고, 내가 아는데, 어째서 아는 사람이 없단 말인가?"

여기에서 비롯된 성어가 '사지(四知)'이다. 이 말은 두 사람만의 비밀이라도 어느 때고 남에게 알려진다는 뜻으로 흔히 인용된다.

양병(楊秉)은 양진의 둘째 아들인데, 최고 벼슬인 태위 (台位) 자리에까지 올랐다. 그 또한 아버지 못지 않게 청렴하고 지조가 굳은 관리였다.

그는 젊었을 때 상처(喪妻)했지만, 죽을 때까지 재혼하지 않았다. 그는 누누이 다음과 같은 말을 강조했다.

"나는 마음을 흐트러뜨리지 않기 위해 경계하는 것이 세 가지 있다. 바로 술과 여자와 재물이다."

양진과 양병은 중국 역사에서 청백리의 귀감으로 추앙받고 있다.

우리 역사에서도 청백리는 적지 않다. 그중에서도 세종 때의 명재상 황희(黃喜)의 행적은 독보적이라고 말할 수 있다.

육조(六曹)의 판서를 두루 역임하면서 많은 업적을 남긴 황희는 세종 13년(1431), 일인지하 만인지상의 영의정에 올라 무려 18년 동안이나 봉직했다.

세종과 황희 정승의 만남은 곧 하늘과 땅, 비와 흙의 만남과 같았다. 세종이 하늘에서 비를 뿌리면 황희는 땅에서 싹을 트게 하고 자라게 하는 역할을 충실히 했다. 그리하여 세종 치하의 눈부신 태평성세를 이룩하는데 밑거름이 된 것이다.

황희가 영의정으로 봉직 당시 아들 치신(致身)이 호조판서의 자리에 올랐다.

치신은 당시 좌의정으로 있던 김정승의 딸과 혼인했다. 김부인은 빼어난 미모에 지성을 겸비한 요조숙녀였기 때문에 치신의 마음에 쏙 들었다.

그 당시의 혼례법은 이러했다.

여자가 시집와서 삼일째 되는 날 신부는 아침 일찍 시부모께 큰절을 올리고 이런 맹세를 했다.

"아내된 도리를 다하여 칠거지악(七去之惡)을 지킬 것을 맹세하옵니다. 귀밑머리가 파뿌리가 되도록 부모님께 효도하고, 남편 공경을 잘하며, 자식에게는 현모가 되겠습니다. 또한 동기간에 우애 있게 하고, 어른을 존경하며, 가문을 욕되게 하는 일이 없도록 하겠습니다."

신부의 이런 맹세가 끝난 후에 신랑은 처가에 재행(再行)하여 이렇게 아뢴다.

"따님을 낳고 곱게 기르시어 이 사람의 배필로 주셔서 감사하옵니다. 일평생 어김 없이 행복을 누리고 잘살겠습니다."

이런 절차가 끝나야 완전한 부부로 인정을 받았다.

며느리 김부인의 맹세를 받은 황희 정승은 무슨 일인지 아들의 재행을 허락하지 않았다.

"얘, 아가야!"

시아버지의 점잖으신 부름에 김부인은 공손히 대답했다.

"예, 아버님."

"너 지금 나가서 오곡밥 좀 지어 오너라."

실로 엉뚱한 분부였다.

"예, 곧 지어 올리겠습니다."

김부인은 대답을 하고 부엌으로 나왔지만, 하늘이 캄캄했다.

당시에는 밥짓고 빨래하는 것은 여자의 본분이었다. 그러나 귀한 집에서 자란 김부인은 하인들이 해주는 밥을 먹었지, 직접 밥을 지어본 일은 없었다.

'어떡하지……!'

김부인은 조바심에 발을 동동거렸다. 또 새색시가 밥도 짓지 못한다는 소문이 날까 두려워서 하인에게 묻지도 못했다.

'어떻게 되겠지.'

없는 용기를 내어 쌀·보리·수수·콩·팥을 물에 씻어 솥에다 집어넣고 물을 부었다.

'물은 이만큼 붓는 것이 맞는 걸까?'

모든 것이 처음해보는 일이라서 서툴고, 또 답답하기 짝이 없었다. 괜시리 울고 싶어졌다. 친정집 하녀가 그렇게 그리울 수가 없었다.

'이런 일을 당할 줄 알았으면…….'

살림을 배워 둘 걸, 하고 후회를 하였지만 부질없는 후회였다.

불을 때면서도 불안했다.

불을 얼마나 때었을까? 뿜어져 나오는 김으로 솥뚜껑이 들썩거리더니 밥이 타는 냄새가 났다.

"애야, 아직 멀었느냐?"

시어머니가 부엌으로 와서 넌지시 재촉했다.

"예, 어머니. 다 되었으니 곧 상을 올리겠습니다."

서둘러 상을 보아 밥상을 올렸다.

황정승은 밥상을 올리고 나가는 며느리의 수줍은 모습을 보다가 수저를 들었다. 한술 떠서 입에 넣고 씹어보니, 영 말이 아니었다.

쌀은 타고, 보리는 설익고, 콩과 팥은 딱딱하고, 수수는 떫어서 도무지 먹을 수가 없었다.

밥상이 그대로 물려 나오는 것을 본 김부인은 하늘이 노랗게 보였다.

'호된 꾸중을 하시겠지…….'

이제나 저제나 마음을 졸이며 꾸중을 기다리고 있는데, 다행인지 불행인지 그런 일은 생기지 않았다.

다음날 아침, 황정승은 다시 며느리를 불렀다.

"부르셨습니까, 아버님!"

김부인은 얼굴이 화끈 달아올라 감히 시아버지의 눈을 마주보지 못하고 기어들어가는 소리를 냈다.

"그래, 불렀다. 오늘은 조복(朝服)을 지어라."

김부인은 가슴이 철렁 내려앉는 것 같았다. 자기가 입는 치마 저고리조차도 꿰맬줄 모르는 주제에 조복을 짓는다는 것은 어림도 없는 일이었다. 그러나 누구의 분부라고 지을 줄 모른다고 하겠는가!

"예, 곧 지어 올리겠습니다."

간신히 대답은 하고 물러 나왔지만, 큰 걱정이 아닐 수 없었다. 옷감을 가져다가 하루 종일 끙끙거리며 주물러댔으나 옷감만 버렸다.

다음날 아침에 김부인은 안절부절못하며 시아버지께 문안을 드렸다. 그러자 황정승은 근엄한 소리로 사람을 불렀다.

"여봐라! 게 아무도 없느냐?"

"네이. 부르셨습니까, 대감마님?"

하인이 잽싸게 달려와 대답하자 황정승은 분부를 내렸다.

"오늘 당장 새아기를 과천에 데려다 주고 오너라."

이 말을 들은 김부인은 하늘이 와르르 무너져내리는 듯했다. 시집온 지 엿새만에 밥을 못짓고 바느질도 못한다고 소박을 맞은 것이다.

가마를 타고 친정으로 쫓겨가는 김부인의 마음은 이루 말할 수 없을 정도로 착잡하고 슬펐다.

'가문에 큰 죄를 짓고 부모님의 얼굴에 먹칠을 하였구나! 무슨 낯으로 부모님의 얼굴을 뵐까? 휴우…….'

나오는 것은 눈물과 한숨뿐이었다.

해질녘에 과천 친정에 도착했다. 황정승 댁의 하인들은 김부인을 대문 앞에 내려놓고 총총 사라져 버렸다.

'차라리 이대로 어디로 가서 죽어 버리는 것이…….'

김부인은 대문 앞을 서성거리면서 슬프고 우울한 생각을 했다.

"흑……!"

자신도 모르게 설움에 북받친 눈물이 터졌다.

'그래, 멀리 가서 죽자!'

비장한 결심을 하고 발걸음을 옮겼다. 그런데 농사일을 끝내고 돌아오는 하인들의 눈에 띄었다.

"아니, 아씨께서 어인 일이십니까?"

이리하여 김부인은 하는 수 없이 집으로 들어갔다. 마음은 천만근이나 되는 듯이 무거웠다.

"대감마님, 아씨께서 오셨습니다."

"뭐?"

하인이 아뢰는 말에 김정승은 즉시 사랑방 문을 열고 밖을 보았다. 보따리를 든 딸이 고개를 떨구고 서 있었다.

'아니, 쟤가…….'

김정승은 밀려드는 불안감을 감추지 못하고 주위를 두리번거렸다. 사위의 모습은 보이지 않았다.

"네, 서방은……?"

한결 높아진 목청은 떨리고 있었다.

김부인은 곧 쓰러질 것만 같은 몸을 애써 지탱하고 사랑으로 들어가서 큰절을 올렸다.

"아버님, 그간 기체후 일향 만강하셨습니까?"

문안을 여쭙는 김부인의 눈에서는 열루(熱淚)가 주르륵 흘러내렸다.

"아니, 얘야…….”

사태의 심각성을 짐작한 김정승의 얼굴은 몹시 어두워졌다. 의당 재행을 와야 할 사위는 오지 않고, 딸이 저런 꼴을 하고 온 것은 보통 일이 아니었다.

"대, 대체……, 무슨 일이냐?"

"흑……!"

김부인은 한참을 흐느끼며 울다가 아버지 앞에서 이실직고할 수밖에 없었다.

"뭐, 뭐라고? 밥을 못짓고 바느질을 못한다고 소박……."

김정승은 분에 겨워 몸을 부르르 떨며 어쩔 줄을 몰랐다.

세월, 무심한 세월은 인간의 슬픔을 모른다. 세상에 무슨 일이 생겨도 모든 일을 훌쩍 과거로 만들어 버린다. 김부인이 소박을 맞고 친정으로 돌아온 지도 어느덧 3년이 흘렀다.

화창한 어느 봄날 아침, 황정승은 아들 치신을 불렀다.

"아버님, 부르셨습니까?"

"오냐. 너 오늘 과천 좀 다녀오너라."

"과천이요?"

"그래, 네 처가에 가보아라."

"무, 무슨 일로……."

"글쎄, 가보면 무슨 일이 있을 것이니라."

"예, 다녀오겠습니다."

치신은 과천을 향하여 말을 달렸다. 신혼 초 엿새 만에 생이별을 한 아내의 모습이 눈에 삼삼하게 떠올랐다.

'어떻게 지내고 있을까?'

원망을 하고 있을 아내를 생각하니 아버지가 야속하게 생각되기도 했다. 그런데 3년이 지난 오늘에 와서야 별안간 가보라고 하시니, 영문을 몰라 얼떨떨했다.

"가보면 알겠지!"

치신은 잠시 말고삐를 늦추고 들판을 바라보았다. 때는 보릿가을이라 누렇게 익은 보리가 싱그러운 봄바람에 흔들거리고 있었다.

김정승은 마침 감농(監農)차 고향에 내려와 있었다. 그런데 농사일을 도맡아 하던 상머슴 셋이 고향에 다니러간 후에 돌아오지 않아 낙종(落種)을 못하고 있었다.

"이놈들이 영영 금년 농사를 망칠 생각이란 말인가!"

김정승의 얼굴에는 걱정스런 빛이 가득했다. 며칠전 상머슴들의 고향으로 사람을 보냈지만, 워낙 먼길이라 언제 올지 모르는 일이었다.

점심상을 막 받았을 때, 하인 하나가 허겁지겁 달려왔다.

"대감마님!"

"무엇이냐?"

"대감마님께서 행차하셨습니다."

"대감? 어느 대감이더냐?"

"예, 호조판서 대감이옵니다."

"뭣이, 호판……?"

"그러하옵니다."

"허! 그 사람이 어쩐 일로……?"

김정승은 사위가 찾아왔다는 말에 가슴이 뛰었다. 대궐에서 황정승과 사위를 자주 만났지만, 애써 딸의 문제에 대해서는 서로가 함구하고 지내오던 터였다.

'이제서야 데려가려나……?'

김정승은 황정승과 사위의 인품을 알고 있었다. 언젠가는 딸을 다시 데려갈 것으로 믿고 있었는데, 사위의 이번

행차가 예사롭게 생각되지 않았다.

"절 받으십시오."

치신은 장인과 장모에게 큰절을 올렸다.

"이 사람아, 전갈도 없이 어인 행차인가?"

3년 만에 사위의 방문을 받은 장모는 기쁨을 감추지 못했다.

"시장하실텐데 잠시만 기다리시게."

장모는 손수 점심을 준비하기 위해 밖으로 나갔다.

"빙장님, 집안에 무슨 걱정이 있사옵니까?"

치신은 집안에 감도는 무거운 분위기를 감지하고 이렇게 물었다.

"말 말게. 금년 농사를 망쳤어."

"예? 그게 무슨 말씀이십니까?"

"씨나락을 건져논 지가 벌써 한 달이 되었네. 볍씨가 다 말라 비틀어 졌는데도 아직 낙종을 못했으니 농사는 다 틀린 것이 아닌가?"

"허, 왜 여태 낙종을 하지 않으셨습니까? 지금쯤은 모가 커서 곧 심을 때가 되었는데……."

"그럴 만한 사정이 있었네."

김정승은 이맛살을 찌푸리며 계속 말을 이었다.

"해마다 우리집 낙종을 도맡아서 하던 상머슴 세 놈이 고향에 다니러 가더니 아직까지 돌아오지 않았네."

"허어 참! 빙장님도 딱하십니다. 그 상머슴들이 아니고는 이 동네에 상일꾼이 없다는 말씀입니까?"

"아닐세. 예로부터 우리집은 남의 손을 빌리면 폐농하는

폐단이 있다네. 그래서 그놈들이 돌아오기를 기다리다가
때를 놓친 것이네.”

“아무리 그래도…….”

치신은 안타까운 마음에 말꼬리를 흐리다가 문득 떠오르
는 생각이 있었다.

“빙장님, 그 일은 꼭 집안식구가 해야 된다는 말씀입니
까?”

“그렇다네. 그런데 내가 그것을 할 줄 알겠나, 자네 장모
가 그것을 하겠나?”

“말씀을 듣고 보니 그렇군요. 그러나 지금이라도 서두르
면 많이 늦지는 않았으니, 제가 한번 해보겠습니다.”

“뭐, 자네가?”

“예, 사위도 자식이 아니겠습니까?”

“그야 그렇지만…….”

김정승은 사위를 물끄러미 바라다보았다. 희멀쑥한 모습
으로 보아서, 또 그의 가문으로 보아서 농사일과는 거리가
멀게만 느껴졌다.

“빙장님, 걱정하지 마십시오. 제가 농사일은 조금 배웠
습니다. 점심을 먹고 곧 시작하겠으니, 우선 소와 쟁기를
준비해 주십시오.”

“허허, 귀한 집에서 자란 자네가 언제 농사일을 배웠단
말인가? 모를 일이로세.”

“어쨌든 맡겨만 주십시오.”

달게 점심을 먹은 치신은 옷을 사발잠방이로 갈아 입고
마당으로 나섰다. 그렇게 옷을 입으니 훌륭한 일꾼처럼 보

였다.

"허, 고놈의 소! 일 잘하게 생겼구나."

치신은 소의 잔등머리를 톡톡 치고 나서 지게를 졌다.

"논이 어디에 있습니까?"

하인이 앞장을 서고 치신이 뒤를 따랐다.

논은 집터에 딸려 있는 문전옥답이었다.

'저 사람이 과연 농사일을 해보았겠나?'

김정승은 이렇게 생각하며 사위의 행동을 주시했다.

치신은 조금도 주저하지 않고 논으로 들어가 쟁기질을 했다.

"이랴, 이랴! 쩟쩟……."

소를 다루며 쟁기질하는 품이 상머슴 이상이었다.

"영감, 황서방이 언제 저렇게 농사일을 해봤을까요?"

"글쎄, 말이오."

김정승 내외는 사위의 일하는 모습을 넋을 놓고 바라보고 있었다. 쟁기질을 끝낸 사위는 쟁기에 보습을 달고 써레질을 하였다. 일손이 어찌나 빠르고 정확한지 하인들도 감탄을 금하지 않았다.

"허, 정말 빈틈 없는 사람이로다. 우리 딸이 황정승 댁에서 쫓겨 난 이유를 이제야 알 것 같구료."

김정승은 부인을 향해 이렇게 말했다.

정경부인도 느끼는 바가 있어 하염없이 고개를 끄덕였다.

치신은 일을 시작한지 불과 서너 시간 만에 완벽하게 일을 끝내고 논둑으로 나왔다.

"빙모님, 일꾼에게 막걸리 한 사발 안 주십니까? 모처럼 일을 했더니 목이 칼칼합니다."

얼이 빠져 있던 정경부인은 당황하여 입을 열었다.

"이 사람아! 판서 대감께서 이런 곳에서 막걸리를 자신다는 것이 될법이나 한 일인가? 어서 집으로 가게나. 내 곧 주안상을 준비하겠네."

"아닙니다, 빙모님. 제가 지금 농부이지 대감입니까? 농부는 일하고 나서 목이 컬컬할 때 막걸리 한 사발 쭉 들이키는 것이 제격입니다. 그러니 막걸리나 한 사발 주십시오."

치신은 굳이 논두렁에서 막걸리를 한 사발 들이키고, 흐르는 개울물에 몸에 묻은 진흙을 깨끗이 씻었다.

집으로 돌아온 치신은 사발잠방이를 벗고 본래 입었던 옷으로 갈아 입었다. 다시 대감의 품위가 흘러 넘쳤다.

'음, 비록 내 사위지만 참으로 멋진 대장부로다!'

김정승은 자유자재로 행동하는 사위의 언행에 새삼 감탄하고 있었다. 그리고 자식을 그렇게 훌륭하게 교육시킨 황정승을 생각하니, 부끄러운 마음을 금할 길이 없었다.

"그럼, 저는 이만 돌아가 보겠습니다."

"아니, 이 사람아! 자네 처를 보지도 않고……."

장모가 화들짝 놀라 소리치자 치신은 겸연쩍게 말했다.

"제 아버지께서 아직 허락하지 않으셨습니다."

치신은 장인 장모에게 절을 올리고 밖으로 나와 훌쩍 말에 올라탔다.

한편, 김부인은 안채에서 남편이 오기를 학수고대하고

있었다. 3년을 하루같이 고대하고 기다리던 남편이었다. 정성을 다하여 곱게 단장했다. 시집갈 때 입던 옷을 차려 입고 사랑의 동정에 신경을 곤두세우고 있었다.

그런데 남편은 자기의 얼굴도 보지 않고 돌아가버린 것이었다. 그 가슴이야 오죽 하겠는가! 너무도 야속하여 가슴이 미어지는 것만 같았다.

"흐흑……."

나오는 것은 눈물뿐이었다.

부인을 보지 않고 집으로 돌아오는 치신의 마음도 편할 리는 없었다. 아버지가 무엇 때문에 처가에 다녀오라고 했는지도 알 수가 없었다. 그러나 처가의 망칠 뻔한 농사일을 했다는 사실에 가슴은 뿌듯했다.

밤이 깊어서야 집에 도착한 치신은 아버지를 뵙고 인사를 드렸다.

"아버님, 다녀왔습니다."

"오냐, 수고했다. 그래, 논에서 막걸리 한 사발 마셨겠지?"

"예? 아버지께서 어떻게 그것을……?"

치신은 깜짝 놀라 아버지를 보았다.

"하하, 피곤할 텐데 어서 가서 쉬어라."

밖으로 나온 치신은 연신 고개를 갸우뚱거렸다.

'아버지께서는 미리 그것을 아셨단 말씀인가?'

치신은 잠시 생각에 잠겨 있다가 고개를 주억거렸다. 좌견천리 입견만리(座見千里 立見萬里), 앉아서 천리를 보고, 서서 만리를 본다는 말은 아버지를 두고 하는 말이라는 생각이 들었다.

다음날 이른 아침, 황정승은 심복 하인 박서방을 불러 이렇게 분부를 내렸다.

"오늘 과천에 가서 아씨를 뫼시고 오너라."

한편 과천의 김정승은 어제 사위가 다녀간 다음 무엇인가 마음에 짚이는 바가 있었다. 그래서 딸을 시댁으로 보낼 만반의 준비를 끝내고 소식을 기다리고 있었다.

아니나 다를까. 오후에 한양 황정승 댁에서 사인교(四人轎)가 왔다. 아침부터 노심초사하고 있던 김정승은 이날 밤 한양에서 온 교군들을 잘 대접하고, 딸을 불러 여러 가지 당부를 했다.

"네 시아버지와 서방은 틀림없는 사람들이다. 각별히 언행을 조심하고 처신을 지혜롭게 해야 한다. 알겠느냐?"

"예, 명심하겠습니다."

김부인은 삼년 동안 부덕(婦德)을 쌓는 일에 조금도 게을리하지 않았다. 부엌일과 바느질은 철천지한이어서 눈을 감고 할 수 있을 만큼이나 능숙하게 되었다.

'이번에는 또 무슨 일을 시키실까?'

가마를 타고 시댁으로 가면서 김부인은 마음의 준비를 단단히 했다. 그리고 무슨 일을 시키더라도 자신이 있었다.

마침내 시댁에 도착했다. 초조한 마음으로 시부모 앞에 나아가 삼년 만에 큰절을 올렸다.

"아버님 어머님, 그간 기체후 일향 만강하셨사옵니까?"

"오냐. 네가 그동안 고생이 많았겠구나?"

자애로운 시아버지의 말에 김부인은 가슴이 찡했다. 가

볍게 고개를 저으며 말없이 처분을 기다렸다.

"……."

황정승은 연이틀에 걸쳐 삼년 전과 똑같은 일을 시켰다. 김부인은 조금도 주저하지 않고 그 일들을 척척 해냈다.

"하하, 가사에 조금도 빈틈이 없구나."

황정승은 아들 내외를 불러놓고 이렇게 말했다.

"아가, 네가 지난 삼년 동안 이 시애비를 많이 원망했을 것이다. 너는 정승의 며느리요, 판서의 아내이다. 그러니 네가 아니라도 밥짓고 바느질할 사람은 많이 있다. 그러나 잘 아는 주인 밑에서 일하는 사람의 자세와 잘 모르는 주인 밑에서 일하는 사람의 자세는 근본적으로 다른 법이다. 만일 네가 삼년 전과 같이 아무것도 모르는 사람이라면, 네 남편과 나는 집안 걱정을 떨칠 수가 없을 것이 아니겠느냐?"

황정승은 잠시 말을 끊었다가 다시 입을 열었다.

"나라의 일을 하는 사람이 집안 걱정을 해서야 무슨 일인들 제대로 할 수 있겠느냐? 이제는 네가 집안 일을 잘 맡아주게 되었으니, 이 시애비나 네 남편은 아무 걱정없이 국사에 전념할 수 있게 되었다. 이것이 바로 수신제가 치국평천하의 근본이다. 아가야, 이제 이 시애비의 마음을 알겠느냐?"

"예, 아버님. 너무 지당하신 교훈이십니다."

황희 정승은 이렇듯 집안을 다스리는 일에 신경을 썼다.

사실 인간의 감정은 몹시 델리킷한 것이어서, 무엇이 편하지 않으면 다른 일에도 영향을 받기 마련이다. 즉 집안일이 복잡하면 밖에서 하는 일에 전력투구할 수 없고, 바깥일이 순탄하지 못하면 집안마저 먹구름에 휩싸이기 쉬운 것이다.

그래서 옛 사람들은 수신제가 치국평천하를 무엇보다 강조했다. 자기 집안도 건사하지 못한 사람이 어떻게 국사를 잘 처리할 수 있겠는가?

해전은 말한다.

사람을 볼 때는 마땅히 그 집안을 먼저 보라. 집안이 순탄하지 못한 사람은, '반드시'라고 할만큼 그 사람 자신에게도 문제가 있다.

부귀영화로부터의 자유

공자께서 말씀하셨다.

"도가 행하여지지 않음을 내가 안다. 지혜로운 사람은 이를 지나치고, 어리석은 사람은 이에 미치지 못한다.

도가 밝혀지지 않음을 내가 안다. 어진 사람은 이를 지나치고, 불초한 사람은 이에 미치지 못한다."(《중용中庸》)

영조(英祖) 때의 최천익(崔天翼)은 자가 진숙(晉淑)이요, 흥해(興海) 사람이다.

오랫동안 고을의 아전(衙前)을 하던 집안의 아들로 태어난 천익은 어릴 때부터 총명하고, 또 학문을 좋아했다.

그가 학문에 힘을 써서 소년 시절에 진사에 합격하자, 그의 가문에서는 기대가 매우 컸다. 대과(大科)에 합격하여 가문의 명예를 높일 인물이라 믿어 의심치 않았다.

그러나 천익의 생각은 달랐다.

"나의 분수에는 이것으로 족하다. 사람이 자기의 분수를 잃고 행동하면 그나마 할 수 있는 사람 노릇마저 못하게 되는 법이다."

이렇듯 천익은 겸손한 사람이었다. 때문에 그는 대과에 응하지 않고, 죽을 때까지 후학을 기르는 일에 힘을 썼다.

천익은 학문이 깊고 높았기 때문에 문하(門下)에는 가르침을 청하는 사람들이 줄을 섰다. 그래도 그는 늘 근신하는 태도로 어진 선비를 만나면 반드시 나아가 공경할 줄 알았고, 언행이 흐트러지는 일이 없었다.

그러므로 천익을 아는 사람은 먼저 그의 인품을 칭찬하고, 그의 재주를 다음으로 칭찬하였다.

청천(靑泉) 신유환(申維翰)이 천익이 사는 홍해의 인근 연일(延日)의 원(員)으로 부임했다. 그는 문장이 탁월했고, 특히 시에 걸작품이 많아 문명이 드높은 사람이었다.

신유환의 시와 문장을 접하고 흠모하던 천익은 곧 찾아가서 원을 뵙고 제자가 되기를 청했다.

그러나 신유환도 천익의 높은 인품과 재주를 소문을 통해 많이 듣고 있었기에, 나름대로 그의 학문을 시험해 보았다. 과연 소문으로 듣던 바와 조금도 다름이 없었다.

"놀랍소, 정말……!"

신유환은 몹시 감탄하며 말을 이었다.

"나는 그대의 스승이 될 그릇은 아니오. 우리는 서로 벗으로 지내는 것이 좋을 듯하오."

신유환은 천익에게 책을 선사하며 벗이 되기를 청했다.

천익의 인품과 학식은 많은 사람을 감탄시켰다. 고을에 원으로 부임한 사람들은 누구나 천익을 공경하였으며, 비록 교만한 사람이라도 함부로 그를 멸시하지는 못했다.

또한 천익은 공사의 구분이 명확했다. 수십 년 동안이나 관청에 출입하며 고을의 수령과 막역하게 교우했지만, 한번도 청탁과 같은 일로 말이 생긴 적이 없었다.

한번은 천익의 일가가 송사에 휘말린 일이 있었다. 그 일가는 원님과 절친하게 지내는 천익이 힘을 쓰면, 반드시 송사에 이기리라고 생각하여 문턱이 닳도록 천익의 집을 드나들었다.

"자네가 힘 좀 써주게. 일가 좋다는 것이 뭔가? 은혜는 잊지 않겠네."

이런 말에 천익은 굳은 표정으로 고개를 저었다.

"어찌 개인적인 친분이 송사에 영향을 미칠 수 있다고 생각하오? 원의 판결은 곧 국법이오. 마땅히 국법에 따르는 것이 백성의 도리이니, 정당하지 못한 방법으로 국법을 문란시키는 일은 생각지도 마시오."

천익의 말소리는 온화하면서도 단호했다. 또 그는 한번 입 밖에 낸 말에 대해서는 어떤 일이 있더라도 지키는 사람이었다.

그래서 그는 일가의 송사가 완전히 끝날 때까지 관청에 얼씬도 하지 않았다. 혹시라도 자신으로 인하여 송사에 불공정함이 파고 드는 것을 저어했기 때문이었다.

"최진사는 공정하고 틀림없는 사람이다. 그 사람이 한번 안 된다고 했으면 안 된다. 그리고 항상 그의 생각은 옳았다."

청탁을 받지 않는 천익의 태도에 야속해 하던 사람들도, 나중에는 그의 판단이 옳았음을 인정했다.

그는 청빈한 사람이었기 때문에 생활은 항상 곤궁했다. 삼간 초가가 매우 낡은 것을 보고 고을 원이 집을 수리해 주려고 하였으나 굳이 사양하였다.

그의 명성을 듣고 멀고 가까운 곳에서 선비들이 찾아오 곤 했다. 워낙 궁색한 살림이었기 때문에 물질적인 대접은 풍족하지 못했지만, 마음으로는 정성을 다했다. 성의껏 술 과 음식을 대접하고 시와 학문을 논했다.

뜻이 통하는 사람들이 찾아오면 고금의 치란득실(治亂得 失)을 논하며 밤이 지새는 줄도 몰랐는데, 논리의 전개가 직절 명쾌(直截明快)했다.

"아아, 정말 놀랍소이다. 선생은 세상 역사를 손금을 가 리키듯 꿰뚫고 있는 분이십니다."

"이런 재주를 지니고 있으면서 왜 벼슬길에 나가지 않습 니까? 정말 아깝습니다."

"동량지재(棟梁之材)가 이런 벽촌에 숨어 있었소이다. 내 가 힘은 없지만 나라에 적극 천거를 해야겠소이다."

천익과 담론을 한 사람들은 모두 그의 박학다식함에 경 탄을 마지하지 않았고, 세상에 나아가 뜻을 펼치지 않는 것 에 대하여 애석하게 생각했다.

그러나 천익은 죽는 순간까지 초연(超然)한 자세를 지 켰다. 늙어서는 더욱 그를 따르는 사람들이 많았는데, 그가 지은 《농수시農叟詩》는 여러 문인들이 애송했다.

해전은 말한다.

최천익은 실로 장자(莊子) 풍격을 지닌 사람이었다. 이슬 같은 세상에서 부귀영화가 뭐 그리 대수로운 일이겠는가!

세상에는 항상 부귀영화를 누리면서 천하고 가련한 사람이 더 많은 법이며, 그것에 집착하는 사람치고 제대로 된 인생을 살다간 경우는 없다.

진정한 자유인은 끝없이 버리며 산다.

은자(隱者)의 노래

중국 허난 성〔河南省〕 잉수이〔潁水〕이 근처에 허유(許由)라는 선비가 살았다. 그는 세속적인 욕심이 전혀 없고 덕이 높아 명망이 높았다.

요(堯) 임금에게는 단주(丹朱)라는 아들이 있었지만, 몹시 어리석어 임금의 재목이 아니었다.

그래서 요임금은 덕이 높고 어진 허유에게 양위하려고 사신을 보냈다.

"세상에 나오셔서 백성을 다스려 주옵소서."

이 말을 들은 허유는 황급히 영천(潁川)으로 달려가 귀를 씻었다.

"아니, 왜 귀를 씻으십니까?"

사신이 따라와서 묻자 허유는 퉁명스럽게 말했다.

"나는 오늘 차마 들어서는 안 될 더러운 말을 들었어. 그래서 더러워진 귀를 씻는 게요."

"예……?"

사신은 너무 뜻밖의 말에 얼이 반쯤 빠진 눈으로 허유를 바라보고만 있었다. 이때 소보(巢父)라는 사람이 소에게 물을 먹이려고 강가로 왔다가 허유를 보고 물었다.

"왜 귀를 씻고 계십니까?"

"허, 참! 글쎄 나에게 임금을 하라고 하지 않소? 그런 불미스런 소리를 들은 귀를 씻지 않고 어떻게 견디겠소?"

허유의 이 말에 소보는 안도의 한숨을 크게 쉬며 이렇게 말했다.

"휴우, 큰일날 뻔했소. 그런 더러운 귀를 씻은 물을 우리 소에게 먹일 뻔했으니 말이오."

소보는 소에게 물을 먹이지도 않고 자꾸만 윗쪽으로 올라갔고, 허유는 기산(箕山)에 들어가 숨었다.

숙종(肅宗) 때 황해도 해주(海州) 땅에 전만거(田滿車)라는 선비가 살았다. 그는 학처럼 고고한 성품의 소유자였다. 세상사의 덧없음을 알고 일찍이 아내와 함께 세속을 떠나 수양산(首陽山) 아래에 은거했다. 낮에는 밭을 갈고, 밤으로 독서를 하며 고희(古稀)가 지나도록 욕심없이 살았다.

그래서 사람들은 그가 학식이 높고 어진 선비인 줄을 알지 못했다.

숙종 25년(1699), 나라에 크게 흉년이 들어 조정에서 청나라에 구호를 청하였다. 그러자 청나라에서는 산동에서

배를 띄워 곡식을 실어다가 이재민을 구제하였다.

이때 전만거는, 전조(前朝) 때 청나라에 당한 치욕을 생각하고, 다음과 같은 시를 지어 그 곡식을 사양하였다.

　　聞道燕山粟　東輸二萬斛
　　莫貸海西民　首陽薇蕨綠

　　내 들으니 청나라의 곡식을
　　동쪽으로 실어온 것이 2만 석
　　그것을 해서 백성들에게 꾸어주지 말라
　　수양산 고사리가 푸르지 않는가.

이 시가 세상에 알려지자 동방의 백이(百夷)·숙제(叔齊)가 나왔다고 하여 사람들이 그를 찾아 수양산으로 몰려들었다.

그러자 전만거는 다음과 같은 시를 남기고 아내와 함께 홀연히 어디론가 사라져 버렸다.

　　我本淸寒有一牛　輟耕閑放峽中秋
　　騎來不向人間路　恐飮富年洗耳流

　　나는 본디 청빈한데 밭 가는 소 한 마리가 유일하게 있네
　　밭을 갈다가 중추에는 소를 산골짜기에 놓아주었네
　　소를 타고 인간이 있는 곳에 가지 않는 것은
　　그 소가 혹 귀씻은 물을 먹지나 않을까 두려워함이로다.

해전은 말한다.

인간은 저마다 가치 실현을 통하여 행복을 추구하는 존재이다. 거기에서 생겨나는 것이 욕심이라는 이름의 아귀이다.

이 아귀는 항상 굶주려 있다. 때문에 바다는 메울 수가 있어도 이 아귀를 마음에 키우는 인간의 욕심은 채울 수가 없다.

본디 행복은 물질에 있는 것이 아니라 정신의 영역에 속해 있다. 그런데도 어리석은 인간들은 물질적인 것에 있다고 철석같이 믿으며, 그것을 쫓기에 혈안이 되어 있다.

항상 불만족한 부자와 만족하는 빈자, 누가 더 행복한 사람일까? 나는 후자를 택하고 싶다.

도둑의 개과천선

한(漢)나라 때의 사람 뇌의(雷義)는, 고결한 성품의 청렴한 관리였다. 그는 성실하고 공정하여 많은 좋은 일을 하였지만, 단 한번도 그것을 자신의 공로라고 자랑하지 않았다.

어느 날 뇌의는 억울한 누명을 쓰고 죽음에 임박해 있는 한 죄수의 목숨을 구해 주었다. 구사일생으로 목숨을 구하게 된 그 죄수는 뇌의의 집으로 찾아가 황금 두 근을 보답으로 주었다.

"나는 보답을 바라고 너를 살려준 것이 아니다. 공정하게 일을 처리한 것일 뿐이니 다시 가지고 가거라."

뇌의는 냉정하게 황금을 거절했다.

'음…….'

뇌의의 결백한 성품을 느낀 그 사람은 말없이 방을 나왔다. 그러나 생명의 은인에게 보답을 하지 않을 수도 없고 해서, 생각 끝에 그 황금을 은밀히 지붕 위에 던져 놓고 돌아갔다.

'지붕을 이을 때 발견하시겠지……'

과연 뇌의는 지붕을 이을 때 그 황금을 발견했다.

"이것은 아무개의 것이다. 당장 가져다 주어라."

그러나 그 사람은 이미 죽은 후였다. 황금을 주인에게 돌려줄 수 없게 된 뇌의는 그것을 관청의 아전에게 맡겨 공금으로 사용하게 했다.

깊은 밤이었다. 어둡고 적막한 골목길을 한 사나이가 어슬렁거리며 걷고 있었다. 무엇을 살피듯 주변을 두리번거리는 사나이의 두 눈은, 먹이감을 찾는 짐승의 그것을 연상케했다.

"흠……!"

어느 집 앞에서 우뚝 걸음을 멈춘 사나이는 나직하면서도 기묘한 소리를 토해내며 다시 주위를 살폈다. 야심한 시각이라 인적이 끊긴 지는 오래였다.

'이 집에 뭔가 있겠군!'

사나이는 재빨리 담을 넘어 안으로 들어갔다. 능숙한 솜씨였다. 민첩하게 마당을 가로질러 대청 앞으로 가서 잠시 숨을 멈췄다. 방의 불은 꺼져 있었고, 들릴듯 말듯한 코고는 소리가 안방에서 새어나왔다.

"후후, 손님이 왔는데도 세상 모르고 잠에 빠져있군 그래? 암, 그래야 나 같은 사람이 먹고 살지."

도둑은 이렇게 중얼거리면서 대청마루로 올라갔다. 발소

리를 죽이고 이곳 저곳을 샅샅이 살폈다.

"아니, 이게 뭐야! 아무 것도 없잖아!"

대청에는 값 나갈 물건이라고는 하나도 없었다.

"쳇, 잘못 들어온 것이 아닐까?"

도둑은 투덜거리면서 부엌으로 들어섰다. 더듬더듬 부엌 안을 뒤져 보았다. 그러나 거기에도 집어갈 만한 물건은 아무 것도 없었다.

"허, 이것 참! 재수에 옴이 붙었나?"

도둑은 어둠에 눈이 익어 어렴풋이 보이기 시작한 부엌 안을 다시 한번 천천히 둘러보았다. 부뚜막에 옹솥이 하나 걸려 있고, 자질구레한 집기가 몇 개 있을 뿐이었다.

"세상에 이렇게 가난한 집도 있나! 이 집에 비하면 우리 집은 큰 부자일세, 부자. 쯧쯧……!"

도둑은 딱하다는 듯이 혀를 찼다. 그러다가 무슨 생각이 들었는지 솥뚜껑을 열고 손을 넣어 보았다.

"허, 이 집 사람들은 밥도 안 먹고 사나?"

솥 안은 바짝 말라 있었다. 적어도 오늘 하루는 밥을 지은 적이 없는 솥이 분명했다.

"누가 주인인지 얼굴 한 번 보고 싶군."

도둑은 끼니마저 거르고 사는 주인의 얼굴이 보고 싶었다. 얼마나 한심하고 무능한 인물이기에 목구멍에 거미줄을 치고 사는지가 궁금했던 것일까?

"그런 놈을 봐서 뭣해!"

도둑은 이렇게 중얼거리며 부엌을 나왔다.

'내일도 굶을 것이 아닌가?'

 문득 이런 생각이 들어서 걸음을 멈추었다.

 '굶든지 말든지 내가 상관할 게 뭐야.'

 도둑은 다시 성큼성큼 걸음을 옮겼다.

 "그래도 아니지. 세상에서 굶주리는 것보다 더 비참한 일이 무엇이 있을라고…….."

 도둑은 다시 걸음을 멈추고 허리춤을 만졌다. 어느 집에선가 훔친 엽전 꾸러미가 만져졌다.

 "내가 무슨 짓을 하려고…….."

 이렇게 중얼거리면서도 엽전 꾸러미를 꺼냈다.

 "도둑놈이 누구를 동정한단 말인가!"

 도둑은 다섯 냥을 떼어내어 부뚜막에 올려 놓고 그 집을 나왔다. 훔치러 왔다가 도리어 도와주고 가게 된 셈이다.

 도둑으로 하여금 절로 동정심이 우러나오게 한 그 집은, 남양(南陽) 홍기섭(洪耆燮)의 집이었다. 그는 미관말직인 참봉 벼슬을 하고 있었는데, 사람이 너무 강직하고 청렴하여 가난하기가 이루 말할 수 없었다. 물론 나라에서 받는 녹으로 풍족하지는 않지만 가족은 먹고 살만했다. 그러나 그의 주변에는 돌봐주어야 할 가난한 일가친척이 너무 많았다.

 다음날 아침, 홍기섭의 부인이 부엌으로 나가 부뚜막을 보니, 난데없는 돈이 놓여 있지 않은가!

 "엉? 웬 돈이…….."

 깜짝 놀란 부인은 돈을 집어들고 방으로 들어갔다.

 "여보, 여보!"

 "왜 그러시오?"

 책을 읽고 있던 홍기섭은 부인의 호들갑에 이맛살을 찌

푸리며 고개를 돌렸다.

"부뚜막에 이 돈이 있었어요."

부인은 손에 든 돈을 흔들면서 급히 말을 이었다.

"대체 누가 이 돈을 우리 부뚜막에 놓은 것일까요?"

"……!"

홍기섭은 말없이 눈을 지그시 감고 생각에 잠겼다.

"우리가 너무 가난한 것을 알고 하늘에서 도운 것이 아닐까요? 그러지 않고서야……."

부인은 이렇게 말하며 남편의 표정을 살폈다. 이 정도의 돈이면 며칠 동안 양식 걱정을 하지 않아도 될만했다.

"그러잖아도 양식거리가 뚝 떨어져 걱정을 했는데, 마침 잘됐지 뭡니까? 당장 양식을 사와 아침을 지어……."

부인의 이 말이 미처 끝나기도 전에 남편이 꾸짖는 목소리로 말허리를 잘랐다.

"그게 무슨 당치 않은 말이오! 그 돈은 우리 것이 아니오. 그리고 무슨 돈인지도 알 수 없는데, 어찌 함부로 쓸 수 있단 말이오?"

홍기섭은 단호하게 못을 박고 나서 이렇게 썼다.

주운 돈을 간직하고 있으니, 잃은 자는 와서 찾아가시오.

홍기섭은 조금도 주저하지 않고 그것을 담벼락에 붙였다.

부인은 당장에 양식거리가 없던 차에 좋아하다가 그만 남편의 외고집에 고개를 떨구었다. 야속한 생각이 들고 화도 났다. 그것을 참으려고 하다 보니 자기도 모르게 눈시울이 뜨거워지는가 싶더니 눈물이 흘러내렸다.

한편 전날 밤에 돈을 놓고 갔던 도둑이 해질녘에 그 집 앞을 지나게 되었다. 몇 사람이 담벼락에 붙은 방문을 보면서 수군거리고 있었다.

'무슨 일이지?'

도둑은 호기심이 동하여 사람들 틈에 섞여 담벼락에 붙어 있는 방을 보았다.

"허!"

그는 화들짝 놀라 한걸음 뒤로 물러났다. 무엇인가로 뒤통수를 새차게 얻어맞은 것 같은 느낌을 받았다.

'세상에 저런 사람도 있었구나!'

강렬하고도 뜨거운 기류가 온몸을 훑고 지나갔다.

'누군지는 모르지만……, 그 사람도 나와 똑같은 사람일 텐데…….'

도둑은 양심의 가책을 받아 마음이 몹시도 아팠다.

'대체 어떤 분인지 한번 뵙고 싶구나.'

도둑은 거역할 수 없는 힘에 이끌린 사람처럼 그 집으로 들어가서 주인을 찾았다.

"어디서 온 뉘시오?"

"아, 예……."

홍기섭의 물음에 도둑은 몸둘 바를 몰라했다.

"저어, 다름이 아니라…….."

도둑은 힘겹게 자초지종을 말한 후에 이렇게 덧붙였다.

"그러니 조금도 개의치 마시고 그 돈을 받아 주십시오.

이런 일은 제 생전 처음 있는 일입니다."

"……."

홍기섭은 말없이 도둑의 얼굴을 물끄러미 쳐다보았다. 자기의 잘못을 솔직히 고백하는 용기가 가상했다. 그러나 까닭없이 남의 돈을 받을 수는 없는 일이었다.

"나는 당신의 도움을 받을 이유가 없소. 그리고 당신이 생각하는 것처럼 불쌍하지도 않소. 나는 끼니를 굶는 것보다 양심에 어긋난 일을 하는 것을 더 가련하게 생각하는 사람이오. 그러니 어서 이 돈을 가지고 가시오."

"……."

도둑은 고개를 푹 떨구고 장승처럼 그 자리에 서 있었다. 홍기섭이 아무리 돌아가라고 말을 해도 그는 꼼짝도 하지 않았다. 그러는 동안 시간이 한참 흘렀다.

"대체 왜 돌아가지 않고 그러고 있는 게요? 밤이 깊었으니 어서 돌아가시오."

홍기섭은 부드럽게 타일렀다. 그러자 도둑은 털썩 무릎을 꿇고 이렇게 말했다.

"정말 부끄럽습니다. 저처럼 형편없는 죄인도 사람 구실을 할 수 있겠습니까?"

"물론입니다."

홍기섭은 도둑을 일으켜 세우며 말을 이었다.

"자신의 과오를 뉘우치는 것은 무엇보다 용기가 필요한 것입니다. 당신은 용기 있는 사람입니다. 용기 있는 당신이 무엇인들 못하겠습니까?"

"너무 고마우신 말씀이십니다. 으흑……."

　도둑은 갑자기 어깨를 들먹이며 흐느꼈다.

　이윽고 흐느끼기를 멈춘 도둑은 한결 가라앉은 소리로 입을 열었다.

　"저에게 사람의 도리를 가르쳐 주십시오. 스승으로 삼고 열심히 배우고 싶습니다."

　"음……. 좋소, 그렇게 합시다."

　홍기섭은 도둑의 태도에 감복하여 흔쾌히 승낙했다.

　이 도둑은 유덕원(柳德源)이라는 사람인데, 근본이 천한 사람은 아니었다. 몰락한 양반의 후손인 그는 이런 인연으로 말미암아 남양에게 글공부를 하게 되었다.

　개과천선한 유덕원은 넌지시 물심양면으로 스승인 홍기섭을 도왔다. 그리하여 홍기섭은 끼니를 굶는 구차함은 면할 수 있었다.

　나중에 유덕원도 벼슬길에 올라 현감(縣監)을 지냈는데, 끝까지 홍기섭을 은인으로 생각하여 정성을 다했다.

　그로부터 얼마 후, 홍기섭은 영안부원군(永安府院君) 김조순(金祖淳)의 눈에 들게 되어, 무시로 그 집을 출입하였다.

　김조순은 홍기섭의 강직하고 고결한 성품을 아껴 빈객으로 접대했다. 이무렵 김조순의 집안 조카뻘이 되는 젊은 미망인이 그 집에 침모(針母)로 있었다.

　김조순은 그녀를 가련하게 여겨 좋은 인연을 맺어 주려고 생각하고 있었다. 홍기섭을 마음에 둔 김조순은 어느 하루 넌지시 그녀를 불러 이렇게 운을 뗐다.

　"애야, 젊은 나이에 언제까지나 홀몸으로 지낼 수 있겠느냐? 내가 좋은 사람을 알고 있는데, 중신을 서면 어떻겠느냐?"

"……."

이 말에 침모는 대답없이 얼굴을 붉혔다.

"허허……. 네 뜻이 있는 것으로 알고 내가 오늘 당장 그 일을 추진하도록 하겠다."

김조순은 즉시로 홍기섭에게 사람을 보내고, 총명한 상노아이를 불러서 무엇인가를 일렀다.

해질녘에 홍기섭은 김조순의 집 솟을대문을 들어섰다. 이때 상노아이가 달려나와 인사를 올리고 말했다.

"대감님께서는 지금 문 밖의 정자에 납시어 계시옵니다. 나으리께서 오시면 그곳으로 모셔 오라고 하셨으니, 소인이 뫼시겠습니다."

상노아이는 급히 안으로 들어가서 나귀 한 마리를 끌고 왔다. 나귀의 등에는 화려하게 수놓은 안장이 얹어져 있었다.

"이 나귀에 오르십시오."

"나귀를 타고 갈만큼 정자가 먼 곳에 있느냐?"

홍기섭의 물음에 상노아이는 뒤통수를 긁으며 야릇하게 웃었다.

"헤헤, 조금만 가시면 되옵니다."

홍기섭이 나귀를 타자 상노는 고삐를 잡고 옆에서 인도했다. 동소문을 지나 성북동 골짜기에 접어들었을 때는 이미 날이 저물었다.

어느 집 대문 앞에서 걸음을 멈춘 상노는 대문을 두드려 사람을 불렀다. 이윽고 대문이 열리고 하녀가 얼굴을 내밀었다.

"어서오십시오, 나으리."

하녀는 공손히 인사하고 홍기섭을 집안으로 안내했다.

"이 방으로 드십시오."

하녀가 안내한 방은 텅 비어 있었다. 황초가 타고 있는 방의 아랫목에는 화려한 꽃방석 하나가 놓여 있었다.

'대감께서 왜 이런 곳까지 나를 청하셨을까? 무슨 긴한 말씀이 있으시나?'

홍기섭은 윗목에 앉으며 방안을 둘러보았다. 고급스런 가재도구가 잘 정돈되어 있는 방은 깨끗했고, 은은한 향기마저 감돌고 있었다.

잠시 후 밖에서 인기척이 들렸다. 홍기섭은 몸을 곧추 세우고 자세를 바로 했다. 그런데 방으로 들어온 사람은 영안부원군이 아니라 젊은 여인이었다.

"나으리, 밑으로 내려가서 좌정하십시오."

여인은 은방울을 흔드는 것과 같은 소리로 말했다.

"부원군 대감께서는……."

홍기섭은 엉거주춤 몸을 일으키며 어눌하게 물었다.

"좌정을 하시면 여쭙겠습니다."

엉겁결에 아랫목의 꽃방석에 앉게 된 홍기섭은 눈을 들어 여인의 얼굴을 보았다. 30세 전후의 아름다운 여인이었다. 피부가 백옥같이 희고, 이목구비의 생김생김이 흠잡을 데가 없었다.

여인은 우아한 동작으로 배례를 하였다. 천만 뜻밖의 일

이었다. 모르는 여인으로부터 절을 받은 홍기섭은 영문을
몰라 어안이 벙벙했다.

"부인은 뉘신데……?"

이 물음에 여인은 꽃잎처럼 수줍게 웃으며 입을 열었다.

"나으리, 아녀자의 몸으로 이렇게 귀하신 나으리를 영접
하는 무례를 용서하십시오. 시장하실 터이니 곧 진짓상을
올리겠사옵니다."

여인은 이렇게 말하고 밖으로 나갔다.

"허, 대체 이게 무슨 일인가? 혹시 내가 꿈을 꾸거나 무
엇에 홀린 것이 아닐까?"

믿을 수가 없어서 지그시 허벅지를 꼬집어 보았다. 허벅
지의 살점이 아픈 것으로 보아서 꿈이 아닌 것은 분명했다.

'여기에는 분명 내가 알지 못하는 곡절이 있다!'

이렇게 생각하고 있을 때, 방문이 열리고 음식상이 들어
왔다. 두 사람의 하녀가 힘겹게 들고 들어오는 식교자는 실
로 놀랄 만한 진수성찬이었다. 상위에 가득 차린 만반진수
로 그야말로 상다리가 휠 정도였다.

"식기 전에 어서 드십시오."

홍기섭은 음식을 권하는 여인의 얼굴을 뚫어져라 바라보
며 이렇게 말했다.

"대체 여기가 어디며, 부인은 뉘시오? 그리고 부원군 대
감께서는 지금 어디에 계시오?"

"예, 지금부터 여쭙겠습니다."

여인은 이렇게 말한 다음 섬섬옥수로 상가에 놓여진 주
전자를 들었다. 조심스런 동작으로 술을 따르는데, 그윽한

국화 향기가 진동했다.

"소첩이 약주 한잔 올리겠습니다."

여인이 술잔을 올리자 홍기섭은 대경실색하며 고개를 돌렸다.

"낯선 남녀가 이렇게 자리를 함께 하는 것도 법도에 어긋나는 일이오. 그런데 술까지 권하는 것은 실로 해괴한 일이 아니겠소?"

준엄하게 꾸짖는 말에 여인은 야릇한 표정을 지으며 홍기섭의 옆얼굴을 응시했다.

"나으리, 소첩도 남녀유별의 법도는 아옵니다. 그러나 인연에 따라 부부의 연을 맺을 사이라면, 약주 한잔 올리는 것이 큰 허물이 되겠습니까?"

"뭐……?"

홍기섭의 눈이 왕방울만큼이나 커졌다.

"인연에 따라 부부의 연을 맺는다고……?"

목소리가 심하게 떨리고 있었다.

"그러하옵니다. 다름이 아니옵고……."

여인은 차분한 목소리로 그 자리가 있게 된 까닭을 말했다.

"허! 모두가 부원군 대감께서 꾸미신 일이라 그 말씀이오?"

"그러하옵니다."

홍기섭은 난처했다. 여인의 사람됨과 아름다운 자태에 마음이 흔들리지 않는 것은 아니었다. 그렇지만 끼니를 걱정하는 자신의 처지로써 소실을 둔다는 것은 분수에 맞지 않는 일이었다.

"고마우신 배려입니다만……."

그는 여인의 감정이 상하지 않도록 노력하며 자기의 형편을 꾸밈없이 말했다.

"이런 처지의 내가 어떻게 그대를 곁에 둘 수 있겠소?"

정중한 거절에 여인은 눈빛을 반짝이며 입을 열었다.

"나으리, 소첩의 사람됨이 못나서 취하지 않으시겠다면 제가 무슨 말씀을 여쭙겠습니까? 하오나 정녕 가산이 빈궁하여 감당치 못한다고 하신다면……, 소첩은 그것을 수긍할 수 없습니다."

여인은 말을 멈추고 잔에 술을 따라 홍기섭에게 올렸다. 홍기섭은 더 이상 거절할 수가 없었다. 그가 잔을 비우자 여인이 말을 이었다.

"나으리, 소첩이 감히 한말씀 여쭙겠습니다. 첩에게는 몇 식구의 살림을 감당할 만한 재물은 있습니다. 그래도 가산의 빈궁함을 이유로 들겠습니까?"

"……."

홍기섭은 말없이 여인의 얼굴을 물끄러미 보았다. 아무리 봐도 아름다운 여자였고, 남자로서 탐을 낼 만한 인물이었다.

그리하여 홍기섭은 이날 밤에 화촉을 밝히고 그녀를 소실로 맞이하게 되었다.

이런 일이 있고부터 홍기섭과 김조순의 관계는 더욱 돈독해졌고, 후일 김조순의 외손자인 헌종(憲宗)과 홍기섭의 손녀가 혼약을 맺는 인연으로 발전한다.

  홍기섭의 손녀는 헌종비 명헌왕후(明憲王后)이며, 홍기섭의 아들 재룡(在龍)은 익풍부원군(益豊府院君)에 봉해졌다.

무엇이 사람을 고결하게 만드는가

훌륭한 여자들에 관한 이야기를 모아 엮은 유향(劉向)의 《열녀전烈女傳》에 다음과 같은 이야기가 있다.

초(楚)나라 백공승(白公勝)의 아내 정희(貞姬)는 정순하고 신의가 있는 여자였다. 남편 백공이 난을 일으켰다가 섭공 자고(葉公子高)에게 토벌되어 죽자, 그녀는 재가하지 않고 길쌈을 하여 근근이 생계를 유지했다.

그녀는 젊고, 또 빼어나게 아름다운 여자였다. 그래서 오(吳)나라의 왕 부차(夫差)가 엄청난 예물을 보내 그녀의 환심을 사려고 했다.

정희는 그 예물을 사양하며 이렇게 말했다.

"지금 대왕께서는 저에게 황금과 구슬을 보내어 초빙하시고, 장차 아내로 삼고자 하시오나 저로서는 받아들일 수가 없습니다. 대저 의(義)를 버리고 욕망을 따르는 것은 오물(汚物)이요, 이(利)를 보고 죽음을 잊는 것은 탐욕(貪慾) 입니다. 제가 지조를 버리면 오물과 탐욕으로 가득찬 여자 일진데, 그런 여인을 대왕께서 어떻게 배필로 삼으실 수가 있겠습니까? 저는 충신은 남을 도움에 있어 힘으로 하지 않고, 정녀(貞女)는 남에게 줌에 있어 미색(美色)으로 하지 않는다는 말을 들었습니다."

정희는 부귀영화의 유혹을 물리치고 끝까지 절조를 지켰다.

월사(月沙) 이정구(李廷龜)는 장유(張維)·이식(李植)·신흠(申欽)과 더불어 한문 4대가로 꼽히는 사람이다. 그는 문필쌍전(文筆雙全)으로 유명할 뿐만 아니라 청백리로도 이름을 날렸다.

월사의 외손자는 홍주원(洪柱元)인데, 그는 정명공주(貞明公主 ; 선조의 맏딸)의 배필이다.

월사가 좌의정으로 있을 때, 정명공주 댁에서 며느리를 맞아들이는 잔치가 벌어졌다.

대갓집 경사라서 권문세가의 안주인들이 하객으로 참집했다. 아침부터 그 행렬은 이루 말할 수 없을 정도로 호화스러웠다. 그것은 마치 호사스러움을 다투는 경연장을 연상시키게 하기에 충분했다.

"와, 대단하군 대단해! 나는 생전 처음 보는 장관일세."

"나도 육십 평생 저런 구경은 일찍이 해보지 못했네."

"하기야, 공주마마 댁의 혼사이니……, 나라의 지체 높은 사람들은 다 모이겠지."

"아무리 그래도……, 저렇게 화려할 수가……."

마을 사람들은 일없이 삼삼오오 주변에 모여 잔치에 참석한 부인들의 화려한 모습을 구경하고 있었다. 어떤 이들은 그 화려함의 정도에 따라 남편의 벼슬을 점치기도 했다.

"저 여자는 정경부인(貞敬夫人)쯤 될까?"

"너무 젊잖아! 차림새로 보아하니 부부인(府夫人)이거나 군부인(郡夫人) 같기도 한데……."

"저들은 맨날 치장만 하고 사나……?"

"허허, 팔자 좋은 대갓집 마님들이 일을 하겠나 뭣을 하겠나? 치장이나 해야지."

구경하는 사람들의 마음도 제각각 달랐다. 어떤 사람은 한없는 부러움을 표하는데 반하여 어떤 사람은 마구 빈정대고 있었다. 또 노골적인 적개심을 표출하는 사람도 있었고, 무슨 이유 때문인지 질질 침을 흘리는 사람도 있었다.

"저기 또 가마가 온다!"

"이번에는 뉘댁 마님일까?"

"보면 알겠지."

사람들이 이렇게 말하는 동안 사인교 하나가 소슬대문 앞에 당도하여 멈추었다. 이윽고 가마에서 한 늙은 부인이 내렸다. 백발이 성성한 그 부인의 차림새는 너무 수수하고 소탈했다.

"누굴까?"

"글쎄……? 잔치에 초대된 사람은 아닌 것 같은데……."

"가마를 탄 것으로 보아서는……."

"이 사람아, 가마를 타고 왔다고 해서 모두 대갓집 마님인가? 뉘댁 심부름하는 하인이 분명해."

"하긴……, 저렇게 초라한 행색의 부인이 오늘 공주 댁으로 들어가는 것을 한번도 보질 못했어."

사람들이 이렇게 수군거리는 것도 무리는 아니었다. 수십 명의 부인들이 가마에서 내려 집으로 들어갔지만, 모두 공작의 날개가 무색할 정도로 몸치장이 요란했다. 그런 것과 비교할 때 늙은 부인의 수수한 차림은 상대적으로 초라하게 보이는 것이었다.

그래서 '옷이 날개'라는 말이 생겼는지도 모른다. 사람들은 모르는 사람을 만날 때에 흔히 외관적인 것으로 평가하는 경우가 많은 것이다.

공주 댁 안채의 육간 대청에는 화사하게 차려입은 귀부인들이 바글바글했다. 외명부의 품계에 따라 나름대로 질서정연하게 앉아 음식을 들며 담소를 나누고 있었다.

그녀들은 천천히 안마당을 걸어오는 소박한 늙은 부인을 거들떠보지도 않았다.

그런데 그 부인이 섬돌 위에 오를 때 주인인 정명공주가 보았다.

"어머나!"

공주는 반색을 하면서 자리에서 벌떡 일어서더니 버선발로 섬돌 아래까지 뛰어 내려갔다.

"어서 오십시오."

공주는 함박웃음을 지으며 노파의 손을 잡았다.

"공주마마, 경하하옵니다."

"감사합니다. 귀하신 어른께서 여기까지 왕림해 주셔서 정말 영광이옵니다."

일순간에 좌중의 시선이 두 사람에게 쏠렸다. 그 시선에는 놀라움과 호기심이 가득 담겨 있었다. 이윽고 여기저기서 옆에 사람과 수군덕거리는 모습이 보였다.

"저 노파가 누군데 공주마마께서 저러시지요?"

"행색으로 보아서는 여염집 노파처럼 보이는데……."

"어쨌든 체통을 생각하시지 않고 맨발로 섬돌까지 내려간 것은 너무 보기에 흉한 것이 아닙니까?"

"그렇구말구요. 우리가 들어올 때는 대청에도 안 나오시던 어른께서 저렇게 체모없는 일을……."

이런 말을 속삭이는 귀부인들의 표정은 묘하게 일그러져 있었다. 질투심 때문에 눈살을 찌푸리며 입을 삐쭉거리는 부인도 있었다.

"이쪽으로 앉으십시오."

공주는 노파에게 맨 윗자리를 권했다.

"아, 아닙니다, 공주마마."

"사양하실 일이 따로 있습니다. 어서 앉으십시오."

노파는 몇 번이나 사양하다가 상석에 앉았다.

공주는 다시 잔치상을 봐오게 하고 온갖 극진한 예의를 갖추어 소박한 차림의 노파를 접대했다.

노파의 행동거지는 점잖으면서도 기품이 있었다. 말투는 부드러우면서 겸손했고, 잔잔한 미소는 보는 사람의 마음을 편안하게 만드는 힘을 지니고 있었다.

적당히 시간이 흐른 후에 노파는 그윽한 눈으로 공주를

응시하며 입을 열었다.

"공주마마, 오늘 너무나 지나친 환대를 받았습니다."

공손히 묵례를 하고 자리에서 일어났다.

"아니, 왜 벌써 가시려고 그러십니까?"

공주도 덩달아 일어서며 노파의 두 손을 꽉 잡았다.

"공주마마께서도 저희 집 사정을 잘 아시지 않습니까? 바깥양반과 자식들이 퇴청하기 전에 해두어야 할 일이 있사옵니다."

"아직도……, 아직도 손수 집안일을 하시다니요! 이젠 그런 허드렛일은 아랫사람들에게 시키시는 것이 좋지 않겠습니까? 부군(夫君)께옵선 이 나라의 좌상대감이시고, 두 아드님도 대감의 반열에 있는 분께서 부엌일을 손수 하시다니요……."

이 말에 좌중의 모든 귀부인들은 깜짝 놀랐다. 어느 미관 말직의 노모쯤으로 알고 업신여기기까지 했던 그녀들이었다. 그런데 그 소박한 노파가 좌의정의 아내요, 이조판서의 어머니였으니…….

"그럼, 즐거운 시간들 보내십시오."

월사 부인은 좌중의 귀부인들에게 공손히 인사를 하고 자리를 떴다. 정명공주가 그녀를 배웅하기 위해 뒤를 따랐다.

"그 노부인이 좌상대감의 부인이었다니……."

월사 부인과 공주가 밖으로 나가자 좌중이 술렁거렸다.

"난 옷차림이 너무 소탈하시기에 어느 미관의 노모로 생각했어요. 그런 부인인 줄 알았더라면 인사라도 올려 둘 것을……, 큰 실수를 했어요.”

“누가 아닙니까. 이 일을 어쩌나!”

만당의 귀부인들은 자기네의 지나친 호사를 뉘우치고, 월사 부인을 얕보았던 것을 스스로 책망하기에 여념이 없었다.

해전은 말한다.

대저 깊은 곳에서 흐르는 물은 요란하지 않고 꽉찬 수레는 소리가 없다. 검소한 부자, 겸손한 식자(識者)가 내뿜는 향기는 경박한 자랑보다 백배 천배의 가치를 지닌다.

고결한 사람은 겉모양을 꾸미기에 앞서 마음가짐을 더욱 중요하게 생각한다.

진실과 거짓

한(韓)나라 소후(昭侯)가 손톱을 움켜쥐고 손톱 하나를 잃은 척했다.

"어이쿠야, 내 손톱! 손톱 하나가 어디로 갔지?"

몹시 다급하게 찾았다. 그러자 좌우에 있던 신하들이 재빨리 자신들의 손톱을 잘라 바쳤다.

소후는 이런 속임수를 써서 신하들을 살폈다.

(《한비자》 내저설 상內儲說 上)

조선 제24대 임금 헌종(憲宗)은 성균관의 유생들이 허례허식을 일삼는 것을 알고 몹시 못마땅하게 생각했다.

"쯧쯧……. 학문을 닦고 도덕을 드높여서 장차 나라의 기둥이 되어야 할 유생들이 아닌가? 그런데 탁상공론만 일삼을 뿐 개인 생활이 무질서하기 짝이 없고 도의(道義)에 벗어난 일이 많으니⋯⋯."

임금은 유생들의 버릇을 단단히 고쳐주려고 여러 가지로 생각했다. 그런 끝에 한 가지 묘안을 찾아내게 되었다.

'옳지, 바로 그것이다!'

헌종은 즉시 2백여 명에 달하는 유생들의 머리빗을 전부 거두어 오라고 명했다.

"상감께서 무슨 일로 빗을 다⋯⋯."

"영문을 모르겠군 그래?"

"어쨌든 어명이니 따를 수밖에."

이리하여 유생들의 머리빗이 걷혀 어전에 이르렀다.

"흠!"

헌종은 그 하나하나를 유심히 살폈다. 빗은 한결같이 더러웠다. 그런데 그중 단 한 개가 깨끗했다.

'이래 가지고야⋯⋯.'

임금은 깨끗한 빗의 임자되는 유생에게 푸짐한 상을 내린 한편 다른 유생들을 모질게 꾸짖었다.

"그대들은 장차 이 나라를 이끌어갈 인재들이다. 선비들의 수양은 수신(修身)에서 비롯하여 평천하(平天下)에 목적이 있다. 그런데 그대들의 빗을 보니 모두들 제 몸 하나 깨끗하게 하지 못하고 있다. 그러고서 어찌 인의예지(仁義禮智)의 사표가 되겠단 말인가!"

임금의 호된 질책에 유생들은 머리를 들지 못했다.

이런 일이 있고서부터 유생들의 빗만은 깨끗해졌다.

여러 날이 흘렀다. 모두들 그 사건을 잊어 버렸을 무렵에 임금은 또 빗을 거두어 오라고 했다. 이번에는 모든 빗이 지나칠 정도로 깨끗했는데, 단 한 개가 더러웠다.

"흠!"

임금은 깊은 생각 끝에 그 빗의 임자를 불러냈다. 다른
유생들은 그가 임금에게 크게 책망을 들을 것이라 짐작하
고 숨을 죽이고 있었다.

잠시 동안의 침묵이 흐른 후에 조용한 옥음(玉音)이 울려
퍼졌다.

"전과 달리 너희들의 빗이 매우 깨끗하도다. 아마도 이
것은 마음에서 우러나서 한 것이 아니라 나에게 아첨하기
위함이 틀림없을 것이다. 군자로서 말과 얼굴빛을 꾸며서
아첨하는 것은 옳지 못하다. 그런데 여기 단 한 개의 더러
운 빗, 이 빗의 임자인 유생만은 애써 아첨하려 들지 않는
기개가 가상하다. 교언영색(巧言令色), 아첨함을 경계하는
뜻으로 이 유생에게 상을 내리노라."

빗이 더러운 유생은 생각지도 않았던 후한 상을 받았다.
이때부터 유생들의 태도가 많이 달라졌다.

해전은 말한다.

사람은 혼자 있을 때 정직하다. 혼자 있을 때는 자기를
속이지 않는다. 그러나 남을 대할 때는 어떻게든 남을 속이
려고 한다.

이것은 무엇인가? 깊이 생각해 보면, 그것은 남을 속이
는 것이 아니라 자기 자신을 속이는 것이라는 사실을 깨닫
게 될 것이다.

2

비담야사

祕談野史

춘보전(春甫傳)

　　강원도 첩첩 산중에 있는 어느 마을, 사방을 둘러봐도 겹겹이 산으로 둘러싸여 있다.

　　마을에서도 멀찌감치 떨어진 응복산(鷹伏山) 자락에 다 쓰러져 가는 오막살이집 한 채가 외롭게 서 있다. 그 오막살이의 지붕에는 풀이 무성하게 자라 있고, 문은 구멍이 뻥뻥 뚫려 마치 버려진 집과 흡사하다.

　　과연 그런 집에서도 사람이 살까?

　　"엄마, 배고파 죽겠어!"

　　그래도 사람이 사는지, 어린아이의 애처러운 목소리가 흘러나온다.

　　"이 철딱서니 없는 놈아! 우리 처지에 보리죽 한 그릇 먹었으면 됐지 뭘 더 바래?"

　　중년 여자의 쉰듯한 음성은 짜증과 원망을 머금고 있었다.

"배고프단 말야! 배고픈 걸 어떡해?"

아이의 칭얼거림은 좀처럼 그칠 것 같지가 않다.

"이놈아! 아가리 닥치지 못하겠어, 앙?"

여자의 날카로운 외침, 그뒤를 따라 아이의 자지러드는 울음소리가 들려나온다. 아마 참다 못한 어머니가 아이를 한대 쥐어박은 모양이다.

"왜 애는 때리고 그래?"

굵고 탁한 남자의 목소리는 울화가 치밀어 있지만, 여자의 목소리도 그에 지지 않았다.

"당신은 눈이 없고 귀가 없소? 보고도 그런 말이 나와요? 남들처럼 배불리 먹이지도 못하는 주제에 큰 소리는 ……."

여자의 군소리는 꼬리에 꼬리를 물고 계속 이어지기 시작했다. 그러다가 어느 틈에 울음 섞인 신세 한탄으로 변했다.

"에고, 이년의 팔자야! 내가 전생에 무슨 죄가 많길래……."

"에잇!"

남자의 투덜거림이 들리는가 싶더니 덜커덩 소리와 함께 방 문이 와락 열린다. 그리고 행색이 초라한 늙수그레한 사내가 밖으로 나왔다.

"카악!"

사내는 가래침을 돋우어 아무렇게나 마당에 뱉었다.

"이놈의 망할 세상……."

사내의 나이는 대략 사십 전후, 키는 크지도 작지도 않으며, 전체적으로 둥글둥글하다는 느낌을 전해주는 선량한 인상이었다.

이 사내를 마을 사람들은 춘보(春甫)라고 불렀다.

본래 춘보는 이집 저집 떠돌며 남의 집 품을 팔던 떠돌이였다. 사람됨이 충직하고 일도 잘해서 일꾼으로는 나무랄 데가 없지만, 워낙 배운 것이 없고 좀 미련하여 세상살이에 융통성이 없었다.

춘보가 이 마을에 흘러들어 온 것은 십여 년 전이었다. 이 마을 박첨지가 떠도는 그를 발견하여 일을 시킬 요량으로 데려왔는데, 그때부터 이 마을에 뿌리를 내리고 살게 된 것이다.

나이 서른이 넘도록 장가를 들지 못한 그를 마을 사람들은 딱하게 여겼다. 그래서 마을 사람들이 의논하여 아랫마을에 사는 곰보영감의 딸 옥분이와 혼례를 치루게 하고 산기슭에 오막살이집까지 지어 주었다.

늦게서야 가정을 꾸민 춘보는 마냥 행복했다. 아내 옥분이가 일찍이 출가를 했다가 못생겼다는 이유로 소박맞고 돌아온 사실을 춘보도 알고 있었지만, 그런 것을 문제삼을 처지도 못되었다.

두 사람이 함께 살다보니 호박덩쿨에 호박이 달리듯 자식이 주렁주렁 생겼다. 가난한 살림에 자식들이 많이 생기다보니 생활은 더욱 힘들고 팍팍해졌다.

"괜히 장가를 들어가지고……."

어느 때부터인가 춘보는 장가 든 것을 후회하기 시작했다. 아무리 뼛골이 빠지도록 일해도 겨우 처자식을 먹여

살리는 수준을 면하지 못했기 때문이었다.

"혼자 살 때가 좋았어."

춘보는 지난날을 생각해 보았다.

총각이었을 적에는 먹고 입는 것을 걱정해 본 일이 별로 없었다. 남의 집 일을 하면 배불리 먹을 수 있었고, 날이 저물면 그집 사랑방 신세를 지면 그만이었다.

"제기랄! 이럴 줄 알았으면 애시당초 장가를 들지 않았을 텐데……."

춘보는 아내와 자식들이 한없이 짐스럽게 생각되었다. 그들만 없으면 당장 맨손으로 나가더라도 배불리 먹고 지내는 것쯤은 문제가 없었다. 그런데 이제는 그럴 처지가 못 되기 때문에 더욱 답답하였다.

이런 가운데서 춘보를 괴롭히는 두통거리가 있었다. 그것은 집앞의 텃밭에 대한 전결(田結)이었다.

"괜히 마누라쟁이가 담배는 심자고 해가지고……."

춘보는 아내를 원망하며 시부렁거렸다. 그는 주변머리가 없어 기껏 한다는 것이 사시장철 남의 집 품팔이가 고작이었다. 그런데 아내가 담배농사를 짓자고 하도 졸라대어 올해는 집앞의 텃밭을 부치게 된 것인데, 그 밭의 세납이 일년에 여덟 닢씩 나오는 것이었다.

남의 집 품을 팔면 곡식으로 품삯을 받았다. 그것으로 식구들의 입에 풀칠을 하면 남는 것이 없기 때문에 좀처럼 돈을 만들 수가 없는 것이 춘보의 처지였다.

그러나 나라에 바치는 전결을 돈이 없다고 해서 내지 않을 도리도 없었다. 벌써부터 풍헌 영감이 그것을 독촉하고

있었지만, 돈이 생길 구멍이 없어 이만저만 걱정이 아니
었다.

"제길, 괜히 담배는 심자고 해가지고……."

춘보는 이렇게 투덜거리며 바소쿠리를 얹은 지게를 걸머
멨다. 오늘은 아랫마을 박도사(朴都事)의 집 품일을 하기로
약속되어 있었다.

"저 담배에 독이 잔뜩 올라야 그나마 값을 잘 받을 텐데,
철늦도록 푸른 잎대로 빳빳이 서 있기만 하니……."

춘보는 집을 나서면서 텃밭에 무성하게 자란 담배를 보
았다. 그 담배잎에 물만 제대로 오르면 절반쯤만 팔아도 여
덟 닢은 되고도 남을 성싶었다.

'흠, 잘하면 올겨울에는 구수한 잎담배를 피울 수 있을
지도 모르겠군!'

이런 생각이 들자 춘보는 금시 기분이 풀리며 입맛이 다
셔졌다.

짧은 가을해가 뉘엿뉘엿 서산으로 넘어가는 황혼. 춘보
의 아내 옥분은 마당가 멍석에 널은 빨간 고추를 소쿠리에
담고 있었다. 이때 김풍헌이 찾아왔다.

"춘보 있나?"

옥분은 김풍헌의 컬컬한 목소리를 듣는 순간 무엇에 깜
짝 놀랜 듯 가슴이 철렁 내려앉았다.

"예, 오셨구먼요……."

"춘보는 일하러 갔나?"

"예, 아랫마을 박도사 댁에……."

"그건 그렇고……."

김풍헌은 말꼬리를 길게 끌다가 가자미눈을 하고 이렇게 말했다.

"오늘은 됐겠지?"

"저……."

옥분은 고개를 숙이고 옷고름을 만지작거렸다.

"또 안 됐단 말여?"

김풍헌은 긴 담뱃대를 허공에 휘휘 저으며 언성을 높였다.

"애들 아버지도 맨날 그 걱정을 합니다만……, 어디 돈이 생겨야 말이죠."

"허, 오늘이 대체 몇 번이여?"

"죄송합니다."

"죄송, 죄송하다면 다여?"

"조금만 더 말미를 주십시오. 저 담배에 물이 오르면……."

옥분은 하도 똑같은 말을 여러 번 거듭하여 염치가 없었다. 그러나 그 말밖에는 따로 할 말이 없었다.

"허, 또 또 또 기다리란 말여?"

김풍헌은 방정맞으리만큼 담뱃대를 이리저리 휘두르며 목에 붉은 힘줄을 세웠다.

"그러나 어찌합니까? 저 담배를 베어내야 돈이 생기지 않겠습니까? 그러니 참는 김에……."

"허, 이젠 아주 배짱을 부리겠다는 거여 뭐여?"

김풍헌은 고개를 발딱 뒤로 젖혔다가 쿵 소리가 나도록 한쪽 발을 굴러댔다.

"어르신께서 별 말씀을 다 하십니다. 제가 언제 배짱을 부렸다고 그러십니까?"

"다른 집들은 벌써 여러 날 전에 모두 전결을 바쳤어. 이 집만 미루고 있으면 낸들 어쩌라는 게여? 나도 위로부터 싫은 소리를 듣는다는 것을 몰라서 그래?"

"전들 왜 그것을 모르겠습니까?"

"흥! 아는 사람들이 그래? 잔말 말고 내일까지는 꼭 준비하라고 그래. 내일도 어겼다가는 좋지 못한 일이 생길 줄 알아!"

무섭게 눈알을 부라리며 위엄 있게 타이르고서는 마당을 한바퀴 휘둘러보고 천천히 발을 옮겨 내려갔다.

"휴우!"

김풍헌의 뒷모습을 보면서 옥분은 한숨을 내쉬었다.

'오늘 없는 돈이 내일 어떻게 나온다고…….'

이날 밤 옥분은 본의 아니게 남편을 들볶았다. 아내로부터 톡톡히 바가지를 긁힌 춘보는 마침내 결심을 하였다. 텃밭에 심은 담배를 베기로 한 것이다. 아직 물이 충분히 오르지 않아서 며칠을 더 두고 싶은 마음이야 굴뚝 같았다. 그러나 본시 마음이 여린 춘보는 김풍헌의 채근을 견디는 것이 힘들었기 때문에 스스로 버티기를 포기한 것이다.

이튿날 아침, 날이 밝기가 무섭게 일어난 춘보는 숫돌에 낫을 삭삭 갈기 시작했다. 서둘러 담배를 베어내고 박도사 댁 일을 가야 하는 것이었다.

"왜 낫을 가세요?"

부엌에서 아침 준비를 하고 있던 아내가 물었다.

"담배를 쪄내려고."

춘보는 고개도 돌리지 않고 퉁명스럽게 말했다.

"왜요?"

"오늘까지 전결 여덟 닢을 바쳐야 한다면서?"

"그거야 그렇지만……."

"담배를 베어 팔아야 돈이 생길 것 아냐?"

춘보는 툭 쏘아붙이고 어정어정 텃밭으로 걸어갔다.

"에이, 며칠만 더 있다가 베어 팔면 좋을 텐데……."

연신 이렇게 투덜거리며 한 포기 두 포기 베어나갔다.

담배를 심을 적에는 그래도 희망이 있었다. 가을에 물이 잘 오른 다음 베어 팔면 전결을 내고도 어느 정도의 돈을 손에 넣을 수 있으리라고 생각했었다. 또 겨우내 구수한 잎 담배를 피울 수 있다는 기대감에 무성한 담배잎을 바라보는 것만으로도 흐뭇했었다.

그런데 그 소망은 모두 꿈으로 돌아가고, 물도 덜 오른 담배를 베어내고 있는 자신의 신세가 처량했다.

"혼자 살 때가 정말 좋았었어."

춘보는 쉬지 않고 낫질을 하면서도 총각 시절을 생각했다. 그때는 품삯으로 담배잎을 받기도 했다. 그 담배잎을 막걸리에 축축히 축여서 그늘에 말린 다음 한 대 빨면 그 맛이 정말 일품이 아닐 수 없었다.

"아, 그 맛……! 쩝쩝……."

춘보는 입맛을 다시다가 잠시 등을 펴고 주먹으로 허리를 툭툭 두드려댔다.

"담배를 쪄내기는 하지만, 얼마나 받을 수 있을까? 제기랄! 못해도 여덟닢은 받겠지."

춘보는 이렇게 중얼거리며 붉은 아침해가 떠오르고 있는 동산을 바라보았다. 그러다가 문득 저편 바위 모퉁이에 눈길이 쏠렸다.

"어, 저게 뭐지?"

고개를 갸우뚱거리다가 그쪽으로 걸음을 옮겼다.

어려서부터 남의 집 품을 팔며 시골에서 자란 춘보인지라, 풀이며 나무의 이름을 모르는 것이 없었다. 그런데 그 바위 아래 돋아 있는 것은 춘보의 사십 평생에 처음 보는 풀이었다.

밋밋하게 뻗어 오른 줄거리가 실히 반 자는 족히 되었다. 끄트머리에 엉성 드문하게 가지가 벌려 있고, 가지 끝에는 푸르뎅뎅한 잎이 꼭 다섯 개씩 달려 있었다. 또 이파리 한복판쯤에 쭉 뻗어 오른 두 개의 줄거리에는 빨간 열매가 수십 개씩 달려 있는 것이었다.

"고놈 묘하게도 생겼다."

춘보는 낫으로 그 주변의 흙을 파보았다. 팔뚝보다 더 굵은 뿌리가 땅 속에 깊이 박혀 있었다.

"대체 이것이 무엇이지? 뿌리는 꼭 무처럼 생겼지만, 잎과 대를 보면 무는 아닌 것 같고……."

이리 저리 살펴보던 춘보는 뿌리 끝을 조금 꺾어 입에 넣고 씹었다.

"에이, 퉷퉷!"

인상을 찌푸리며 곧 뱉어 냈다.

"뭐가 이렇게 써?"

쓰기가 한량 없었다. 침을 몇 번이나 뱉어 냈지만 쓴맛은 그대로 남아 있었다.

"에이, 고약하군."

춘보는 그것을 휙 잡아 던졌다.

'혹시 독이 든 뿌리가 아닐까?'

이렇게 생각하자 겁이 덜컥 나서 급히 집으로 달려가 물로 양치를 하였다.

"왜 그러시우?"

"무같이 생긴 뿌리가 있길래 씹었더니 입이 써서 그래."

"괜찮아요?"

아내의 두 눈에 갑자기 걱정이 서렸다.

"괜찮아."

춘보는 냉수 한 바가지를 벌컥벌컥 마시고 다시 담배를 베기 위해 텃밭으로 나갔다.

한참을 베다 보니, 또 아까와 같은 풀이 있었다.

"쓸모도 없는 것이 또 있군."

춘보는 상관하지 않고 나머지 담배를 마저 베었다. 그런데 텃밭 끝에 또 그것이 있는 것이 아닌가!

"대체 뭐지?"

춘보는 다시 한 번 그것을 유심히 살폈다. 씹는 순간 몹시 쓰기는 했지만, 얼마쯤 지나니 입안에 은은한 향기가 느껴졌다.

"무슨 약재가 아닐까? 그럴 지도 모르지!"

이렇게 생각한 춘보는 호미를 가지러 집으로 갔다.

"호미 좀 줘."

"호미는 왜요?"

"아까 그 풀이 두 개나 더 있어."

"못 먹는 거라면서요?"

"우리가 모르기는 해도 무슨 약재인 것 같아."

"약재요? 당신도 참! 담배밭에 무슨 약재가 자란다고 그래요? 어서 아침이나 드세요."

"어서 호미나 주라니까!"

춘보가 역정을 내자 아내는 샐쭉거리며 호미를 주었다.

"정말 이것이 약재라면 뿌리가 다치면 안 되겠지?"

춘보는 뒤따라온 아내에게 이렇게 말한 후에 조심스럽게 두 번째 뿌리를 캤다. 빛깔이나 굵기, 생김새가 처음 캐낸 것과 비슷했다.

"보기에는 먹음직스럽게 보이지?"

"그렇네요."

"그런데 엄청 써."

춘보는 또 가느다란 뿌리 하나를 잘라 냄새를 맡아보았다. 이상한 향기가 콧속으로 파고들었다.

"향기는 좋은데……."

입에 막 넣으려고 하는데 아내가 깜짝 놀라 말렸다.

"여보, 뭔지도 모르고……."

"아냐, 아까도 괜찮았어. 그리고 조금 맛만 보는데 큰 탈이야 생길라구."

춘보는 조심스럽게 깨물어 보았다.

"에이, 퉷퉷!"

쏩쓸한 맛이 처음 것보다 더 지독한 것 같았다.

"에이, 먹지는 못할 것이야."

이렇게 말하면서도 나머지 하나를 마저 캐려고 하였다.

"쓸모없는 것을 왜 자꾸 캐요?"

아내의 말에 춘보는 대수롭지 않게 대답했다.

"이왕 캐던 것이잖아. 그리고 혹시 귀한 약재인지도 모르고……."

세 번째로 캐어낸 것도 앞서 캐낸 것들과 비슷하였다. 이번에는 맛볼 생각도 않고 셋을 나란히 놓고 물끄러미 바라보았다.

'아무 쓸모도 없는 것을 캐느라고 괜한 헛수고만 했어.'

춘보는 속으로 후회하며 베어 놓은 담배를 집으로 옮겼다. 담배의 마지막 뭉치를 갈무리하는데, 캐어놓은 무 세 뿌리가 눈에 띄어 집으로 가져왔다.

"그건 왜 가져왔어요?"

"아무리 봐도 예사 물건은 아닌 것 같아."

"예사 물건이 아니기는 뭐가 아니에요? 어서 버리세요."

"아냐! 혹시 모르지 않아? 귀중한 약재라면 한 뿌리에 두어 냥씩 받을 지도……."

"흥, 꿈 깨세요. 우리 복에 호박이 넝쿨째 굴러들어오는 횡재가 생기기나 하겠어요?"

아내가 핀잔을 했지만 춘보는 귓등으로 흘렸다.

담배는 엮어서 볕이 잘 드는 곳에 걸고, 무는 그냥 지붕 위에 던졌다.

"이따가 풍헌 영감이 오시면 잘 말해. 이렇게 담배를 베었으니 이삼 일 말린 후에 팔아서 전결을 드리겠다고.”

“알았어요.”

춘보는 이런 당부를 잊지 않고 박도사의 집으로 일을 하러 갔다.

“흠! 춘보 있는가?”

조반 때가 조금 지나서 김풍헌이 왔다.

“예, 오셨구먼요?”

춘보의 처 옥분이는 여느 날과 달리 당당한 마음이 들었다. 전결을 채근하면 보란듯이 베어 놓은 담배를 보여줄 참이었다.

“어? 담배를 베었구먼?”

김풍헌이 먼저 볕에 널어놓은 담배를 보고 말했다.

“예, 이삼 일 말린 후에 팔아서 드릴 테니 이젠 염려 놓으세요.”

“흠, 진작 이렇게 했으면 서로가 얼굴 붉히지 않고 오죽 좋았잖겠어?”

옥분은 불현듯 울화가 치밀어 이렇게 쏘아붙였다.

“그 덕분에 우리는 왕창 손해를 봤어요. 며칠만 더 있다가 베었으면 제값을 받을 텐데 말예요!”

“흠!”

김풍헌은 민망한듯 헛기침을 하며 옥분의 시선을 피했다. 그러다가 문득 지붕 위를 보고 깜짝 놀랐다.

“허!”

김풍헌은 자기도 모르게 신음소리 비슷한 감탄사를 토해 냈다. 거기에는 어른 팔죽지만한 산삼(山蔘) 세 밑이 거짓말처럼 놓여 있는 것이었다.

'세상에 저렇게 큰 산삼도 있었더란 말인가?'

김풍헌은 연신 마른침을 삼켰다. 대체로 산삼이라는 것은 보통 손가락 같으며, 크다고 해봐야 뼘을 넘는 것이 고작이다. 그런데 지붕 위에 있는 산삼은 상상을 초월할 정도로 컸기 때문에 김풍헌이 놀란 것도 무리는 아니었다.

'춘보 내외는 저것이 무엇인지 모르단 말이렸다? 만약 알고 있다면 천하의 지보를 저렇게 허술히 지붕에 던져 두었을 까닭이 없다!'

이렇게 생각한 김풍헌은 대책없이 뛰는 가슴을 애써 진정시키고 춘보 아내를 보았다.

"여보게?"

"예?"

"저기, 저 지붕 위에 있는 저건 뭔가?"

이 말에 옥분은 심드렁하게 입을 열었다.

"글쎄요? 애들 아버지가 아침에 담배를 쩌내다가 캤던 것인데, 뭔지는 모르겠구먼요. 그런데 엄청 써서 먹지는 못할 물건인 것은 분명한 것 같습니다."

"엄청 쓰다고?"

김풍헌의 눈이 갑자기 커지고 목청도 높아졌다.

"예, 애들 아버지가 뿌리 끝을 조금 잘라 먹었는데 엄청 쓰다며 뱉어 내더군요."

"뱉어 냈다고?"

"예."

"그런데 왜 버리지 않고 저기에 두었나?"

침 넘어가는 소리가 꼴깍 들릴만큼 김풍헌은 침을 삼
켰다.

"애들 아버지가 무슨 귀중한 약재가 분명하다며 그렇게
두었답니다."

"귀중한 약재? 무슨 귀중한 약재라고 하던가?"

김풍헌의 목소리는 약간 떨렸고, 어딘지 모르게 다급
했다.

"그거야 저희 같은 사람이 어떻게 알겠습니까?"

"하기사……. 그, 그렇다면 저걸 어떻게 한다고 하던
가?"

춘보의 아내 옥분이도 전혀 먹통은 아니었다. 지붕 위의
무를 본 김풍헌의 안색이나 말투가 평소와는 사뭇 다르다
는 것 정도는 눈치로 알고 있었다.

'혹시 저것이 남편의 말대로 무슨 귀중한 약재가 아닐
까? 그렇다면 정말 뜻하지 않게 몇 푼의 돈이 생길지도…
….'

이렇게 생각한 옥분은 슬쩍 김풍헌의 눈치를 살폈다.

"어서 말하게. 저걸 어떻게 한다고 하던가?"

김풍헌이 대답을 재촉했다.

"담배를 팔 때 함께 장에 가지고 나가 판다고 하던걸요."

옥분은 김풍헌의 반응을 떠보기 위해 슬쩍 이렇게 말
했다.

"장에 가지고 나가 판다고 했다구?"

"그러더군요."

"얼마에?"

"저……."

옥분은 말꼬리를 길게 끌며 열심히 생각을 굴렸다. 생각 같아서는 한 뿌리에 두세 닢 받았으면 좋겠지만, 아무래도 그 정도까지는 나가지 않을 것만 같았다.

"어서 말해보게. 얼마에 판다고 하던가?"

"두, 아니 한……."

옥분은 두 닢을 부르려고 하다가 급히 정정하며 말 끝을 흐렸다.

"한 냥? 그러면 내가 사겠네."

"예?"

옥분은 한 냥이라는 소리에 숨이 턱 막혔다. 자신의 귀를 의심했다. 그녀에게 있어서 한 냥은 일년을 열심히 일해도 만져볼까 말까한 큰 돈이었다.

'귀한 약재인 것은 분명한 모양이군. 한 냥이란 거금을 선뜻 내겠다는 것을 보면. 그런 줄도 모르고 하마터면 한 닢을 부르려고 했어, 휴우!'

옥분은 속으로 안도의 한숨을 쉬면서 물었다.

"대체 저것이 무슨 약재입니까?"

"흠!"

김풍헌은 불안한 듯 주변을 두리번거리다가 입을 열었다.

"저것이 뭐고 하면……, 개삼이라고 하는 게여."

"개삼이요?"

"그려, 아이들 속배 앓는 데는 즉효지. 내 손자놈이 속배를 앓고 있는데 마침 잘 됐네. 한 냥씩이라고 했지? 세 밑이면 세 냥 주면 되겠네 그려?"

"예?"

옥분은 넋나간 사람처럼 김풍헌을 바라보았다. 도합 한 냥을 받는다는 것에도 가슴이 떨려 견딜 수가 없던 그녀였다.

그런데 그것이 순식간에 세곱절로 값이 뛴 것이다. 너무도 엄청난 횡재라서 무엇이라고 대답을 해야 좋을지 몰랐다.

"어서 저것들을 내려 주게. 돈은 내가 내일 갖다 주겠네."

"아, 예!"

옥분은 그것을 내려 주었다.

"흠!"

팔죽지만한 산삼 세 밑을 손에 넣은 김풍헌은 불안한 시선으로 연신 주위를 두리번거렸다.

"여보게! 무슨 보자기 같은 것이 있으면 하나 빌려 주게."

"예."

옥분이 보자기를 내주자 김풍헌은 개삼이라는 것을 정성스럽게 싸서 품에 안았다.

"춘보가 돌아오면 내가 값을 치루고 가져갔다고 말하게."

"예."

김풍헌은 급히 사립문을 나서다가 문득 걸음을 멈추고 고개를 돌렸다.

"그리고 베어 놓은 담배도 내가 사겠다고 하게. 전결을 제하고 한 냥을 쳐주겠네."

"예? 그, 그렇게나……!"

옥분은 거듭 놀라 벌린 입을 다물지 못했다.

"자네 내외가 일 년 내내 고생을 했으니 내가 후하게 값을 쳐주는 것일세."

"아이고, 고맙습니다! 풍헌 어르신."

옥분이 몇 번이나 고개를 숙이는 것을 보고 김풍헌은 급히 길을 내려갔다.

"이게 정말 꿈은 아니겠지?"

옥분은 꿈이 아닌가 하여 자신의 볼을 힘껏 꼬집어 보았다.

"어휴, 아파라!"

분명히 꿈은 아니었다. 생시임을 확인한 옥분을 터져오르는 기쁨을 감출래야 감출 수가 없었다.

'아! 그이가 이 사실을 알면 얼마나 기뻐할까? 어서 남편이 돌아왔으면…….'

옥분은 설레이는 가슴을 달래며 남편이 돌아오기를 기다렸다. 살아오는 동안 이날처럼 남편이 돌아오기를 학수고대한 적은 없었다.

한편 춘보의 집을 나와 산길을 내려오는 김풍헌은 제정신이 아니었다. 어깨춤이 덩실덩실 나왔고, 입에서는 콧노래가 흥흥거려졌다.

"으하하하……. 개삼? 암, 개삼이지, 개삼이고 말고. 하하하……."

반쯤 미친 사람 같았다. 혼자서 웃고 혼자서 말하며 발걸음을 부지런히 옮기고 있었다.

집에 돌아온 그는 먼저 대문을 단단히 걸어 잠그고 급히 방으로 들어가며 아내에게 소리쳤다.

"이봐 마누라! 냉큼 물을 한 동이만 길어 와."

"……."

풍헌의 아내는 남편의 엉뚱한 행동에 어안이 벙벙했다.

"아니, 물을 길어 오라는데 뭣하고 있어?"

아내를 흘겨보며 빽 소리를 쳤다.

"원, 영감도……. 물을 길어 오라면서 대문은 왜 잠궜소? 그리고 물은 집에 있는 독에도 많이 있잖수."

"허, 여편네가 웬 말이 그리 많아? 잔말 말고 샘에 가서 깨끗한 물을 길어 와!"

이렇게 쏘아붙이고 방안으로 들어갔다.

"저 영감이 대낮부터 술에 취했나?"

풍헌의 아내는 이렇게 시부렁거리며 물을 길어 왔다.

"물 길어 왔어요."

"대문 잠궜어?"

"대낮에 문은 왜 잠궈요?"

"잔말 말고 어서!"

아내가 문을 잠그고 오자 풍헌은 재빨리 주위를 두리번거리며 말했다.

"아무도 얼씬 못하게 해!"

"대체 왜 그러세요?"

"알 필요 없어! 어서 물동이를 방에 넣고 큼직한 그릇을 두어 개 가져와.”

“아니, 영감! 대체 오늘 왜 그러세요?”

점점 모를 일이라서 풍헌의 아내는 눈이 휘둥그레졌다.

“빨리 가져오라는데 웬 잔말이 그리 많아!”

풍헌은 냅다 호통을 치며 아내를 후려갈기기라도 할 것처럼 노려 보았다.

“아, 알았어요.”

급히 큼직한 그릇을 찾아들고 방에 들어가니 영감은 허름한 보따리를 풀기 시작했다.

“그 속에 뭐가 있어요?”

마누라는 궁금증에 못이겨 물었다.

“…….”

영감은 말이 없었다. 보따리를 풀고 있는 손이 파르르 떨리고 있었다. 그리고 얼굴 표정이 보통 심각한 것이 아니었다.

‘대체 뭐가 들었길래 저 양반이…….’

마누라는 숨을 죽이고 풀어지고 있는 보따리를 응시하였다. 이윽고 큼직한 무 세 개가 드러났다.

“아니, 그건 무 아니오?”

“입 닥치고 솜이나 좀 줘!”

“솜은 또 왜요?”

“빨리 주기나 해!”

이렇게 쏘아붙이고 그릇에 물을 가득 따랐다.

“쳇!”

마누라는 입술을 샐쭉거리며 장롱에서 솜을 꺼내 주

었다.

"으흐흐······."

풍헌은 이상야릇한 웃음소리를 내며 솜뭉치에 물을 축여 정성스럽게 무를 닦기 시작했다.

"제가 할까요?"

무를 닦는 일이라면 영감보다 자기가 더 낫다는 생각이 들어 소매를 걷고 앞으로 나섰다.

"허, 부정 타게 왜 이래? 썩 저만큼 물러가!"

영감은 화들짝 놀라 급히 손을 휘저으며 마누라를 가까이 오지도 못하게 하였다.

"아니, 왜 이래요, 오늘 정말?"

"으흐흐······. 마누라는 이게 뭔지 모르지?"

"뭐긴 뭐예요, 무지."

"으흐흐, 이게 무라고? 으히흐하······."

"······?!"

마누라는 영감의 이상야릇한 웃음과 표정을 보고 겁이 덜컥 났다.

'저 양반이 벌써 노망이······.'

이런 의심이 들어 유심히 영감의 행색을 살폈다.

"으히히······."

정상이 아닌 것은 분명한 것 같았다. 노망이 들지 않고서야 그런 행동을 할 리가 만무했다.

"여보, 영감!"

마누라는 걱정스럽게 영감을 불렀다.

"왜?"

영감은 만면에 웃음을 담고 마누라를 보았다.

"혹시……?"

"미치지 않았냐고?"

"……."

마누라는 고개를 끄덕였다. 그러자 영감은 갑자기 웃음을 터뜨렸다.

"으하하하……. 그래 미쳤지! 오늘 같은 날 내가 미치지 않고 배길 수가 있겠어?"

영감은 갑자기 웃음을 뚝 그치고 목소리를 낮췄다.

"이게 뭔줄 알아?"

"……?"

"이게 바로 산삼이라는 게야."

"예?"

마누라의 작은 두 눈알이 달걀만큼이나 커졌다.

그랬다. 그것은 분명 산삼이었다. 춘보네 지붕 위에 널려 있는 것을 처음 보았을 때, 김풍헌 자신도 자기 눈을 의심했었다. 줄기며 밑둥의 생김새가 산삼과 흡사했지만, 너무나 크다는 사실 때문에 긴가민가했었다.

그러나 이리 보고 저리 보고, 아무리 봐도 산삼이었다. 부쩍 욕심이 동하여 슬쩍 배앓이에 좋은 개삼이라고 말했는데, 미련한 춘보 마누라가 깜박 속아 넘어간 것이다. 그래도 마음이 꺼리어 한 개에 한 냥씩 주겠다고 했고, 아직 물도 덜 오른 담배마저 후한 값으로 사겠다고 약속한 것이다.

'그 정도면 됐지!'

풍헌은 정성스럽게 씻은 산삼 세 밑을 따로따로 명주에 쌌다. 또 그것이 마르지 않게 물에 축여서 다시 비단에 쌌다.

"으흐흐……. 이것을 원주감영(原州監營)에 갖다 바치기만 하면……."

돈 세 냥이 문제가 아니었다. 산삼 세 밑을 값으로 치자면 얕잡아도 천 냥은 받을 것이었고, 운수가 좋으면 벼슬 한자리 얻게 될지도 모를 일이었다.

"이런 행운이 나에게 올 줄이야……!"

김풍헌은 산삼을 싼 비단 곁을 잠시도 떠나지 않았다.

'예부터 전하는 말에 산삼이 천 년을 묵으면 동삼(童蔘)이 되고, 그 동삼은 어린아이로 변한다고 했는데…….'

이런 생각에 김풍헌은 몇 번이나 비단과 명주를 풀어 산삼을 확인하곤 했다.

그리고 마누라를 시켜 당장 춘보네 집에 개삼 값 석 냥과 담뱃값 한 냥을 갖다 주도록 했다. 만약 춘보가 알고 팔지 않겠다고 하면 큰일이기 때문에 미리 손을 쓴 것이다.

때는 조선 제26대 임금 고종(高宗) 중엽이었다.

철종조(哲宗朝)의 안동김씨 세도정치 아래서는, 특히 왕족인 젊은 남자일수록 맥을 못 쓰고 꽁무니를 사려야만 하는 세상이었다. 그중에서도 좀 학식이 깊고 지혜로운 남자라면 더욱 그러하였다.

홍선군(興宣君) 이하응(李昰應)은 영조(英祖)의 현손이었다. 그런 관계로 세도가인 안동김씨들로부터 온갖 멸시와 수모를 받으면서 살아야 했다.

그는 본래 가난한 집안에서 태어난 데다, 그를 주시하는 당시의 살얼음판 같은 세상을 살아남기 위하여 본의 아니게 주색과 방탕을 일삼았다. 그래서 사람들은 그를 '상갓집 개'라고 손가락질하며 조롱했다.

그러나 기발한 책략과 웅지가 그의 가슴속에 숨어 있으리라고는 아무도 몰랐다. 그는 남들의 업신여김 속에서 밖으로는 형편없는 파락호 짓을 계속 하였으나, 실상은 남모르게 조대비(趙大妃)와 내통하면서 안동김씨의 세도정치를 몰아낼 기회를 엿보고 있었다.

그리고 마침내 운현궁의 봄은 왔다. 둘째 아들이 용상에 오르자 그는 섭정 대원군으로서 조선 팔도를 마음대로 뒤흔들기에 이르른 것이다.

홍선대원군이 섭정을 시작한 이래, 조선의 강토는 놀랍게 자라났다. 김씨 일파의 세도를 과감히 거세했다. 당쟁의 악습을 없애기 위하여 사색(四色)을 신분, 계급, 출신지의 차별없이 평등하게 등용했다. 외척 세도를 일소하고 탐관오리를 숙청했으며, 지방 토호(土豪)들의 무단적인 백성 학대를 엄금했다.

일찍이 시정의 한 힘없는 백성으로서 몸소 체험한 많은 악습과 폐풍을 모두 개혁하고, 조선 팔도를 정말 풍요롭고 살기 좋은 강토로 만들어 보려고 노력하였다.

그의 말은 곧 지엄한 나라의 법이었다. 한 번 명령을 내리면 무엇이든 그대로 되지 않는 것이 거의 없었다.

그러나 날아가는 새도 떨어뜨릴 만한 막강한 힘을 지닌 그도 어쩔 수 없는 일이 하나 있었다. 그것은 흐르는 세월과 함께 늙어가는 몸이었다.

머리에 하얀 꽃이 피면서부터 몸의 이상 기운이 감지되기 시작했다. 얼굴과 손에 굵은 주름살이 잡히고, 무릎과 뼈의 마디마디가 쑤셨다. 그리고 조금만 생각을 과하게 해도 골치가 지끈거렸으며, 쉬이 피로를 느꼈다.

"아아, 오는 늙음을 어찌할꼬!"

대원군은 자신의 몸이 부쩍 늙어가는 것을 항상 한탄하였다.

욕심 같아서는, 할 수만 있다면 더도 말고 몇십 년만 더 젊어지고 싶었다. 왕성한 젊음을 바탕으로 몇십 년만 열심히 일한다면 튼튼하고 부강한 나라를 만들 자신이 있었다.

그러나 어찌 세월을 거스를 수가 있겠는가!

대원군은 하루에도 몇 번씩 용하다는 의원을 불러들여 진맥을 받고, 처방을 구했다. 그러나 특별히 이렇다 할 병이 있는 것이 아니었다. 의원들은 노쇠한 탓에 생기는 현상이라고 약속이나 한듯이 말했다.

"노쇠를 방지하는 무슨 좋은 처방이 없느냐?"

대원군이 안타까운 마음에서 이렇게 물을 때도 의원들의 대답은 한결같았다.

"산삼과 녹용을 많이 잡수십시오. 그리고 백사나 자라도 효과가 크옵니다."

앞으로 해야 할 일은 태산 같은데, 몸은 나날이 늙어만 갔다. 어떻게든 자기가 하던 일의 매듭이라도 짓겠다는 심정으로 팔도 방백에게 시퍼런 훈령을 내려 산삼과 녹용, 그리고 백사 등의 영약을 구해 올리라고 했다.

더욱이 산삼과 녹용의 출산지로 알려진 강원도와 함경도의 감사에게는 더욱 특별한 명령을 내렸다.

그래서 강원도와 함경도에서는 산삼과 녹용을 구하느라 혈안이 되어 있었다. 그것을 구해다 관아에 바친 사람들은 큰 상금을 받았고, 다른 곳에서는 벼슬을 얻었다는 등등의 소문이 분분했다.

이러한 시절에 김풍헌은 춘보의 집 지붕에서 다시는 구하기 힘든 희대의 동삼 세 밑을 얻은 것이었다.

'날아, 어서 밝아라.'

김풍헌은 산삼을 싼 비단을 품에 안고 날이 밝기를 기다렸다. 날이 밝으면 원주감영(당시는 강원도 감영이 원주에 있었음)으로 떠날 참이었다.

"최고로 못 받아도 천 냥은 족히 받겠지? 천 냥이 뭐야, 만 냥을 넘게 받을 지도 모르지. 그리고 잘하면 금부도사나 현감 한자리를 얻을 수도……."

마음은 벌써 벼락부자가 되어 있었다. 거기다가 감투까지 하나 쓰고 행세를 하는 자신의 모습을 상상하니 온몸이 다 짜릿짜릿할 정도였다.

고래등 같은 기와집을 수십 채나 지었다 헐었다 하면서 뜬눈으로 밤을 새웠다.

날이 밝자 그는 서둘러 행장을 꾸리고 원주감영으로 떠났다. 마음이 천하를 얻은 듯하여 구름을 타고 날아가는 것처럼 발걸음도 가벼웠다.

"호오, 고것부터……."

풍헌의 눈에 윗마을 김진사 댁 여종 삼월이가 삼삼하게

떠올랐다. 얼굴이 박꽃처럼 하얗고 몸매가 수양버들처럼 하늘하늘한 삼월이를 항상 욕심내고 있었지만, 자신의 처지로서는 그림의 떡이나 다름없었다.

그러나 이제는 다르다. 엄청난 부자가 되고 금부도사라도 한자리 하면, 그깟 계집종을 취하는 것은 문제도 아닐 것이 분명했다.

싱글벙글 발을 도와서 원주에 도착했을 때는 해질 무렵이었다. 주막을 구해 하룻밤 묵고 감영으로 들어갈까도 생각했지만, 마음이 급해 아침까지 기다릴 수가 없었다.

그래서 부지런히 걸음을 옮겨 원주감영으로 갔다. 그곳에 도착했을 때는 이미 짙은 어둠이 내린 후였다.

"귀한 산삼을 구해 왔으니 감사님을 뵙게 해주게나."

김풍헌은 문지기에게 당당하게 말했다.

이 전갈을 들은 감사는 즉시 김풍헌을 안으로 들게 했다.

"귀한 산삼을 구해 왔다고?"

"그러하옵니다."

김풍헌은 산삼을 싼 큼직한 보자기를 감사에게 내밀었다. 보자기를 풀고 산삼 세 뿌리을 확인한 감사의 두 눈은 엄청나게 커졌고, 또 너무 놀라 금시 튀어나올 것만 같았다.

"이, 이게 정말 산삼이란 말이냐?"

틀림없는 산삼인 줄을 알면서도 너무나도 큰 것이라서 확인하는 것이었다.

"산삼이고 말고요. 소인이 나라에서 산삼을 구한다는 말을 듣고 산 속에서 백일 기도를 했습니다."

"오, 그래서?"

감사의 반응에 김풍헌은 신이 났다.

"백일째 되던 날 밤 꿈속에 하얀 수염을 길게 기른 산신령이 나타나서 이렇게 말씀하셨습니다."

"어떻게?"

"소인의 정성에 감동하여 큰 부귀영화를 누리게 해주겠다며 어느 장소를 지시해 주었는데, 거기를 가보니 저 산삼이 있었습니다."

김풍헌은 은근슬쩍 '큰 부귀영화'라는 말을 강조했다.

"아무튼 좋은 걸 구해 왔다. 나가서 기다려라."

이렇게 분부한 뒤에 감사는 하인에게 명하여 엽전 백 냥을 주라고 하였다.

풍헌은 돈 백 냥을 받아들고 의기양양하게 감영을 나왔다. 그리고 주막을 하나 정하고 푸짐하게 한 상 차리도록 하여 맘껏 먹고 마셨다.

다음날부터는 원주에서 아는 사람을 모조리 불러서 술과 음식을 대접했다. 술과 음식을 대접받은 사람들은 몹시 부러워하며 저마다 한마디씩 하였다.

"함경도 사람은 손바닥만한 산삼 한 뿌리를 바치고 천 냥을 받았다고 하던데……."

"전라도 해남인가 어디에서는 높은 벼슬과 함께 많은 전답을 받았다는 소문이 있더군 그래."

그런 소리는 김풍헌을 한없이 기쁘게 만들었다.

그까짓 백 냥쯤은 돈 같지도 않았다. 조금만 기다리면 십만 냥 정도는 너끈히 들어올 것 같고, 벼슬도 현감 정도에서 머물지 않을 성싶었다.

김풍헌은 정말 물 쓰듯이 돈을 펑펑 썼다. 모르는 사람도 불러다 마구 선심을 쓰면서 감영에서 소식이 오기를 기다렸다.

그러나 이상하게도 기다리는 소식은 좀처럼 오지 않았다. 훌쩍 닷새가 지나고 열흘이 지났는데도 감영에서 들어오라는 분부가 없었다.

"왜 이렇게 시간이 걸리는 게야?"

김풍헌은 마음이 불안해졌다. 그동안 흥청망청 먹자판을 벌이다 보니 백 냥을 홀랑 다 썼고, 이제는 적잖을 빚까지 지고 있는 형편이었다.

그래서 더 이상 기다리지 못하고 감영으로 갔다. 삼문 밖에 이르러 문지기에게 곡절을 말하고 감사 뵈옵기를 청했다.

"기다리시오."

문지기가 안으로 들어갔다가 나왔다.

"들어가 보시오."

김풍헌은 회심의 미소를 지으며 안으로 들어갔다. 이제서야 꿈에 그리던 돈과 벼슬이 굴러들어 오는가 싶었다.

"네가 산삼을 바친 사람이었던가?"

"예, 그러하옵니다."

허리를 굽실거리고 손을 비비면서 싱글거렸다.

"그런데 왜 나를 보자고 하였느냐?"

"예?"

김풍헌은 깜짝 놀라 눈을 크게 떴다. 그가 듣기에는 천만 뜻밖의 말이었다. 오래 기다렸다고 위로의 말과 함께 다른 말을 할 줄로 철석같이 믿었는데, 왜 보자고 하느냐고 반문을 하는 데는 가슴이 철렁하도록 놀라지 않을 수 없었다.

"저, 저……, 그 산삼 값을 좀……."

"산삼 값?"

"예이."

"이미 주지 않았더냐?"

감사의 목청이 차갑게 울렸다.

"예? 이미 주셨다구요?"

눈앞이 캄캄해지는 것 같았다.

"그래, 내가 너에게 백 냥을 준 걸로 알고 있다."

"그 백 냥이 산삼 값이었단 말씀이십니까?"

"흠, 그렇지 않고!"

이 말에 김풍헌은 억장이 무너져 내리는 소리를 들었다.

"가, 감사 나으리! 세상에 어떻게……, 어른 팔뚝만한 산삼 세 밑의 값이 고작……."

가슴이 떨려 말도 제대로 이을 수가 없었다.

"백 냥이 적었더란 말이냐?"

감사의 목소리는 날카롭게 날이 서 있었다.

"그, 그게 아니오라……, 말하자면……."

우물쭈물하며 야속하다는 표정으로 감사의 얼굴을 살폈다.

"흠!"

감사는 김풍헌의 안절부절못하는 표정을 한동안 바라보고 있다가 헛기침으로 목청을 가다듬고 무겁게 입을 열었다.

"그래, 그 산삼은 어디서 난 것이지?"

"네에, 홍천 소인의 산에서 난 것입니다."

"홍천이라! 그렇다면 홍천은 어디 땅인고?"

강원감사가 홍천을 모를 리는 만무했다. 그런데 어디 땅이냐고 묻는 것이 좀 수상쩍기는 하였지만, 김풍헌은 그런 것을 깊이 생각할 겨를이 없었다.

"강원도 땅이옵니다."

"흠, 강원도라! 강원도는 어느 나라에 붙은 땅인고?"

한다는 소리가 점점 수상했다. 김풍헌은 까닭 모를 불안감을 강하게 느끼며 힘겹게 입을 열었다.

"조, 조선 땅이옵니다."

"그렇지! 조선 땅이지?"

"그, 그렇사옵니다."

"허어홈!"

감사의 헛기침 소리에 엄청난 위엄이 서렸고, 쪽 찢어진 두 눈은 날카롭게 빛을 발했다.

"그래, 너는 그 산삼을 얼마에 샀는고?"

"세 냥, 아니……."

너무 긴장했기 때문에 하마터면 사실을 말할 뻔했다. 그러나 얼른 정정하고 이렇게 말했다.

"도, 돈을 주고 산 것이 아니오라 소인의 산에서……, 산신령의 계시를 받아 캐낸 것이옵니다."

"네 이놈!"

갑자기 감사가 서탁(書卓)을 쾅 소리가 울리도록 내리치며 벼락을 때렸다.

"조선 땅, 그것도 본관이 다스리는 강원도 땅에서 캐낸 산삼의 값을 달라고? 에잇, 고얀 놈 같으니라고! 너의 정성이 갸륵하여 특별히 백 냥이란 거금을 주었건만 더 달란 말이지? 에잇, 경을 칠 놈 같으니라고! 그 산삼을 돈을 주고 산 것도 아니요, 거저 얻은 것을 본관에게 바쳤으면 그만이지 돈을 내라? 에라이 날도둑 같은 놈!"

감사는 마구 호통을 치다 서탁에 있던 붓통을 집어던 졌다.

"아이구야!"

붓통에 정통으로 얼굴을 맞은 김풍헌은 크게 비명도 지르지 못하고 손으로 그 부위를 싹싹 비벼대고만 있었다.

"네놈이 고린전 한 푼이라도 주고 그 산삼을 샀다면 내가 이러지도 않았을 것이다. 그런데 공짜로 얻은 산삼의 값을 달라는 것은……."

감사의 목소리는 다소 누그러졌다. 아마도 붓통에 얻어맞은 김풍헌의 눈퉁이가 시퍼렇게 멍든 것을 보고, 인간적으로 안됐다는 생각을 했는지도 모를 일이었다.

김풍헌은 슬쩍슬쩍 감사의 눈치를 살피면서 열심히 머리를 굴렸다. 산삼을 그저 얻은 것은 아니다. 춘보에게 세 냥, 아니 담뱃값까지 합하여 네 냥을 주고 산 것이 분명했다. 그리고 주막집에 빚진 돈도 오십 냥이 넘는다.

'한 삼백 냥만 받아도 그런대로…….'

이렇게 생각한 김풍헌은 손금이 닳도록 손을 비비면서 입을 열었다.

"감사 나으리! 저……, 다름이 아니옵고 그 산삼을……, 소인이 캐낸 것이 아니옵니다. 저……."

"뭐라고? 네가 캐낸 것이 아니라고?"

감사의 크고 차가운 말에 김풍헌은 다시 오금이 저렸다.

"그, 그러하옵니다. 사실은 이웃집 사람에게……, 개당……, 삼십, 아니 오십 냥씩 주고 샀습니다. 그러니 본전이라도……."

"네 이놈! 감히 누굴 능멸하려 드느냐?"

벽력 같은 호령이었다.

김풍헌은 몸이 벌벌 떨리고 눈앞이 노래졌다.

"여봐라! 이놈을 당장 끌어내어 곤장 삼십 대만 쳐서 내쫓아라!"

"예이!"

그날 저녁, 원주서 홍천으로 가는 고갯길을 힘겹게 넘고 있는 한 행객이 있었다. 그 행객은 고통스럽게 인상을 찡그리며, 연신 손으로 엉덩이를 부비면서 절룩절룩 간신히 발걸음을 옮기고 있었다.

달빛으로 그 얼굴을 확인해 보니, 실컷 얻어맞은 김풍헌이었다.

"아, 담배 맛 좋다!"

춘보는 팔을 괴고 누워 흐뭇한 표정으로 곰방대를 빨아대고 있었다. 개삼인가 뭔가 하는 약재 덕분에 뜻하지 않게 돈 냥이 생겼고, 풍헌 어른의 배려로 담배마저 절반은 자기 것이 되었다.

"풍헌 어르신이 보기 보다 사람이 좋아, 그렇지?"

춘보의 이 말에 아내 옥분이가 고개를 끄덕였다.

"그러게 말예요. 평소에는 그 딱장대 같은 사람이 이번에는 무슨 생각으로 그랬는지……."

"허어! 고마우신 어르신을 그런 식으로 말해서야 쓰나?"

춘보는 아내를 가볍게 핀잔했다.

"아, 출출하다! 시원 달콤한 막걸리나 한 사발 들이켰으면 딱 좋겠다!"

혼자말처럼 이렇게 중얼거리며 아내의 눈치를 살폈다. 집에 돈이 조금 있으니까 자꾸만 술 한잔 생각이 간절해지는 것이었다.

"아, 출출하다!"

몇 번이나 변죽을 울렸지만, 아내는 '나 못 들었소' 하고 시치미를 떼고 있었다.

"개삼이나 찾으러 나가 볼까?"

춘보는 곰방대에 담뱃가루를 가득 채워넣고 밖으로 나왔다.

늦은 가을해가 저물고 있었다. 텃밭으로 나간 춘보는 그 주변을 눈을 씻고 찾고 또 찾았다. 개삼을 발견한 뒤로부터 날마다 텃밭 주변을 이 잡듯 샅샅이 찾았지만 더 이상 개삼은 발견되지 않았다. 그렇지만 혹시나 하는 마음에서 그렇게 찾고 있는 것이었다.

"어여, 춘보!"

소리나는 쪽으로 돌아보니 박도사 댁 하인 돌쇠 아범이

었다.

"왠일이여?"

춘보의 시선이 돌쇠 아범의 손에 가서 멎었다. 그는 호리
병 하나를 손에 들고 있었던 것이다.

"할말도 있고, 또 오랜만에 자네와 막걸리나 한잔 하려
고."

"뭐어? 막걸리?"

춘보는 반색을 하며 군침을 삼켰다. 내일 아침에는 해가
서쪽에서 뜰 일이라고 그는 생각했다. 이날까지 고구마 한
조각이라도 나눠 준 일이 없는 꼽꼽쟁이 돌쇠 아범이 막걸
리를 다 사가지고 온 것은 정말 대단한 일이라고 생각하지
않을 수 없었다.

"여보, 마누라! 술상 좀 봐줘. 박도사 댁 돌쇠 아범이
술을 다 사왔어. 거 김치하고 뛰엄것 좀 안주로 주라구."

돌쇠 아범은 좌우를 두리번 거리다가 엮어서 처마밑에
달아놓은 담배를 보았다.

"담배 한 대 태우겠나?"

춘보의 이 말에 돌쇠 아범은 누런 이를 드러내며 헤벌쭉
웃었다.

"먼저 한잔씩 들세."

두 사람은 사발에 막걸리를 따라 쭉 들이켰다.

"카아, 시원하다!"

만족한 소리를 토해낸 춘보는 아직 간도 덜 든 개구리
뒷다리를 하나 집어들고 와작와작 씹었다.

"여보게, 춘보!"

돌쇠 아범이 은근한 목소리로 불렀다.

"왜 그런가?"

"전번에 자네가 말했지?"

"뭘?"

"풍헌 영감한테 개삼인가 뭔가를 팔았다고 하지 않았나?"

"아, 개삼? 팔았지."

"어휴, 그 엉큼하고 교활한 영감태기!"

분통이 터진다는 이 말에 춘보는 어안이 벙벙했다.

"왜 그래?"

"그것이 개삼이 아냐, 이 사람아!"

"개삼이 아니라고?"

"그래, 이 바보 같은 친구야. 그것은 개삼이 아니라 산삼이야, 산삼!"

춘보는 눈이 벌컥 뒤집혔다.

"그게 정말이야?"

"정말이고 말고. 풍헌 영감이 지금 원주감영에 팔뚝 같은 산삼 세 뿌리를 바치고서는 돈을 십만 냥인가 이십만 냥인가를 받았다고 소문이 파다해."

"엉, 십만 냥? 이십만 냥이라고?"

춘보는 머리가 핑그르르 돌았다.

"그것 뿐만이 아냐. 덤으로 현감 벼슬도 받았다는 소문이 있어."

"벼슬까지?"

"어쨌든 자네는 굴러들어온 복을 놓쳤어."

말만 들어도 심장이 떨어지도록 놀라지 않을 수 없었다. 자기 처지에는 단돈 한 냥이라도 큰 것인데, 십만 냥이니 이십만 냥이니 하는 것을 들으니 도무지 현실감이 느껴지지 않았다.

"여보게, 춘보! 한 잔 더 들게."

돌쇠 아범은 춘보의 빈 사발에 막걸리를 따라주었다. 그런 다음 군침을 꿀떡 삼키면서 이렇게 말했다.

"풍헌 영감이 돈을 받아가지고 오거들랑 죽어라고 바짓가랑이를 붙잡고 늘어져. 십만 냥이 훨씬 웃도는 것을 겨우 석 냥에 가져간 것이 말이나 되나? 자네가 강하게 나가면 풍헌 영감도 안 주지는 못할 걸세. 절반은 못 주더라도 만 냥 정도는 주겠지?"

"……."

이 소리만 듣고도 춘보는 꿈을 꾸는 것만 같았다. 천 냥 부자도 하늘이 안다는데, 그 열곱의 부자가 된다니…….

"여보게, 춘보!"

돌쇠 아범의 목소리는 더욱 은근해졌다.

"자네와 나는 오래 전부터 형제처럼 지내왔던 사이가 아닌가? 그래서 내가 이 귀한 막걸리도 사가지고 왔고……."

춘보는 꿈을 꾸는 듯한 눈으로 돌쇠 아범의 족제비 같은 얼굴을 보았다. 약기가 방앗간 생쥐처럼 약은 사람이었다. 그가 하는 말을 듣고 보니 막걸리를 사온 이유를 알 것도 같았다.

"자네가 벼락부자가 되면 설마 나를 모른 척하지는 않겠지? 이렇게 귀한 막걸리를 사온 나를……."

　마침내 본색을 드러내고 있는 데도 춘보는 그가 얄밉게 생각되지 않았다. 만 냥만 들어온다면 백 냥 정도는 흔쾌히 떼어줄 용의도 있었다.

　"그런 걱정은 하덜 말어."

　"그럴 줄 알았네! 우리가 보통 사이인가?"

　돌쇠 아범은 귀밑에까지 찢어질 정도로 좋아했다.

　"근데 내일 아침 일찍 떠나라시네."

　"……."

　춘보가 눈을 끔벅거리자 그는 계속 말을 이었다.

　"매년 이맘 때면 항상 봉물을 보내잖아. 올해도 그걸 싣고 내일 새벽에 떠나래."

　"생각해 보니 그렇군."

　박도사는 해마다 한양의 재상집에 봉물을 한 짐씩 보냈다. 강원도 소산인 버섯, 도라지, 산취 등을 좋은 것으로 골라서 보내는데, 춘보도 여러 번 심부름을 한 적이 있었다.

　한양에 심부름을 가게되면 몇 닢의 심부름값을 주었다. 썩 후한 것은 아니지만, 아쉬운 대로 쏠쏠했다.

　그런데 이번에는 달갑지 않았다. 심부름값을 많이 준다고 해도 떠나고 싶지 않았다.

　'풍헌 영감이 언제올는지 모르는데.'

　춘보는 돌쇠 아범의 말을 듣고 한없이 가슴이 부풀어 있었다. 풍헌 영감이 돈을 받아오면 죽기살기로 붙잡고 늘어질 판이었다. 곧 만 냥이 생기느냐 마느냐의 기로에 서 있는데, 자기가 자리를 비우면 안 될 것만 같았던 것이다.

“이번에는 그만 됐으면 좋겠는데…….”

이 말에 돌쇠 아범은 능글능글한 웃음을 흘렸다.

“풍헌 영감 때문에 그러지?”

“…….”

“아따, 이 사람아! 그것은 한양 구경을 하고 와서도 늦지 않아. 풍헌 영감이 당장 어디로 가는 것도 아니고 말야.”

“그럴까?”

“그렇지 않고? 아무 걱정 말고 내일 첫새벽에 내려 오게. 일찍 떠나야 하니까 말일세.”

“알았네.”

다음날 춘보는 박도사 집 하인들과 함께 봉물을 지고 한양으로 갔다. 꼬박 이틀만에 한양에 도착하여 하룻밤을 주막에서 묵은 후에 재상집을 돌며 봉물을 전해주었다.

‘풍헌 영감이 왔을까? 지금쯤은 왔겠지!’

춘보는 이런 생각 때문에 한양 구경이 조금도 재미있지 않았다. 한시라도 빨리 홍천으로 내려가고 싶었다.

봉물을 다 전달했을 때는 날이 저물었다. 박도사 집 하인들은 주막으로 들어가려고 했다.

“나는 먼저 내려가겠네.”

춘보는 마음이 급하여 밤길을 떠나기로 결심했다.

“날이 저물었는데 어떻게 간다고?”

돌쇠 아범이 말렸지만, 춘보는 뜻을 꺾지 않았다.

쉬지 않고 밤길을 부지런히 걸었다. 달빛은 교교하고, 어디선가 이름 모를 풀벌레들이 사무치게 울어댔다.

얼마나 걸었을까? 자정이 지났을 무렵부터 다리는 아프고 몸은 몹시 피곤했다. 게다가 오실오실 춥기까지 했다.

"하룻밤 묵었다가 내일 함께 올 걸 그랬나."

혼자서 무모하게 밤길을 떠나온 것이 후회가 되기도 했다.

길가에 주막이 없는 것은 아니었다. 그러나 돈이 아까워 주막에 들어가 쉬었다가 갈 수도 없었다.

다시 얼마쯤 걸었다. 가파른 언덕을 하나 힘겹게 넘어서니 주막이 하나 눈에 들어왔다.

그 앞을 막 지나치는데, 누군가가 뒤에서 불렀다.

"여보세요, 여보세요!"

춘보가 돌아보니 주막집 여인이었다.

"왜 그러시오?"

"하룻밤 묵어 가세요."

"일 없소. 조금만 더 가면 우리집이오."

"그러지 말고 제발 하룻밤만 묵어 가세요."

여인은 춘보의 소맷자락을 꽉 움켜잡고 애원조로 말했다.

"일 없다는데 왜 그러시오?"

춘보는 야당스럽게 툭 쏘았다.

"밥값도 받지 않고 술값도 받지 않을 테니 제발 들어오시기나 하세요."

"그게 정말이오?"

춘보는 귀가 번쩍 트였다. 쉬어가고 싶은 마음이야 굴뚝같지만, 돈 때문에 고생스러움을 애써 참고 있는 것이 아니던가.

"염려 마시고 어서 들어오시기나 하세요."

"허어, 조금만 더 가면 우리집인데……."

마음에도 없는 소리를 지껄이며 못이기는 척하고 안으로 들어갔다.

이윽고 여인이 상을 차려왔다. 김이 모락모락 피어오르는 국밥이며, 먹음직스럽게 보이는 고기를 보는 순간 입안에 군침이 가득 고였다.

"술부터 한잔 드시고 천천히 음식을 드세요."

여인은 살랑살랑 웃으며 술을 따랐다.

춘보는 잔뜩 시장하던 차에 막걸리 한 사발을 단숨에 들이키고, 입을 쩝쩝거리며 국밥을 깨끗이 비웠다.

"저……."

춘보가 몇 잔의 술을 들이켰을 때, 여인은 한참 뜸을 들이다가 입을 열었다.

"죄송하지만 절 좀 도와주세요."

여인이 춘보를 붙잡은 사연은 이러했다.

여인의 남편은 장사차 어디 나가고, 여인 혼자 있는데 어제 해질무렵 손님 한 사람이 웃방에 묵었다.

그 손님은 몸이 편치 않은 모양으로 밤새도록 신음소리를 내며 끙끙 앓더니 어느 순간 조용해졌다. 그래서 살며시 문을 열어 보았더니 싸늘한 시체로 변해 있었다는 것이었다.

"여자의 몸으로 시체를 웃방에 놓고 무서워서……."

밥과 술을 잘 얻어먹은 춘보는, 본시 마음이 착한 사람이

라, 그 여인을 동정하여 시체를 수습한 후 산에 잘 묻어주
었다.

시체를 묻고 다시 주막으로 돌아온 춘보는 여인이 차려
준 술과 안주를 실컷 먹고 곯아떨어졌다.

"어이쿠, 벌써 날이 밝았구나!"

눈을 떴을 때는 아침 햇볕이 창살에 눈부시게 비추고 있
었다. 주인 여자는 아침을 지어 놓고 마당을 쓸고 있었다.

"큰일을 치루고 피곤하실 텐데 더 주무시지 않고……."

여인의 말에 춘보는 배시시 웃었다.

"술에 취하여 정신없이 잤습니다."

"곧 아침상을 올리겠습니다."

"뭘 그렇게까지……."

말은 이렇게 했지만, 충분히 대접을 받을 일을 했기 때문
에 마음이 당당했다.

아침 밥상은 매우 풍성했다. 통닭도 한 마리 올려져 있
고, 반찬도 열댓 가지가 넘었다.

"어서 드십시오."

이렇게 융숭한 대접을 받아 보기란 춘보로서는 일생 처
음이었다.

"해장으로 술부터 한 잔……."

주인 여자가 옆에 앉아 술까지 따라 주었다. 춘보는 사양
하지 않고 서너 잔 받아 마시고, 밥 한 그릇과 통닭을 남김
없이 뜯었다.

"너무 잘 먹었습니다."

밥상을 물린 후 곧 길을 떠날 차비를 했다. 빨리 집으로

가서 풍헌 영감을 찾아가야 한다는 생각뿐이었다.

"아니, 이렇게 가시려고요?"

주인 여자가 놀라 물었다.

"예, 갈 길이 바빠서."

"그래도 제가 너무 신세를 졌는데 그렇게 가시면……."

"뭘요, 그깟 일을 가지고. 어쨌든 잘 쉬었다가 갑니다."

춘보가 인사를 하고 막 걸음을 옮기려고 하는데 주인 여자가 황급히 말했다.

"잠깐만요 ! "

"왜요 ? "

"정 그대로 가셔야 한다면 어젯밤 황천길을 떠난 그 손님의 짐이 있는데, 무엇이 들었는지는 몰라도 밤새 애를 쓰셨으니 가져가십시오."

주인 여자는 재빨리 문을 열고 짐을 가리켰다.

죽은 사람의 짐은 괴나리봇짐과 보자기로 싼 상자 같은 것이 하나 있었다.

"내 것도 아닌데……."

춘보는 꺼림칙하여 마음이 내키지 않았다.

"우리가 두어야 쓸데도 없으니 꼭 가져가세요."

주인 여자는 한사코 가져가라고 조르다시피하였다. 춘보에게 고마움의 보답으로 준다는 것 보다는, 비명 객사한 사람이 남긴 불길한 물건을 집 안에 둔다는 것이 꺼림칙하여 그러는 것이었다.

"그렇다면 무엇인지 한번 보기나 합시다."

춘보는 먼저 괴나리봇짐을 풀었다. 거기에는 구린내가

코를 찌르는 헌 버선 한 켤레와 좋은 종이에 싸서 길게 접은 서찰 한 장이 있었다.

"글씨는 잘 쓴 것 같다만……."

편지를 펼쳐들기는 하였지만, 눈뜬 장님이나 다름없는 춘보로서는 그 내용을 알 길이 없었다. 그러나 좋은 종이에 일필휘지로 써내려간 것으로 보아 훌륭한 사람이 쓴 것임에는 틀림이 없는 것 같았다.

"흠!"

옆에 있는 보자기를 풀어보니 큼직한 궤짝이 나왔다. 그 속에 뭐가 들어 있는지는 모르나 쉽게 열 수 없도록 꼭 봉해져 있었다. 또 곁을 장지로 꼼꼼하게도 발랐는데, 그 위에는 큼직한 도장이 하나 찍혀 있었다.

"대체 무엇이길래 이렇게 거창하지?"

호기심이 동한 춘보는 그 속의 물건을 확인해보지 않고는 견딜 수가 없는 심정이 되었다. 그래서 옆에 있는 목침으로 힘껏 내리쳤다.

몇 차례 내리치니 마침내 궤짝이 부서졌다.

붉은 비단으로 싼 내용물을 푸니 다시 무명이 나왔고, 무명을 푸니 푸른 이끼가 가득 들어 있었다. 그 이끼를 헤쳐보던 춘보는 별안간 눈이 휘둥그레졌다.

"아니, 이건……?"

그것은 개삼, 아니 산삼이었다. 자기가 담배를 베다가 캐내어 풍헌 영감에게 세 냥을 받고 판 그 산삼이 분명했다. 무엇인가 확인하기 위하여 자기가 뿌리를 떼어낸 자국도 선명했다.

"세상에 어떻게 이런 일이……."

춘보는 마치 낮도깨비에 홀린 듯한 기분이 들었다.

그 산삼을 풍헌 영감이 강원감사에게 바쳤다는 소문을 들었다. 그리고 엄청난 돈과 벼슬까지 얻었다는 말도 들었다.

그런데 그 산삼이 어떻게 해서 그 궤짝 속에 들어 있고, 또 죽은 사람이 갖게 되었는가가 한없이 궁금했다.

여러 모로 생각을 해봤다. 아마도 강원감사가 한양 어느 대감께 봉물로 바치는 것이 아닌가 하는 생각이 들었다.

'이유야 어쨌든 이 산삼은 이제 내 것이 아니다. 풍헌 영감이 세상 물정 어두운 나를 속여서 석 냥에 사갔지만, 한 번 판 이상은 그것으로 끝이다.'

착하고 순진한 춘보는 그 물건을 주인에게 돌려주어야 한다고 생각했다. 그래서 글을 아는 사람에게 편지를 보였는데, 강원감사가 한양 운현 대감에게 보낸 것이라고 했다.

'음, 갖다 주면 돈 몇 냥이라도 주실는지 모르지.'

춘보는 집으로 향하던 발길을 돌려 다시 한양으로 향했다.

"운현 대감 댁이 어디요?"

동대문 안을 들어서면서부터 길가는 사람에게 묻고 물어 운현궁을 찾아갔다. 춘보가 운현궁 소슬대문 앞에 당도한 것은 늦가을 해가 넘어가고 어둠이 짙을 무렵이었다.

"운현 대감을 만나러 왔습니다만……."

춘보가 머뭇거리며 말하자 문지기가 그의 초라한 행색을 위로 아래로 살피다가 눈알을 부라렸다.

"네 이놈! 여기가 어디라고 감히 너 같은 놈이 얼씬거린
단 말이냐? 경을 치기 전에 썩 물러가지 못할까?"

문지기의 호통소리에 춘보는 움찔했다.

"그렇지만 이걸 운현 대감께 전해야……."

"이 녀석아, 우리 대감께서 그런 너절한 물건을 거들떠보
기나 하실 것 같아?"

"글쎄, 꼭 만나뵙고 바쳐야하는 물건이라서……."

춘보와 문지기는 서로 만나야 하느니, 물러 가라니 하며
한동안 실랑이를 하고 있었다.

흥선대원군은 백성들의 소리를 듣기 좋아했다. 그래서
저녁이면 장죽을 물고 뜰을 한바퀴 거닌 다음 행랑으로 나
가서 하인들이 주고받는 소리를 은밀히 듣는 것이 일과처
럼 되어 있었다.

이날도 담배를 붙여 물고 뜰을 한바퀴 돈 다음에 행랑으
로 걸음을 옮겼다. 그런데 문간에서 떠들썩하는 소리가 들
렸다. 조용히 발걸음을 숨기고 그곳을 보니까 웬 협수룩한
시골 사람이 자기에게 전할 물건이 있다면서 문지기에게
사정을 하고 있는 것이었다.

"어서 꺼지지 못해?"

문지기가 발길질을 했지만 그는 막무가내였다.

"이것을 꼭 운현 대감께 전해야 한다니까요."

대원군은 재빨리 대청마루로 돌아와 하인을 불렀다.

"게 누구 없느냐?"

"예이."

청지기가 재빨리 달려와 머리를 조아렸다.

"대문간이 왜 저리 소란하냐? 무슨 일인지 알아 보아라."

"예이."

이윽고 청지기가 아뢰었다.

"웬 헙수룩한 시골 사람이 무슨 더러운 보자기에 싼 물건을 대감께 올린다고 야단이올습니다."

"그래서?"

"못들어 오게 하니까……."

이 말이 끝나기도 전에 대원군의 입에서 호통이 터졌다.

"내게 가져온다는 물건을 네놈들이 가로 막아? 고얀놈들 같으니라고! 그 사람을 썩 들여보내라."

이리하여 춘보는 대원군 앞에 섰다.

"네가 나를 만나러 왔다고?"

대원군의 이 말에 춘보는 그를 물끄러미 쳐다보았다.

"나리 마님이 운현 대감이오?"

"그렇다."

대원군은 무례하지만 소박한 말에 빙그레 웃었다.

"이것을 바치려고 왔습니다."

춘보가 내미는 보따리를 청지기가 풀었다. 대원군은 긴 장죽을 문 채 눈을 떴다 감았다 하면서 춘보와 보따리를 번갈아 바라보고 있었다.

마침내 산삼이 드러났다. 그와 동시에 대원군의 눈이 달걀만큼이나 커졌다.

"아아……!"

감탄사를 토해내며 재빨리 산삼 하나를 손에 들었다.

"야, 그놈 크기도 해라 !"

지금까지 수많은 산삼을 보고 먹고 하였지만, 이렇게 탐스럽고 큰 것을 본 일은 없었다.

"네가 참 귀한 것을 가져왔구나. 그래, 이것을 네가 캤느냐 ?"

"저……."

춘보는 선뜻 대답을 못하고 머뭇거렸다.

"왜 그러느냐 ?"

"소인이 캐기는 했습니다요만……."

"그게 무슨 말이냐 ?"

"석 냥에 팔았습니다요."

"석 냥에 팔다니 ? 누구한테 ?"

대원군이 캐묻자 춘보는 자기가 아는 데까지 사실대로 말했다.

"허, 그런 일이……."

대원군은 춘보의 말을 듣고 사건의 전말을 추측하였다.

'풍헌이란 작자가 순박한 저자가 캔 산삼을 속여서 석 냥에 샀다. 그것을 강원감사에게 바쳤고, 감사는 사람을 시켜 나에게 보냈는데, 그 사람이 중간에서 급작스럽게 죽었다. 산삼이 저렇게 큰 것이면 천하에 다시없는 영물이다. 하늘이 저자의 눈에 띄게 한 것은 숨은 뜻이 반드시 있을 것이다. 그런데 다른 사람이 간사한 꾀로 빼앗았기 때문에 조화를 부려 처음 임자에게 돌아가게 한 것이 아닐까 ?'

이렇게 생각한 대원군은 하늘의 섭리에 한없이 감탄하였다.

"너의 순박하고 정직한 마음이 참으로 고맙구나. 그래 네 성명이 뭐냐?"

"이춘보라고 합니다."

"이춘보라? 어디 이가냐?"

"전주 이가이옵니다."

"호, 전주 이가? 그렇다면 우리 일가로구나? 거 참, 반 갑다."

대원군은 흐뭇한 웃음을 지으면서 청지기에게 명했다.

"알고보니 이 사람이 우리 일가로구나. 시골 태생이라 아 무것도 모를 테니 네가 맡아서 좀 가르쳐라."

"예이."

이리하여 춘보는 운현궁 사랑 한 구석에 있게 되었다.

시간이 달음질을 치는 듯이 흘렀다. 닷새가 지나고, 열흘 이 지나고, 한 달이 훌쩍 지나갔다.

춘보는 좋은 옷을 입고 끼니마다 기름진 음식을 먹고 있 지만, 몸이 달아 미칠 지경이었다. 고향에서는 가족들이 눈 이 빠지게 기다리고 있을 것이었다. 그보다도 더 걱정인 것 은 세력이 무서운 박도사의 심부름을 왔다가 돌아가고 있 지 못한 것이었다. 이제 내려갔다가는 호되게 경을 칠 일만 남았다고 춘보는 생각했다.

그런데 일가라는 양반의 얼굴은 코빼기도 만나볼 수가 없었다. 날마다 청지기에게 고향으로 내려가게 해달라고 졸랐지만, 청지기는 대감의 분부가 있기 전에는 내려갈 수 없다는 말만 되풀이했다.

"아이고, 미치겠네!"

이렇게 끌탕을 하던 어느 날, 대감이 부른다는 말을 들었다. 춘보는 울며불며 사정을 해서라도 집으로 돌아가야겠다고 마음먹고 대원군 앞에 가서 무릎을 꿇었다.

"너 집에 가고 싶지 않느냐?"

그렇지 않아도 사정을 할 판인데, 일가라는 양반이 먼저 그런 말을 하니 춘보는 뛸듯이 기뻤다.

"왜 안가고 싶겠습니까?"

"흠, 그렇다면 이제 내려가도록 해라."

"아이고, 고맙습니다!"

춘보는 몇 번이고 절을 했다.

"여봐라! 돈 열 냥과 정자관 하나를 가져오너라!"

"예이."

청지기가 그것을 가져오자 대원군은 춘보에게 주었다.

'그러면 그렇지!'

춘보는 엽전을 받아들고 회심의 미소를 지었다. 그 돈이면 갖고 싶은 물건을 맘껏 사고도 예닐곱 냥은 실히 남을 액수였다.

"춘보야, 너는 내 일가이니 저 관을 써라."

이 말에 춘보는 겁이 더럭 났다. 무식한 자기가 알기에도 관은 아무나 함부로 쓰는 것이 아니었다. 그리고 관을 쓰고 고향에 갔다가는 박도사 같은 세력가에게 죽도록 볼기를 맞을 것이 분명했다.

"어서 관을 쓰라는데 뭘 꾸물대고 있느냐?"

대원군의 호통을 듣고 춘보는 엉겁결에 관을 썼다.

"하하……. 관을 쓰니 그럴 듯하구나. 이제부터 너는 그

관을 잠시라도 벗으면 안 된다. 만약에 벗었다는 소문이 내게 들리면, 당장에 잡아다가 호되게 경을 칠 줄 알아라!"

"예, 예……."

춘보는 운현궁을 나왔다. 먼저 종로통으로 가서 마누라와 아이들에게 줄 옷감과 탐나는 물건을 잔뜩 샀다. 그러고도 여섯 냥이 남았다.

'이것들을 마누라와 아이들에게 탁 내놓으면 얼마나 기뻐할까? 흐흐, 빨리 가자.'

춘보는 흐뭇한 상상을 하며 홍천을 향해 부지런히 걸음을 옮겼다. 집에 도착하는 즉시로 풍헌 영감을 찾아가야 한다는 생각도 잊지 않았다. 돌쇠 아범은 너끈히 만 냥은 받아낼 수 있다고 하였지만, 다만 천 냥이라도, 아니 백 냥이라도 받기만 한다면 좋을 성싶었다.

그러나 한편으로 걱정이 떠나지 않았다. 아무리 생각해도 박도사에게 끌려가 볼기를 맞는 것을 피할 수 없을 것 같았다.

밤이 깊어서야 꿈에 그리던 집에 도착하였다. 왜 이렇게 늦었냐고 마구 화를 내는 마누라에게 옷감을 비롯한 선물을 한아름 안겨주니 금시 입이 함지박만하게 벌어졌다.

"어머나, 어머나! 곱기도 해라. 당신이 무슨 돈이 있다고 이런 것을……, 엉?"

그제서야 남편의 달라진 모습을 확인한 마누라의 눈이 놀랄만큼 커졌다.

"아니, 여보! 당신이 웬 관을 쓰고 있어요?"

춘보는 어깨를 으쓱하며 말했다.

"우리 일가 어른께서 주셨어. ……근데 박도사 댁에서 누가 안 왔어?"

"왜 안 와요. 하루에도 두세 번씩 오는 걸요. 내일 날이 밝기가 무섭게 올 것이오."

"그래?"

이날 밤, 춘보는 볼기를 맞을 일이 걱정이 되어 잠을 이루지 못했다. 금년 봄에 마을의 한 소작인이 무슨 실수를 하여 볼기를 맞았는데, 매를 잘못 맞는 바람에 아주 병신이 되어 버린 일이 있었던 것이다.

불안으로 지새운 밤이 가고 아침이 밝았다. 마누라의 말처럼 박도사 집 하인 돌쇠 아범이 부리나케 올라왔다.

"춘보! 춘보 왔나?"

"…….."

춘보는 심장이 뚝 떨어지는 줄로만 알았다. 그런 와중에서도 얼른 정자관을 머리에 썼다.

"춘보가 왔구면?"

"예, 간밤에 왔구만이라."

돌쇠 아범과 마누라가 주고받는 소리를 들으면서 춘보는 두려움에 몸을 떨었다.

"이 사람이 어디를 갔다가 이제 왔어? 도사 어르신께서 얼마나 화를 냈는지 알기나 하고 그랬어?"

이렇게 소리치며 돌쇠 아범이 문을 열어 제쳤다.

"어라?"

돌쇠 아범은 놀란 표정으로 소리쳤다.

"춘보 자네 꼴이 그게 뭔가?"

"음, 우리 일가 어른께서 이 관을 쓰라고 해서……."

춘보는 겸연쩍게 웃으며 관을 만졌다.

"일가?"

"응, 한양에 사는 운현 대감이라는 사람이 우리 일가야."

"뭐라고? 운현 대감이 자네 일가라고?"

"그래."

"흥! 소가 웃을 일일세. 미친 소리 그만 하고 어서 가세. 도사 어르신께서 자네가 왔으면 지체 말고 내려오라 하셨네."

"가, 가야지."

춘보는 얼굴이 하얗게 질려 자리에서 일어나 엉기적거리며 밖으로 나왔다.

"허, 자네! 지금 그 관을 쓰고 갈 참인가?"

"우리 일가 어른께서 잠시도 벗지 말라고 하셨네."

"허, 허, 허, 허……!"

돌쇠 아범은 기가 막혀 말도 안 나오는 모양이었다.

관을 쓰고 돌쇠 아범의 뒤를 따라가는 춘보의 마음도 편할 리는 없었다. 한 달이나 늦게 돌아온 것도 큰 죄가 되는데, 거기에 주제넘게 관까지 쓰고 있으니 얼마나 경을 치게 될 지는 상상도 되지 않았다.

'일가 어른께서는 괜히 관을 쥐가지고…….'

대원군을 원망하였다. 일가라면 논 마지기나 사게 돈이나 한 몇백 냥 뚝 떼어주실 것이지 하등 쓰잘데없는 관은 왜 쥐가지고 사람을 곤혹스럽게 만든단 말인가!

"흐흥……, 흐흥……, 흐아하하……."

춘보의 꼬락서니를 본 박도사는 배를 움켜잡고 한바탕 웃음을 터뜨렸다.

"네 이놈!"

박도사의 노기에 찬 호통이 지붕을 들썩거리게 하고도 남음이 있었다.

"네놈이 미치지 않고서야 어떻게……? 미친놈에게는 몽둥이가 최고 약이다."

이 말을 들은 춘보는 정신이 아득해졌다.

"여봐라! 저놈이 쓰고 있는 관을 벗겨 찢어버리고 제정신이 돌아올 때까지 매우 쳐라!"

"예이!"

곤장을 치면서 내는 박도사 집 하인의 기합소리, 곤장이 엉덩이에 마찰되는 소리, 춘보의 비명소리가 거의 두 시간 정도나 계속되었다.

춘보는 박도사 집 소슬대문을 엉금엉금 기어서 나왔다. 반은 송장이 되어 간신히 집으로 돌아온 춘보는 사나흘 동안 심한 장독(杖毒)에 고생을 했다.

"여보, 인제는 그나마 부치던 박도사 댁 밭뙈기도 떼이겠죠?"

마누라가 걱정스럽게 묻는 말이었다.

"글쎄?"

춘보도 그것이 걱정이었다.

"그것마저 떼이면 앞으로 어떻게 살지요?"

"……."

춘보는 대답 대신 눈을 감았다. 들리는 소문에 의하면 풍헌 영감도 산삼을 강원감사에게 바치고 욕심을 부리다가 실컷 매를 맞고 빚만 지고 돌아왔다고 했다. 바짓가랑이라도 붙들고 늘어져 돈을 받아내야겠다는 희망이 물거품이 되어 버린 것이 아닌가. 이 마당에 소작마저 떼인다면 정말 살아갈 길이 막막하지 않을 수 없었다.

사람이 꼼짝없는 궁지에 몰리면, 여인의 꾀가 사내보다 나은 법이다. 정말 그랬다. 옥분은 문득 남편의 일가라는 그 운현 대감을 생각해내고 이렇게 입을 열었다

"여보, 운현 대감이라는 그 일가 양반 때문에 이렇게 되지 않았소?"

"그렇지, 그 양반 탓이지."

"그 양반이 부자라고 했지요?"

"부자고 말고. 집이 굉장히 컸어."

"그러면……, 그 양반한테 가서 살려달라고 한번 사정을 하는 것이 어떻겠어요? 그 양반이 우리 밥줄을 끊어 놓았으니까 말예요."

"그런가?"

춘보가 생각해도 그럴 듯했다.

이날 밤을 택하여 춘보는 몰래 집을 떠나서 한양으로 향했다. 엉덩이가 터진 것이 아직 아물지 않았기 때문에 한없이 절뚝거리며 걸었다.

운현궁 앞에 도착한 춘보는 문득 걸음을 멈추고 머리를 매만져 보았다. 운현 대감이 정자관을 쓰라고 주면서 잠시라도 벗으면 호되게 경을 칠 것이라고 경고하던 말이 귀에 쟁쟁하게 들리는 것 같았다.

'박도사가 빼앗아 찢어 버렸으니 내 잘못은 아냐.'

춘보는 마음을 대담하게 먹고 운현궁 안으로 들어갔다. 이번에는 문지기들도 그를 가로막지 않았다.

춘보는 다짜고짜로 사랑 대청으로 올라갔다.

사랑에 앉아서 난을 치고 있던 대원군은 춘보를 흘깃하고 입을 열었다.

"왜 벌써 왔느냐?"

이 말을 듣는 순간 설움이 북받친 춘보는 '어흐흥!' 하고 울음보를 터뜨렸다.

"이 녀석아! 울기는 왜 갑자기 우느냐?"

"이것을 좀 보세요."

춘보는 주저하지도 않고 엉덩이를 깠다. 대원군이 보니 엉덩이가 심하게 터졌고, 거무죽죽한 피가 엉망으로 엉겨 있었다.

"아프겠구나! 왜 그렇게 됐느냐?"

"왜는 웹니까? 제가 싫다고 하는 관을 억지로 쓰라고 하시더니, 박도사 나리께 죽도록 맞은 것입니다."

이렇게 볼멘소리를 토해낸 춘보는 또 왕왕 울기 시작했다.

"내 일가라고 하지 그랬느냐?"

"왜 안 했겠습니까? 일가라고 해도 관을 빼앗아 마구 찢어버리고 때리던 걸요."

"정녕 그랬단 말이냐?"

"그렇다니까요."

춘보는 어리광을 부리듯 말하며 또 울었다.

"알았으니 그만 울어라!"

대원군은 곧 청지기를 불러 동재골에 사는 박승지를 급히 불러오라고 엄하게 명을 내렸다.

한편 대원군이 부른다는 영을 받은 박승지는 가슴이 마구 뛰었다. 그는 뻔질나게 운현궁을 드나들며 대원군의 환심을 사려고 무던히도 애를 쓰던 위인이었다. 금년에도 홍천의 동생이 보낸 봉물 중에서 가장 좋은 것으로 한짐 골라 운현궁으로 보냈었다.

'대원군께서 이제야 내 정성을 알아주시나 보구나.'

박승지는 자기의 벼슬을 높여주려고 부르는 것으로 믿고, 그야말로 신을 거꾸로 신다시피하고 운현궁으로 달려갔다.

"동재골 박승지가 대령했습니다."

청지기가·아뢰자, 곧 대원군의 우렁찬 목소리가 들렸다.

"그 고얀놈이 왔다고?"

청천에 벽력이 아닐 수 없었다. 이번에는 틀림없이 그럴듯한 자리를 얻을 것이라고 철석같이 믿고 있는데, 문도 열지 않고 호통부터 치니 천지가 아득하였다.

"네 이놈!"

"예이, 황공하옵나이다."

까닭은 모르지만, 대원군이 서슬이 퍼렇게 호령을 지르니 자기에게 무슨 잘못이 있는 것만은 분명한 것 같았다.

"이놈, 이 고얀 놈! 그래 네놈의 박가가 우리 이가를 능멸해? 감히 내 일가의 관을 빼앗아 찢고, 게다가 매까지 때려?"

대원군의 분노는 하늘을 찌를 듯했다. 박승지는 이 호통을 듣고 어안이 벙벙했다. 자기 집안에서 누가 감히 대원군 일가의 관을 찢고 매를 때릴 수 있단 말인가! 그럴 리는 만무했다. 대원군이 잘못 알고 그러는 것이라고 박승지는 생각했다. 그러나 눈알이 핑핑 도는 것은 어쩔 수 없었다.

"황송하오나, 무슨 말씀이옵신지……."

간신히 입을 열었다. 그러자 득달 같은 호통이 굳게 닫힌 문짝을 마구 흔들리게 했다.

"네놈들이 끝까지 나를 능멸할 셈이렷다! 네놈의 동생이 내 일가의 관을 찢고 볼기까지 마구 때렸다. 나와 일가라고 했는데도……. 이 죽일 놈들! 너희 형제의 지체가 얼마나 도도하길래 감히 그런 짓을 해!"

박승지는 자신의 몸이 사시나무처럼 떨고 있다는 사실을 느꼈다. 동생이 정말 대원군 일가의 관을 찢고 볼기를 때렸다면, 하늘이 두쪽 나는 일이 벌어지더라도 살아날 길은 없었다.

'대체 어쩌자고…….'

동생을 한없이 원망하며 진땀을 흘리고 있는데, 안으로부터 대원군의 목소리가 흘러나왔다.

"네놈의 쌍판도 보기 싫으니 썩 물러가서 네놈들이 지은 죄를 잘 생각해 보아라. 죽일 놈들! 감히 내 일가를 그렇게……."

박승지의 심정은 기막히다는 간단한 말로는 형용할 수가 없었다. 세상이 칵 눈앞에서 꺼져 없어지는 듯 하였다.

허망지망 운현궁을 나온 박승지는 집으로 오자마자 말을

달려 홍천으로 떠났다.

"이랴! 이놈의 말, 빨리 가자!"

어찌나 급한지 목이 떨어져 나가도 모를 정도였다.

숨을 헉헉거리며 홍천에 도착한 박승지는 동생집 대문을 발로 쾅쾅 찼다. 금시 목이 떨어져 나갈 판이었다. 그런데 어찌 양반의 체통을 지킬 겨를이 있겠는가!

"어서 문 열어라!"

아무 기별도 없이 형님이 밤중에 닥쳐들자 박도사는 버선발로 뛰어나갔다.

"아니, 형님! 이 밤중에 어쩐 일로……."

박도사는 반색을 하면서 형님을 맞이했다.

"철썩!"

그순간 살을 가르는 듯한 마찰음이 터졌다.

"어이쿠야!"

박도사는 엉겁결에 뺨을 맞고 비명을 질렀다.

"왜 이러십니까, 형님?"

"왜 이러냐고? 동생 때문에 우리가 모두 죽게 생겼어!"

"예?"

박도사의 눈이 왕방울만큼 커졌다.

"그건 또 무슨 말씀이십니까?"

"이 사람아! 대체 어쩌자고 대원이 대감의 일가를 잡 아다가 관을 찢고 볼기를 쳤어?"

"제가요?"

형의 말에 동생은 어안이 벙벙하기만 했다. 자기가 대원 군의 일가를 잡아다가 볼기를 치고 관을 찢다니……, 그것은 천부당만부당한 말이 아닐 수 없었다.

"저는 지금 형님께서 무슨 말씀을 하시는 것인지 통 모르겠습니다."

"정말인가?"

"생각해 보십시오. 제가 목숨이 몇 개나 붙어 있다고 대원이 대감의 일가에게 그런 짓을 하겠습니까? 그리고 이런 시골에 대원이 대감의 일가가 살기나 하겠습니까?"

동생의 말에 형은 한숨을 내쉬었다.

"하긴 그렇군. 아무튼 동생의 말을 듣고 보니 마음이 좀 놓이네. 정말 관을 찢고 볼기를 때린 일이 없겠지?"

노파심에서 다시 다짐을 받으려고 했다. 그런데 갑자기 동생의 표정이 묘하게 변했다.

"아니, 왜 그래?"

"사나흘 전에 춘보란 놈의 볼기를 때린 적이……."

"뭐라고?"

박승지의 목소리와 눈이 동시에 커졌다.

"그 사람의 성씨가 뭔가? 이가인가?"

"잘 모르겠습니다만……, 아마 그럴 것입니다. 그러나 그놈이 대원이 대감의 일가일 리는 없습니다."

"허! 동생이 그때 그 사람의 관도 찢었는가?"

"천한 놈이 주제 넘게 정자관을 쓰고 있기에……."

"찢었단 말인가?"

형의 목소리는 다급해졌다.

"그렇습니다."

동생의 대답에 형의 얼굴은 사색이 다 되었고, 학질이 걸린 사람처럼 부들부들 몸을 떨었다.

"어이쿠, 이 사람아! 우리는 망했네. 그 양반이 대원이 대감의 일가인 것은 분명한 것 같네. ……우리가 이러고 있을 때가 아닐세. 어서 그 양반 댁으로 가세."

형은 동생을 앞세우고 춘보의 오막살이집으로 갔다. 그러나 춘보는 없었다. 어디 갔냐고 물으니, 춘보의 마누라 옥분이가 주저주저 하다가 입을 열었다.

"한양에 갔습니다."

"한양엘……?"

"예."

"무엇하러?"

"일가를 만난다고……."

"일가? 일가가 누군데?"

"운현 대감인가 뭔가라고 하던데……."

"뭐, 운현 대감?"

형의 파랗게 질린 얼굴을 보고 동생도 덩달아 질렸다. 세상에 춘보가 대원이 대감의 일가라니. 도저히 믿을 수가 없는 일이었다.

"당장 한양으로 가세!"

두 형제는 조금도 지체하지 않고 한양으로 올라왔다. 백배 사죄를 하려고 운현궁을 찾아갔지만, 대원군은 만나줄 생각조차 하지 않았다. 다만 그 일가에게 용서를 받으면 목숨은 살려주겠다는 말을 들었을 뿐이었다.

그로부터 10여 일이 흐른 어느 날, 대원군이 춘보를 불렀다. 답답해서 미칠 지경이던 춘보는 급히 대원군이 거처

하는 곳으로 달려갔다.

"어서 오너라. 이제 볼기 맞은 상처가 다 나았느냐?"

"예, 벌써 다 나았습니다."

"그래? 그렇다면 방안에만 있기가 답답하겠구나?"

"하이고, 말씀이라고 하십니까? 참말로 답답해서 환장할 지경입니다."

춘보의 이 말에 대원군은 빙그레 웃으며 입을 열었다.

"그렇다면 오늘은 네 마음대로 나가서 바람이라도 쐬고 오너라. 그리고 관을 쓰고 나가는 것을 잊지 말아라."

뜻밖의 말에 춘보는 너무 기분이 좋았다. 게다가 목이 출출하면 술이라도 한 잔하라며 돈 한 냥을 주었다.

"흐흐, 역시 일가 어른이 최고야. 오늘은 이 돈으로 하루를 실컷 즐겨야지."

춘보는 희희낙락하며 운현궁 소슬대문을 나왔다. 머리에는 세 층으로 된 정자관을 보기 좋게 쓰고 있었다.

"어어흠!"

헛기침을 하며 대문을 나와 담모퉁이를 막 돌고 있는데, 저쪽 골목에서 누군가가 급히 다가와 허리를 굽실하였다. 어느 대갓집 청지기처럼 보이는 사람이었다.

"강원도에서 오신 이생원님이시지요?"

"아니오. 나는 생원이 아니오."

춘보는 손을 내저으며 사람을 잘못 보았다고 말했다.

"홍천서 오신 이생원님이 아니시란 말씀입니까?"

"홍천서 오긴 왔지만……, 생원은 아니오. 내 이름은 춘보, 이춘보라고 하는데, 저 집 운현 대감과 일가되는 사람이오."

춘보는 어깨를 한번 으쓱하며 운현궁을 가리켰다.

"아, 이생원님이 분명하시군요?"

"생원이 아니라니까요."

문득 춘보는 정자관을 썼다가 박도사에게 볼기를 맞았던 일을 생각했다. 만약 생원이라고 했다가 박도사가 알게 되면, 꼼짝없이 또 볼기를 맞게 될 것이라고 생각했다.

"생원님을 뫼시러 왔습니다."

이 말에 춘보는 고개를 갸우뚱거렸다.

"그런데 왜 나를……."

"바로 어르신을 뫼시러 온 것입니다."

춘보는 그 사람을 유심히 살펴보았다. 생전 처음 보는 사람이었다. 대갓집 청지기로 보이는 사람이 자기처럼 천한 사람에게 생원님이니, 어르신이니 하는 말을 들으니 사람을 잘못 본 것이라고 생각했다.

그러나 그가 사람을 잘못 본 것은 아니었다. 분명히 춘보를 뫼시러 온 것이었다.

"대체 언제 봤다고 나를……."

"아무튼 소인이 뫼시겠습니다."

청지기가 허리를 굽혀 인도했다. 골목을 벗어나니 장정 두 사람이 교자를 대령하고 있었다.

"어서 교자에 오르십시오."

춘보는 영문도 모르고 엉겁결에 교자에 올랐다.

"어서 가자."

청지기의 말이 떨어지자 교자를 든 두 장정이 쏜살같이

달렸다. 한참 후에 교자는 동재골로 들어섰다.

'여기는 박승지 집이 있던…….'

춘보는 눈이 휘둥그레졌다. 봉물을 가지고 올라올 때 몇 번 들른 적이 있으므로 낯이 익은 거리였다.

'아이쿠야, 이제 보니…….'

춘보는 눈앞이 노래지며 심장이 얼어붙는 듯했다. 교자가 달리다가 멈춘 곳은 박승지 집의 소슬대문 앞이었다.

"우리 댁 대감께서 생원님을 뫼셔오라는 분부가 있었습지요. 다 왔으니 어서 내리십시오."

춘보는 몸을 떨며 교자에서 내렸다. 자기가 밤을 틈타 홍천에서 몰래 한양으로 올라왔으니, 박도사가 노하여 잡으러 온 것이라고 생각했다.

"어서 안으로 드시지요!"

청지기가 말했다. 여기까지 와서 못 들어가겠다고 앙탈을 부릴 수도 없는 노릇이었기 때문에 춘보는 떨어지지 않는 발길을 옮겨 대문 안으로 들어섰다.

"이생원님을 뫼셔왔습니다."

청지기가 아뢰는 말이 미처 끝나기도 전에 사랑 문이 덜커덩 열리고, 두 사람이 버선발로 뛰어나왔다. 박승지와 박도사였다.

'이젠 죽었구나!'

박도사의 얼굴을 확인한 춘보는 너무 두려웠기 때문에 숫제 눈을 질끈 감았다. 다리가 너무 떨려 그냥 서 있기도 몹시 힘이 들었다.

"어서 오십시오, 이생원님!"

춘보는 꿈결처럼 아득하게 이 소리를 들었다. 당장 '이놈!'하는 고함이 벼락을 치듯이 떨어질 것을 기다리고 있던 춘보로서는 너무 뜻밖의 말이었다.

'이게 웬일이지?'

춘보는 슬그머니 눈을 뜨고 박승지와 박도사를 보았다. 박승지는 애써 얼굴에 웃음을 머금고 있고, 박도사는 머리를 수그린 채 말 한마디 없었다.

"어서 안으로 드십시오."

한없이 공손한 박승지의 이 말에 춘보는 자기도 모르게 손이 관으로 올라갔다. 또 관을 쓰고 있다 박도사에게 들켰으니 뼈도 못 추릴 것만 같았다.

'아이고…….'

춘보는 얼른 정자관을 벗고 다시 눈을 질끈 감았다.

"나…….'

나리 마님 죽을 죄를 졌다고 말을 하려는데, '나……' 소리밖에 나오지 않았다.

"이생원님, 제발 노여움을 푸시고 어서…….'

박승지가 춘보의 팔을 부축하여 안으로 이끌었다. 춘보는 다리에 힘이 다 빠져나가 버린 듯하여 간신히 걸음을 옮겨 방안으로 들어갔다.

"이리로 앉으십시오, 이생원님."

박승지는 아랫목에 있는 보료에 춘보를 앉히고 자신은 윗목에 무릎을 꿇었다. 그런데 박도사도 형의 곁에 공손히 무릎을 꿇는 것이 아닌가!

'대체 이런 일이 어떻게?'

춘보는 모든 것이 얼떨떨하기만 했다.

"어, 어……."

어떻게 이런 일이 있을 수 있느냐고 말을 하려고 했지만, '어, 어……' 소리밖에 나오지 않았다.

"정말 죽을 죄를 졌습니다."

박도사가 몇 번이나 허리를 굽히며 죽을 죄를 지었다는 말을 되풀이했다.

"제발 용서해 주십시오."

애원하는 박승지의 목소리는 가늘게 떨리기까지 했다.

"……?!"

너무 생각했던 것과는 딴판이어서 춘보는 자기가 귀신에게 홀린 것이 아닌가 하고 의심하였다. 처음부터 무어라고 말을 하려고 했지만, 이상하게도 말이 입밖으로 나오지를 않았다.

"여봐라! 어서 상을 올려라!"

"예이!"

이윽고 문이 열리며 상이 들어왔다.

네 사람이 상의 한 귀퉁이씩을 들어야 할 정도로 어마어마한 진수성찬이었다. 춘보로서는 그런 진수성찬이 있다는 것을 들은 적도 없고, 본 적도 없었다.

"음식이 변변치 않습니다만, 많이 드십시오. 제 동생이 이생원님께 너무 큰 죄를 지었기에 사죄를 하려고 이렇게……."

박승지는 술잔을 들어 두 손으로 춘보에게 올렸다.

"아이고, 이러……!"

춘보는 화들짝 놀라 무릎을 꿇으며 손사랫짓을 했다. 지
체 높은 양반께서 이러실 수는 없다고 말을 해야 하는데,
그 소리도 말이 되어 입밖으로 나오지 않았다.

"제발 노여움을 푸시고……."

박승지는 떠넘기다시피 춘보에게 술잔을 넘기고, 잔이
찰랑거리도록 국화주까지 따라주었다.

본래 술을 좋아하는 춘보인지라, 맑고 향기로운 술을 보
자 입안에 가득 침이 고였다. 그래서 고개를 옆으로 돌려서
단숨에 입 속에 털어넣었다.

"자, 한잔 더……."

춘보는 권하는 대로 몇 잔의 술을 받아 마셨다. 두 형제
가 자기를 환대하는 것이 이상했고, 또 마음이 편안하지 않
았다. 그래서 안 보는 척하면서도 슬금슬금 두 사람의 얼굴
을 훔쳐 보았다. 두 사람의 얼굴에는 황송하게 여기는 빛이
역력했다.

'이상한 일이다!'

춘보는 술을 몇 잔 들자 마음이 한결 대담해졌다. 두 사
람의 태도로 보아서 자기를 혼내려는 것은 아니라는 것이
분명했다.

'왜일까?'

춘보는 고개를 숙이고 열심히 생각했다.

'혹시 운현 대감에게 나를 때렸다고…….'

정말 그런 것만 같았다. 자기의 관을 찢고 볼기를 때렸다
고 두 형제가 운현 대감께 불려가서 톡톡히 혼이 난 것이라
는 생각이 들었다.

'우리 일가 어른께서 박승지보다 벼슬이 더 높은 모양이군. 그렇다면…….'

춘보는 고개를 들고 짐짓 용기를 내어 박승지와 박도사를 번갈아 보았다. 눈이 마주치는 순간 박승지는 어색하게 웃었고, 박도사는 무엇에 놀란 사람처럼 얼른 시선을 피했다.

'정말 그렇군! ……감히 우리 일가 어른께서 주신 관을 찢어?'

춘보는 갑자기 마음이 통쾌해지는 것을 느꼈다.

"어흠!"

용기를 내어 헛기침을 한 번 하고 두 형제의 반응을 떠보았다. 그러자 두 사람은 흠칫 놀라며 자기의 얼굴에 시선을 모으는 것이 아닌가!

춘보는 속으로 쾌재를 지르며 그때까지 손에 쥐고 있던 정자관을 슬그머니 들어올려 만지작거리며 입을 열었다.

"우리 일가 어른께서 이 관을 또 하나 주셨는데……."

이 말을 들은 박도사 형제는 손을 요상하게 비비면서 어쩔 줄을 몰라했다.

"그저 죽을 죄를 졌습니다."

"이생원님께서 너그럽게 용서를 해주십시오."

두 형제가 몸둘 바를 몰라하며 용서를 빌자, 완전히 용기를 얻은 춘보는 슬며시 관을 머리에 썼다.

"우리 일가 어른께서는 내 말이라면……."

"아, 예……."

일가 어른을 들먹이기만 하면 박도사 형제는 금방 죽을

듯한 표정을 지었다.

"자, 한잔 더 드십시오."

"이 안주도 좀 드십시오."

박도사 형제는 번갈아 가면서 술과 안주를 권하며 참으로 곰살궂게 춘보를 접대하였다.

권하는 대로 납죽납죽 술을 받아 먹다보니 정신이 몽롱해졌다. 무엇이 눈꺼풀을 잡아서 끌어내리는 것처럼 눈이 감겼다. 몸을 가눌 수도 없었다.

"어, 취한다!"

춘보는 개개풀린 눈을 어쩌지 못하고 몸을 벽에 기대고 잠들어 버렸다.

얼마나 잤을까? 춘보가 늘어지게 자고 눈을 떠보니, 박도사 형제가 발치에 앉아서 열심히 자기의 다리를 주무르고 있었다.

"아아니?"

춘보는 황공하여 벌떡 몸을 일으켰다.

"더 주무시지 왜 벌써 일어나십니까?"

박도사가 웃으면서 말했다.

"아, 아닙니다요, 도사 나리님."

춘보는 예전처럼 쩔쩔맸다.

"이생원님, 정말 대원이 대감의 일가인 줄 모르고…….
부디 노여움을 푸시고 우리 형제를 용서해 주십시오."

박도사 형제는 다시 용서를 빌기 시작했다. 그제서야 춘보는 술에 곯아떨어지기 이전의 기억을 더듬어냈다.

"어흠!"

춘보는 위엄을 세우느라 점잖게 헛기침을 한 번 하고 관
을 슬쩍 벗었다가 다시 눌러썼다.

"일가 어른께서 기다리시겠군……."

혼자말처럼 중얼거리며 자리에서 일어나려고 하자, 박승
지가 화들짝 놀라 말했다.

"아니, 왜 벌써 일어나시려고 하십니까? 술이라도 한잔
더 하시면서 천천히 쉬었다가 가십시오."

박승지는 춘보의 대답도 듣지 않고 하인에게 술상을 올
리라고 명했다.

이윽고 또 요란뻑적지근한 술상이 방으로 들어왔다.

"허어참! 우리 일가 어른께서 기다리실 텐데……."

군침을 삼키면서도 잊지 않고 일가 어른을 팔았다.

"자, 한잔 드십시오."

박도사가 무릎을 꿇고 술잔을 권하자 춘보는 못이기는
척하고 그것을 받았다.

이번의 술은 국화주가 아니라 송화주(松花酒)였다. 쌉사
하면서도 달콤하고, 그러면서도 향기롭기 그지없는 술이
었다. 그 술을 한잔 입안에 털어넣으면 혀에 찰칵 들어붙었
고, 꿀꺽 넘기면 간을 살살 긁어주는 것만 같았다.

"이생원님!"

박승지의 간곡한 목소리에 춘보는 그윽한 눈으로 그를
보았다.

"제발 우리 형제의 목숨을 살려 주십시오!"

'뭔 소리여?'

춘보는 도통 까닭을 모르겠기에 눈만 끔벅거리고 있

었다.

"우리 형제가 죽고 사는 것은 오직 이생원님의 마음에 달려 있습니다. 그러니 제발……."

박승지는 춘보의 오른손을 붙잡고 매달리며 사정했다.

"살려만 주신다면 그 은혜는 잊지 않겠습니다."

박도사는 춘보의 왼손을 붙잡으며 매달렸다.

'내가 무슨 힘이 있다고 이렇게 매달리지?'

이유야 어쨌든 기분은 나쁘지 않았다. 평소에 자기가 하늘처럼 우러러보던 박도사 형제가 자기 앞에 무릎을 꿇고 살려 달라고 애걸복걸하니 천지가 개벽한 느낌이었다.

"제발 대원이 대감께 우리 형제의 목숨을 살려 달라고 한 말씀만 해주십시오."

"우리 일가 어른께서 하시는 일을 내가 어떻게……."

일부러 뽐내는 말은 아니었다. 사실 춘보는 운현궁 안에 들어가면 대원군의 얼굴도 보기가 힘들었다. 대원군이 불러주어야만 겨우 얼굴을 볼 수가 있는 처지였다. 그런데 사람의 목숨과 관계된 엄청난 일을 자기가 부탁한다고 해서 들어줄 성싶지도 않았다.

"이생원님, 그러지 마시고 제발 살려 주십시오. 살려만 주신다면 저의 전재산을 생원님께 바치겠습니다. 홍천에 있는 집과 논 삼백 마지기, 그리고 밭까지 모두 생원님께 바치겠으니 제발……."

박도사는 울먹이는 목소리로 애원했다. 그러다가 문서 보따리를 꺼내 춘보 앞에 불쑥 내밀었다.

"이것을 받으시고 우리 형제를 살려 달라는 한 말씀만 대원이 대감께 해주십시오."

문서 보따리를 보는 순간 춘보는 가슴이 심하게 울렁거렸다. 홍천에 있는 박도사의 재산은 어마어마했다. 그것이 다 자기의 것이 된다니, 꿈만 같았다.

춘보는 목구멍에서 불쑥 손이 튀어나와 그 문서 보따리를 잡으려고 하는 것을 꾹 눌러 참았다.

"이생원님께서 한 말씀만 해주시면 됩니다."

"그렇습니다. 저희 형제 목숨은 이생원님의 말씀에 달려 있습니다."

하도 박도사 형제가 사정을 하는 바람에 춘보의 마음도 덩달아 애가 탔다. 일가 어른께서 자기의 말을 들어주기만 한다면야 당장에 벼락부자가 될 판인데, 마음이 평온할 리가 없었다.

"이렇게 사정을 하시니……. 말씀은 드려 보겠지만……."

춘보는 되든 안 되는 간에 말이라도 해봐야겠다고 생각했다. 이 말에 박도사 형제는 마치 죽었다가 살아난 사람들처럼 기뻐했다.

"감사합니다, 정말 감사합니다."

"이 은혜 죽어서라도 잊지 않겠습니다."

춘보가 박승지의 집을 나섰을 때는 이미 날이 저물어 있었다. 술이 거나하게 취해 이리저리 비틀거리는 춘보를 박승지는 교자로 모셔다 드리라고 하인에게 명했다.

운현궁에 도착한 춘보는 비틀거리며 안으로 들어갔다. 대청에서 청지기와 한담을 하고 있던 대원군이 춘보를 보고 빙그레 웃었다.

"춘보야, 웬 술을 그렇게 많이 마셨느냐? 그래 한 냥을 죄다 술만 마셨나 보구나. 그렇게 몸을 가누지 못하는 것을 보면."

춘보는 비틀거리는 몸을 애써 가누면서 허리춤에서 한 냥을 꺼냈다.

"한 냥은 여기 그대로 있습니다요."

"허, 이놈아! 네 돈을 안 쓰고 그렇게 취하도록 마신 것을 보니까, 어디서 훔쳐 먹었구나?"

"내가 술을 훔쳐 먹었다구요? 천만에 말씀입니다요."

춘보는 머리가 빙빙 도는 듯하여 일가 어른의 얼굴이 둘로 보이기도 하고, 셋으로 보이기도 했다.

"저, 홍천 박도사 말씀입니다. 꺼억! 그 논이 삼백 마지기가 있는뎁쇼. 꺼억, 취한다. 목숨을 살려 주세요. 술은 국화주보다 송화주가 더……."

춘보는 횡설수설하였다.

"이놈, 많이 취했구나? 어서 들어가 자거라!"

"내가 취했다구요? 허허, 아닙지요. 하나도 안 취했어요. 그나저나 박도사네 논 말이지요, 참 좋은데 말입니다……."

"이놈, 썩 들어가지 못할까?"

대원군이 호통을 치자 하인들이 우르르 달려들어 춘보를 떠메어다 그의 방에 눕혔다. 취중에서도 춘보는 해야 할말을 다하지 못한 것을 후회하였다.

이튿날 아침, 춘보는 목이 바싹 타고 머릿골이 지끈거려

잠에서 깨어났다. 자리끼를 벌컥벌컥 들이키고 생각해 보니 어제의 일이 어렴풋이 생각났다.

"아, 박도사네 땅과 집……."

박도사 형제가 목숨을 살려 달라며 애걸복걸하던 것은 생생하게 떠올랐다. 그런데 자기가 어떻게 집으로 왔는지는 도무지 생각나지 않았다.

"내가 어떻게 왔지?"

춘보는 정말 열심히 생각을 되살리려고 노력했다. 한참을 생각하니 자기가 일가 어른을 만난 것 같기도 했다.

"일가 어른께서 제발 내 말씀을 들어주었으면……."

얼마나 좋을까 하고 춘보는 가슴이 저리도록 생각했다. 논 삼십 마지기만 있어도 떵떵거리고 팔자가 늘어질 판인데, 그 어마어마한 땅에다 고래등 같은 집까지 자기 것이 될 수도 있다는 생각, 그 생각이 춘보의 가슴을 한없이 울렁거리게 했다.

"그나저나 일가 어른을 뵐 수가 있어야 부탁을 하든지 말든지 할 것이 아닌가!"

춘보는 문서 보따리가 꼭 어디론가 날아가 버릴 것만 같아서 몹시 마음이 초조했다.

"대감께옵서 부르십니다."

한없이 끌탕을 하고 있는데 하인이 와서 말을 전했다.

"엉? 그게 정말이오?"

춘보는 자리에서 벌떡 일어나 밖으로 나왔다. 하인을 따라 대청으로 향하면서 박도사 형제를 살려 주십사 하고 애걸하리라고 마음을 단단히 먹었다.

"너 어제 많이 취했더구나?"

"예, 좀……."

춘보는 뒤통수를 긁적거렸다.

"그래, 어디서 그렇게 마셨느냐?"

대원군의 질문을 듣고 춘보는 용기를 내어 자초지종을 말했다.

"흠, 그런 일이 있었구나. 그래, 그 문서 보따리는 받아 왔느냐?"

"어르신께서 박도사 형제를 살려 주셔야……."

춘보는 갈망하는 눈빛으로 대원군을 보았다.

"받아오지 않았나 보구나. 그렇다면 어서 가서 받아가지고 오너라. 허허, 그만한 집과 땅이 있으면 너도 살만 하겠지?"

"그러고 말고요."

춘보는 너무나 기뻐서 박수까지 쳤다.

"어서 가거라."

그 길로 춘보는 운현궁 소슬대문을 나왔다. 그런데 어제 그 장소에 박승지 댁 청지기가 서 있는 것이 아닌가!

"흠, 왜들 또 왔지?"

다 알면서도 이렇게 물어 보았다. 문득 생각해 보니 '이생원님을 뫼시러 왔다'는 소리가 참으로 듣기 좋았기에 그런 것이었다.

"이생원님을 뫼시러 왔습니다."

춘보는 흡족한 마음으로 교자를 타고 가서 문서 보따리를 받아가지고 왔다.

152

"흠!"

대원군은 춘보가 받아온 문서를 하나하나 훑어 본 후에 춘보에게 던졌다.

"자, 이젠 네놈 것이다."

"예?"

춘보의 눈이 왕방울만큼 커졌다.

"그것만 있으면 네 한 평생 부족한 것이 없을 것이다. 그리고 내 일가가 민머리여서야 체면이 서겠느냐? 너에게 금부도사의 첩지를 줄 테니 이도사로 살도록 하여라."

이 분에 넘치는 분부에 이춘보 금부도사는 두줄기 뜨거운 눈물을 하염없이 흘렸다.

항상 착한 사람은 하늘이 돌아보시는 법이다. 홍천으로 내려간 이춘보는 영화롭고 안락한 일생을 보내다가 천수를 누리고 세상을 떠났다. 지금도 홍천 근처에는 이춘보의 후손들이 많이 살고 있다.

지혜로운 자의 혀

전국시대의 위(魏)나라에 장의(張儀)라는 사람이 살았다. 그는 몹시 가난한 사람이었지만 남다른 재능을 가지고 있었다. 그 재능이란 현하지변(懸河之辯)이라 할 수 있는 언변술이었다.

당시 중원에는 귀곡(鬼谷)이라 일컫는 언변술의 대가가 있었다. 어찌나 권모술수에 능한지 귀신도 혀를 내두를 정도라고 하여 '귀곡'이란 이름을 얻은 사람이었다.

말 잘하는 장의도 귀곡을 만난 후에 홀딱 반했다.

"저를 제자로 받아주십시오."

장의는 간청하여 귀곡의 제자가 되었다. 본디 말재간이 있는 장의가 귀곡에게 배움으로 인하여 마침내는 스승을 능가했다.

"이제 너에게 더이상 가르칠 것이 없다. 너는 능히 혀로 천하를 움직일 것이다."

스승의 이 말을 듣고 자신감을 얻은 장의는 자기를 알아주는 나라를 찾아다녔다. 그러다가 초(楚)나라 재상 소양(昭陽)의 식객(食客)이 되었다.

그런데 어느 날, 소양이 몹시 아끼는 보옥(寶玉)을 잃어버리는 사고가 생겼다. 이때 모든 사람이 장의를 의심했다.

"범인은 장의다."

"그렇다, 장의가 분명하다! 그는 가난할 뿐 아니라 평소의 품행이 좋지 않다."

"배은망덕한 도둑을 용서할 수는 없는 일이 아닌가?"

"벌을 주고 쫓아내는 것이 옳다."

모두가 장의를 의심하였기 때문에 소양도 그렇게 믿고서 장의에게 고백하라고 했다.

그러나 장의는 그 보옥을 훔치지 않았다. 천부적인 말재주로 열심히 진실을 피력했다. 마침내 소양을 비롯한 많은 식객들이 장의의 말에 감복하기 시작했다.

이때 석현(石玄)이라는 사람이 나서서 이렇게 말했다.

"여러분! 저 자의 교활한 변설에 속아서는 안 됩니다. 예로부터 말이 유창한 사람 중에 진실한 사람은 없었다는 사실을 상기하십시오. 대저 지능이 떨어지는 사람이 남의 언변에 놀아나는 법입니다. 그렇지 않습니까?

석현도 둘째 가라면 서러워할 궤변론자였다. 장의의 말을 믿는 사람은 지능이 의심스럽다고 몰아세우자 사람들은 수근거리기 시작했다.

"장의 네 놈이 보옥을 훔친 것은 분명하다. 어서 진실을 말하고 보옥을 내놓아라.”

소양도 석현의 말에 귀가 솔깃하여 장의를 진범으로 단정했다. 그러자 장의가 아무리 진실을 말해도 씨가 먹히지 않았다.

“여봐라! 저놈이 진실을 실토할 때까지 매우 쳐라.”

소양의 명에 따라 장의는 죽도록 매를 맞았다. 그러나 훔치지 않은 보옥을 훔쳤다고 말할 수는 없었다.

장의가 끝까지 억울함을 호소하자 소양도 하는 수 없다고 생각했는지, 매를 멈추게 했다.

장의는 억울하게 모진 매를 맞고 소양의 집에 더이상 머무를 수는 없었다. 그래서 피투성이가 된 몸을 이끌고 힘겹게 고향으로 돌아왔다.

“에구머니나!”

남편의 처참한 몰골을 본 아내는 깜짝 놀라 소리쳤다.

“대체 왜 그렇게 되셨습니까?”

“…….”

장의는 소리 없이 슬픈 미소를 지으며 방으로 들어가 힘없이 쓰러졌다.

“흑……. 변변치도 못한 글줄이나 읽고 연설 따위를 하러 다니시니 이 꼴이 되지 않았습니까?”

아내가 흐느껴 울면서 말하자 장의는 감고 있던 눈을 번쩍 떴다. 그러면서 불쑥 혀를 내밀었다.

“내 혀를 보구려. 아직 튼튼하게 남아 있지 않소?”

남편의 엉뚱한 행동과 말에 아내는 어안이 벙벙했다.

“그럼 입 속에 있는 혀가 어딜 가겠어요?”

"하하하……."

한바탕 웃음을 터뜨린 장의는 이렇게 말했다.

"그러면 됐소! 나에게는 혀가 재산이고 보물이오. 후일이 혀로 천하를 움직일 날이 반드시 있을 것이오."

과연 장의는 나중에 진(秦)나라의 재상 벼슬까지 올라가서 언변술로 천하를 호령했다.(《사기史記》장의전張儀傳)

사람은 감정과 이성을 동시에 지닌 존재이다. 그 감정과 이성을 직접적으로 표현하는 가장 보편적인 수단이 바로 말인데, 이 말을 어떻게 하느냐에 따라 천국과 지옥의 차이가 생길 수 있다.

고로 지혜로운 사람의 혀는 천하를 좌우할 수 있다. 다음은 혀와 관련된 이야기이다.

조선 제23대 임금 순조(純祖) 때에는 정치가 문란하여 돈을 주고 벼슬을 사는 일이 많았다.

그래서 높은 벼슬아치의 집 앞에는 엽관배(獵官輩)들이 문전성시를 이뤘다. 그 당시 영의정을 지내고 있던 정수재(靜水齋) 이병모(李柄模)는 그러한 사람들이 못마땅해서 대문에 다음과 같은 글을 써 붙였다.

돈이나 아첨으로 벼슬을 구하려는 자의 출입을 금지함. 그러나 거짓말을 잘 꾸며 대는 자는 출입을 허가함. 거짓말로 나를 감쪽같이 속이는 자에게는 관청에서 일할 수 있도록 추천함. 단 나를 속이지 못할 때는 그에 합당한 벌을 피할 수 없음.

돈이나 아첨으로 관직을 구하려던 자들은 이 글을 보고 스스로 발길을 돌렸다.

그런 가운데도 꾀가 있고 거짓말깨나 한다고 장담하는 사람들은 영의정과 맞섰다. 그러나 그들은 영의정의 꾀에 도리어 넘어가 크게 혼이 나고 돌아갔다.

그러던 어느 겨울, 눈이 펑펑 내리는 날이었다. 허름한 차림의 시골 선비가 영의정을 찾아왔다.

"어떻게 왔는고?"

영의정의 물음에 젊은이는 힘 있게 대답했다.

"예, 소인이 감히 대감님을 속여 보려고 이렇게 왔습니다. 기회를 주시겠습니까?"

"흠! 나를 속여 보겠다고?"

"그렇습니다."

"좋다! 그러나 만약 나를 속이지 못하면 벌을 받는다는 것은 알고 있겠지?"

"예, 알고 있습니다."

시골 선비는 자신있다는 표정을 지었다.

"그렇다면 어서 나를 속여 보아라."

시골 선비는 빙그레 웃으며 입을 열었다.

"대감님, 소인은 어제 친구네 집에 가서 참으로 이상한 것을 먹었습니다."

"이상한 것이라니?"

"아 글쎄, 세상에서 보지도 듣지도 못한 큰 감이 친구네 집 감나무에 열려 있었는데, 그 크기가 소인의 머리통만 했습니다."

터무니없는 거짓말이었다. 이 말에 영의정은 몹시 노하여 벼락 같은 호통을 쳤다.

"에끼, 천하에 괘씸한 놈아! 세상에 그렇게 큰 감이 어디에 있어? 그따위 얼토당토 않은 거짓말로 나를 속이려 들어?"

영의정의 추상 같은 호통에도 시골 선비는 조금도 놀라는 빛이 없이 다시 입을 열었다.

"그렇다면……, 놋대접 만큼 큰 감이었다고 하면 믿으시겠습니까?"

"그것도 너무 커!"

"그러시다면 이번에는 소인의 주먹 만큼 크다고 고치겠습니다."

그는 주먹을 쥐고 영의정에게 보였다. 그런데 그 주먹이 엄청나게 컸다.

"그렇게 큰 감은 없어!"

영의정의 목소리는 노기로 인하여 떨리고 있었다.

"소인의 주먹 만한 감이 없단 말씀입니까?"

"그렇다, 이 괘씸한 놈아!"

이 말에 시골 선비는 잠시 난처한 표정을 짓고 있다가 더듬거리는 소리로 이렇게 말했다.

"그, 그렇다면 다시 고치겠습니다. 거, 거위알 만큼 컸습니다. 여, 여기에서 더이상 아래로 내리시면 절대 안 됩니다."

시골 선비가 세 번이나 감의 크기를 정정하자 영의정의 얼굴에는 알듯 모를 듯한 야릇한 미소가 번졌다.

"그러면 그렇지! 거위알 만한 감은 흔히 있지. 그 정도의 감이 크다고 하여 나를 속이려 하다니……. 이제 더이상할 말이 없으렷다?"

영의정은 시골 선비가 자기를 속이려 들다가 속이지 못했다고 생각하고 흡족해 했다. 그런데 이상하게도 시골 선비 역시 기쁨을 감추지 못했다.

"대감님, 소인의 이야기가 끝났으니 이만 가보겠습니다."

시골 선비는 꾸벅 인사를 하고 발길을 돌렸다. 이때 영의정의 안색이 크게 변함과 동시에 집이 떠나갈 듯한 고함이 터졌다.

"네 이놈! 어디를 그냥 가려고 하느냐? 이 고얀 놈! 나를 속이지 못했으니 벌을 받고 가야지. 냉큼 볼기 맞을 준비를 하여라!"

시골 선비는 영의정의 호통에도 눈 한 번 깜짝하지 않고 당당하게 말했다.

"아니, 어인 말씀입니까? 소인에게 벼슬을 주셔야지 웬 벌을 주신다는 말씀입니까?"

이게 무슨 뚱단지 같은 소리인가! 영의정은 눈을 휘둥그레 뜨고 반문했다.

"뭐라고? 네놈이 나를 속였단 말이냐?"

"그렇습니다. 틀림없이 소인에게 속으셨습니다."

"이놈아! 거위알 만한 감은 흔하디 흔해. 그런데 어째서 나를 속였다고 할 수 있느냐?"

"하하……."

시골 선비는 유쾌하게 웃고 나서 말을 이었다.

"물론 거위알 만한 감은 대감님의 말씀처럼 혼합니다. 하지만 소인의 얘기에서 중요한 것은 감의 크기에 있지 않습니다."

"감의 크기에 있지 않다고?"

"그렇습니다, 대감님. 계절과 관계되어 있습니다."

시골 선비의 이 말을 듣는 순간 영의정은 아차하는 생각이 들었다. 감이 크고 작은 데만 정신이 팔려서 그만 추운 겨울이라는 사실을 깜박 잊고 있었던 것이다. 눈이 펑펑 쏟아지는 겨울에 감이 어떻게 열리겠는가!

이리하여 거짓말로 영의정을 속인 시골 선비는 벼슬을 하게 되었다.

해전은 말한다.

거짓말은 악덕(惡德)이다. 그러나 거짓말보다 더한 파괴력을 가진 진실도 있다.

인간을 사랑하고 지혜로운 자는 거짓과 진실을 말할 때를 분명하게 구별할 줄 안다.

못생긴 사람에게 절대로 못생겼다고 말하지 말라.

어쩔 수 없이 지니게 되는 인간의 결점을 지적하지 말라.

진실을 말한다고 하여 그런 것을 지적한다면, 반드시 감정의 앙금을 남기게 될 뿐이다.

서로에게 유익하지 못한 진실에는 차라리 입을 다물라.

세상에서 가장 귀한 결혼 예물

　　조선 초기의 의학자 유효통(兪孝通)은 아들의 혼례날을 받아 놓고 손수 함 두 개를 마련하여 신부 집에 보내려 하였다. 그의 부인이 함 속에 넣을 채단과 보석이 준비되지 않아 속을 썩이다 못해 남편에게 물었다.

　　"남들은 함을 대여섯 개씩 마련하는데, 우리는 겨우 두 개 가지고 되겠어요?"

　　이 말에 유대감은 빙그레 웃으며 입을 열었다.

　　"함의 개수가 문제요? 그 속에 넣은 게 문제지요."

　　"그렇다면 대체 무엇을 넣으셨습니까?"

　　부인이 호기심으로 눈을 크게 뜨고 묻자, 유대감은 나지막히 말했다.

　　"이 세상에서 가장 귀한 예물을 넣었소."

　　"세상에서 가장 귀한 예물이라고요?"

"그렇소."

"어디, 무엇인지 구경 좀 합시다."

부인이 함을 열어보려고 손을 내밀자 유대감은 재빨리 함을 뒤로 감추며 말했다.

"이건 비밀이오. 당신한테도 가르쳐 줄 수 없을 만큼 귀중한 것이라서 보여줄 수 없소."

"……?"

한편, 유대감 집과 혼인하기로 한 황보인 정승 집에서는 함진아비가 오기를 고대하고 있었다.

"유대감 댁은 부자이고 또 명망 높은 집안이니 아마 함 열 개 정도는 보낼 거야."

"그야 이를 말인가! 세상에서 가장 진귀한 물건들을 예물로 보내겠지."

황보인 정승 집에 모인 일가 친척들은 이런 얘기를 주고받으면서 함진아비를 기다렸다.

그런데 함진아비가 도착하자 실망과 기대가 교차되었다.

"에게, 함이 겨우 두 개뿐이네……."

누군가가 실망을 표하자 다른 사람은 이렇게 말했다.

"개수가 아무리 많으면 무슨 소용이 있어? 함 속에 무엇이 들었느냐가 문제지."

이윽고 함이 열렸다. 그러자 사람들은 약속이나 한 것처럼 외마디 소리를 토해냈다.

"허!"

함 속에는 채단과 보석 따위는 찾아볼 수 없고, 책만 가득 들어 있는 것이었다.

뒷날 황보정승은 유대감에게 무슨 까닭으로 함 속에 책만 가득 넣어 보냈느냐고 볼멘소리로 물었다. 그러자 유대감은 황보정승을 똑바로 바라보며 되물었다.

"금은보화가 아무리 많아도 그것은 자손 대대로 훌륭하게 가르치는 책 한 권만 못한 법이오. 인간의 도리를 가르쳐 주는 좋은 책보다 더한 보물은 없소. 그러한 책을 함에 넣은 게 잘못이란 말씀이오?"

유대감의 이 같은 반문에 부끄러움을 느낀 황보정승은 아무 말도 할 수 없었다.

해전은 말한다.

결혼은 이해 관계가 있는 장사가 아니다. 그런데 요즈음의 결혼 풍속도를 보면 마치 장사를 하는 것처럼 보일 때가 많다. 어떤 신랑감에게는 열쇠 몇 개를 준비해야 된다는 둥, 혼수는 어떻게 해야 된다는 둥, 물질을 두고 말도 많고 탈도 많다.

배우자의 가치를 물질로 판단하는 것처럼 추하고 불행한 것은 없다. 좀 가혹한 말이지만, 열쇠 몇 개에 딸을 끼워 파는 행위, 엄밀히 따져서 매춘 행위라 할 수 있다.

우리가 매춘을 경멸하는 것은 무슨 까닭인가. 그것은 인간을 쾌락 목적의 도구로써 상대에게 팔기 때문이다.

사람의 가치는 물질로 판단할 성질의 것이 아니다. 또한 인격과 재산은 반드시 일치되지도 않는다. 그런데도 신성해야 할 결혼을 물질의 가치에 큰 의미를 두는 것은 정신이 빈곤하기 때문이다.

인간의 도리를 가르쳐 주는 책보다 더한 보물은 없다. 한 권의 좋은 책이 인간에게 진리의 세계로 나아가는 문을 열어준다.

함 속에 책을 넣어 보낸 유효통이야말로 세상에서 가장 귀한 예물을 보낸 아버지가 아닌가!

우정의 향기

전국시대에 살았던 백아(伯牙)는 거문고의 명인이었다. 그에게는 종자기(種子期)라는 친구가 있었는데, 그는 거문고의 음색에 조예가 깊은 사람이었다.

백아가 거문고를 타면, 종자기는 친구의 마음 속에 흐르는 생각을 감지하여 그대로 표현했다. 이를테면 이런 식이다.

백아가 거문고를 타서 높은 산의 모습을 표현하려고 하면, 종자기는 그 소리를 듣고 이렇게 말한다.

"야, 정말 굉장하다! 무엇이 높이 치솟는 느낌인데, 마치 태산을 보는 것 같아."

또 백아가 흐르는 강물을 생각하며 거문고를 타면, 종자기는 감격한 목소리로 이렇게 말한다.

"정말 멋있고 훌륭해! 양양하게 물이 흐르는 것이 느껴

166

지는데, 그것은 마치 장강이나 황하를 노래하는 것 같아!"

이처럼 두 사람은 마음이 통했다. 말을 하지 않아도 상대방의 마음을 읽었고, 상대방의 재능을 인정하고 사랑했다.

그런데 종자기가 병을 얻어 세상을 떠났다. 그러자 백아는 스스로 거문고를 깨부수고 줄을 끊어 죽을 때까지 거문고를 타지 않았다.

그것은 자기가 타는 거문고 소리를 틀림없이 들어 주는 친구를 잃은 비탄에서 였다고 한다.

이 고사에서 백아절현(伯牙絶絃)이란 성어가 비롯되었다. 이 말은 서로 마음 속 깊은 곳까지 샅샅이 이해하고 있는 참다운 벗의 죽음을 일컫는 말이다.

또 지기(知己)를 지음(知音)이라고 하는 것도 이 고사에서 비롯되었다. (《열자列子》 탕문편湯問篇)

전라도 강진현에 이덕호(李德浩)라는 이름의 선비가 있었다. 그의 가장 절친한 친구인 최광수(崔光洙)는 당시 강진현의 현령(縣令)을 지내고 있었다.

한 사람은 위세 당당한 한 고을의 현령인데 반해 다른 한쪽은 일개 평민에 지나지 않았다.

그렇지만 두 사람의 깊은 우정은 벼슬이 있고 없음을 떠난 막역한 사이였다. 아무 거리낌 없이 지낼 만큼 흉허물이 없었다.

그들은 어려서부터 동문 수학했다. 서당을 함께 다녔는데, 흡사 서로의 그림자인 것처럼 붙어 다녔다.

"우리의 우정을 죽는 날까지 변치 말자."

"암, 그래야지! 세상에서 가장 절친한 우리가 아닌가."

그들은 서로에게 어려움이 있으면 마치 자신의 일처럼 나서서 처리를 해줬다. 기쁨도 슬픔도 함께 나눴다.

그들이 절친하게 된 데에는 잊을 수 없는 하나의 사건이 있었다.

그들이 열 몇 살 때의 어느 가을, 서당에서 돌아오는 길에 그들은 요란한 풍악소리를 울리며 다가오는 행차를 목도하게 되었다.

"야, 덕호야! 저게 뭐지?"

"응, 어디……."

덕호는 광수가 가리키는 쪽으로 시선을 옮겼다. 그것은 신관 사또의 행차임이 분명했다.

"앗! 사또의 행차다!"

"사또의 행차라고?"

"그래, 틀림없어."

사또의 행차는 그들이 있는 쪽으로 점점 가까와지기 시작했다. 벽제와 나팔소리와 함께,

"쉬이, 물렀거라!"

하고 외쳐대는 호령이 귓전을 울렸다.

사인교에 높다랗게 앉아 있는 신관 사또의 모습은 실로 위풍당당했다. 그것을 부러운 눈으로 바라보고 있던 광수의 얼굴에 순간 알듯 모를 듯한 미소가 서렸다.

"야, 덕호야! 우리 저기 나무 위에 올라가서 편하게 구경하자!"

광수가 길가 저만치에 서 있는 노송을 가리켰다.

"왜? 여기서 구경해도 되잖아!"

덕호가 영문을 모르겠다는 표정을 지었다. 그러자 광수는 싱글거리며 말했다.

"아냐, 나에게 좋은 생각이 있어서 그래."

"좋은 생각이라니?"

"잠자코 나만 따라와!"

그리하여 덕호와 광수는 나무 위로 올라갔다. 둘은 소나무 가지에 서서 다가오는 행차를 구경하기 시작했다.

"쉬이, 물럿거라! 사또 행차이시다!"

신관 사또의 행차에 길을 가던 사람들은 모두 고개를 조아렸다. 사또의 행차가 곧 그들이 올라 서 있는 나무 밑을 통과하려고 했다.

바로 이때, 매우 호전적인 성격의 광수가 덕호를 보고 씩한번 웃더니 느닷없이 허리끈을 풀었다. 그런 다음 대담하게도 나무 아래를 향하여 오줌을 갈기는 것이 아닌가.

"앗! 광수야, 너 미쳤어?"

덕호가 깜짝 놀라 낮은 소리로 외쳤다.

아래로 떨어진 오줌줄기는 여지없이 신관 사또의 머리 위에 떨어졌다.

"어, 이, 이게 뭐야? 갑자기 뜨거운 비가……."

사또는 이리저리 고개를 피하며 하늘을 쳐다보았다. 파란 물감을 풀어 놓은 듯한 맑고도 청명한 가을 하늘이었다. 구름 한 조각 보이지 않는 하늘에서 비가 올 리는 만무했다.

"행차를 멈추어라!"

갑자기 안색이 변한 사또는 호령을 내질렀다. 그러자 사령들이 행차를 멈추고 사인교를 내려놓았다.

"이 무슨 해괴한 일인고? 맑은 하늘에서 비가 내릴 리는 없는데……. 저 나무 위로부터 더운 물이 쏟아져 내린 연유는 무엇이란 말인가! 어서 사정을 알아 보고 연유를 아뢰어라!"

노발대발하는 사또의 호령에 시종들은 몸둘 바를 모르고 당황했다.

사태가 이쯤 되자 시종들보다 더 당황한 것은 광수와 덕호였다. 하룻강아지 범 무서운 줄 모르고 저지른 장난이 큰 사건을 일으킨 것이다. 눈 앞이 캄캄해 졌다. 오줌을 찔끔 지렸다.

"앗! 저 위에 사람이 있다!"

"두 놈이다!"

"어허, 저런 괘씸한 놈들이 있나! 당장 저놈들을 끌어내려라!"

이윽고 광수와 덕호는 억센 손아귀에 잡혀서 사또 앞에 꿇어 앉았다. 얼굴빛은 사색이 다 되어 있었고, 몸은 사시나무처럼 벌벌 떨었다.

"네 요놈들! 어느 어르신의 행차이신데 감히 그런 장난을 했느냐?"

시종 하나가 눈알을 무섭게 부라리며 벼락을 때렸다. 귀청이 떨어져 나간 듯이 먹먹했다.

이제는 꼭 죽은 목숨이었다. 생살여탈권(生殺與奪權)을

가진 사또에게 큰 죄를 범했으니, 그 목숨은 실로 바람 앞의 등불과도 같았다.

"너희 두 놈 중에 어느 놈의 짓이냐?"

사또가 추상같은 소리를 질렀다.

이때 덕호의 머리 속에 번개처럼 스쳐가는 생각이 있었다. 붕우유신(朋友有信), 즉 진정한 친구는 친구를 위해 목숨도 바칠 수 있어야 된다는 그런 생각이었다.

'그렇다! 내가 광수를 위해 벌을 받자.'

덕호는 비장한 표정으로 고개를 들었다.

"소인이 그랬습니다."

덕호의 침착한 목소리가 날카로운 송곳이 되어 광수의 귓전을 파고 들었다. 소스라치게 놀랐던 것은 물론이었다. 자기를 구하기 위해 스스로를 희생하려는 덕호의 우정이 가슴을 뭉클하게 만들었다.

'안 된다. 죄는 내가 지었다. 그런데 나를 대신하여 덕호가 벌을 받아서는…….'

광수는 이런 생각을 함과 동시에 고개를 번쩍 들어 소리쳤다.

"사또, 아니옵니다. 죄는 소인이 지었습니다. 그러니 소인에게 벌을 내리십시오!"

"너는 가만히 있어."

덕호가 광수의 옆구리를 찌르며 귀엣말을 한 후에 다시 사또를 올려다보았다.

"방변을 한 것은 소인의 짓이 분명하옵니다. 어서 벌을 내려 주십시오."

"아닙니다, 사또! 이 친구는 소인을 살리기 위해 거짓을 아뢰고 있는 것입니다."

"정녕 그렇지 않습니다. 소인의 짓입니다."

"소인이 그랬습니다."

광수와 덕호는 다투듯이 서로 자기가 죄를 지었다고 아뢰었다. 사또와 시종들은 넋을 잃고 그들의 다툼을 지켜보고 있었다.

"흠!"

두 눈에서 금새 불덩이라도 튀어 나올 것처럼 대로했던 사또는 이 흐뭇한 광경에 감동했다. 친구를 구하기 위해 서로 벌을 받겠다고 하는 모습이 매우 부럽고도 좋아 보였던 것이다.

"너희들이 서로가 그랬다고 하니, 어디 연유를 말하여 보아라."

사또의 음성은 매우 부드러웠다. 그 말에 덕호가 아뢰었다.

"저희들이 가을의 향취에 잠겨 글귀나 지어 보려고 나무 위에서 생각에 잠겨 있었습니다. 그런데 저기에 피어 있는 국화에 너무 마음을 빼앗겨서 그만 사또의 행차를 알아 보지 못했습니다. 이유야 어쨌든 큰 죄를 저질렀으니 소인이 죄값을 달게 받겠습니다."

덕호는 적당히 말을 둘러댔다.

"뭐라고? 국화에 마음이 빼앗겨 나의 행차를 알지 못했다 이 말이냐?"

"그러하옵니다."

"흠!"

사또는 헛기침을 하고나서 말을 이었다.

"그렇다면 저 국화를 가지고 글을 지어 보아라."

사또의 분부가 떨어지자 덕호는 지필묵을 꺼냈다. 그런
다음 일필휘지로 단숨에 글을 지어 바쳤다.

君何先達 我何達 秋菊春花 各有時

그대는 어찌하여 그렇게 출세를 하였고,
나는 왜 이렇게 보잘 것 없는가?
가을 국화와 봄꽃은
각기 피어날 때가 따로 있지 않는가!

"허어, 천하에 명문장이로다!"

이 글을 본 사또는 혀를 내두르며 감탄했다. 벌은커녕 후
한 상까지 주어서 그들을 돌려보냈다.

이러한 일이 있고부터 광수와 덕호의 우정은 더욱 돈독
해 졌다. 생사고락을 함께 하기로 굳게 약속하고 그 우정을
오랜 세월 지켜 왔다.

그런데 광수는 과거에 급제하고, 덕호는 번번이 낙방
했다. 고향의 현령으로 부임한 광수는 덕호를 물심양면으
로 도왔다.

덕호는 친구를 찾아 제집처럼 동헌(東軒)에 드나들었다.
현령은 언제나 반갑게 친구를 맞이하여 후하게 대접했다.

"사또, 이생원께서 오셨습니다."

이방도 그들 두 사람의 우정을 아는지라, 덕호에게 깍듯
이 예절을 지켰다. 고을 사람들도 마찬가지였다.

"어서 들어오게나."

현령은 손수 문밖으로 나와 덕호를 맞아들였다.

"며칠 동안 자네를 보지 못했더니 상사병이라도 날 것만
같아서 이렇게 왔네. 허허허……."

"하하하……. 그 소리는 내가 할 소리네."

두 사람은 서로 손을 잡아 흔들며 반가워했다. 며칠을 보
지 못하면 견디지 못할 정도로 두 사람의 우정은 각별했다.

그칠 줄 모르는 막역지우(莫逆之友)들의 환담에 어느덧
석양이 되었다. 덕호는 문득 무엇을 생각하였는지 최현령
을 바라보며 말했다.

"여보게 광수, 자네도 알다시피 나의 사정이 딱하기 그지
없네. 이 봄에 먹고 살 양식이 걱정이네."

"허어, 사람도 참! 그런 것을 가지고 무얼 그렇게 걱정
하나. 양식이 떨어지면 굳이 나에게 말을 하지 말고 앞으로
는 내 집 청지기에게 말하고 가지고 가게. 그리고 그런 걱
정일랑 접어 두고 부디 학업에만 충실했으면 좋겠네. 자네
와 같은 수재가 왜 과거에 급제를 못하는지 나로서는 도무
지 이해할 수 없네."

최현령은 친구 덕호가 번번이 낙방거자가 되는 것을 자
신의 일처럼 안타까워했다. 그래서 늘 학업에 열중하기를
당부해 오고 있던 터였다.

그러나 덕호는 그 우정어린 충고를 늘 예사로이 받아넘
겼다.

"사람에게는 관운(官運)이 있는 걸세. 나도 때가 되면 될 테니까 그리 걱정을 말게."

"여보게, 내가 지나친 노파심에서 하는 말인지는 모르겠 지만, 운이 올 때를 기다리지 말고 노력을 더해서 운을 잡 아야만 하는 것이 아니겠는가?"

"하하, 너무 걱정하지 말게. 아무려면 내가 설마……."

덕호는 그런 말을 남기고 집으로 돌아갔다.

"휴우……."

그의 뒷모습이 보이지 않을 때까지 바라보고 있던 최현 령의 입에서는 길고 긴 한숨이 터져 나왔다.

"저 친구의 재능은 나보다도 뛰어나건만……. 조금만 더 노력한다면 과거 급제는 문제가 아닌데……."

최현령은 혼자서 그런 말을 토해내며 눈을 감고 골똘히 생각에 잠겼다. 아무리 생각해도 덕호의 재능은 자기보다 뛰어난 것은 사실이었다. 그런데 그 재능만 믿고 너무 노력 을 하지 않는 것이라고 판단을 내렸다.

'과연 나는 그의 절친한 친구로서의 역할을 다하고 있는 가? 곤궁한 그의 가정을 마냥 돌보아주는 것만이 내가 할 수 있는 일인가? 그가 학문에만 분발하게 할 수 있는 방법 이 없을까?'

한참 동안 깊은 생각에 잠겨 있던 최현령은 갑자기 눈을 번쩍 뜨며 무릎을 쳤다.

"그렇다! 그 방법밖에 없다!"

최현령의 얼굴에는 회심의 미소가 서렸다.

그로부터 여러 날이 지났다. 온갖 꽃들이 만개한 화사한

봄의 어느 날이었다. 덕호는 해가 중천에 떠오를 때까지 늦잠을 잔 후에 깨어나서 헛기침을 했다.

"으험, 으허험!"

남편의 기침소리를 듣고 부엌에서 아침상을 차리고 있던 부인이 행주치마에 물 묻은 손을 닦으며 남편 앞에 나섰다.

"여보, 양식이 없는데 어찌 하리까?"

"허어, 걱정도 팔자요."

덕호는 한가하게 수염을 쓰다듬어 내리면서 별것을 다 걱정한다는 표정을 지었다.

"수염이 석 자라도 먹어야 살지 않습니까?"

부인의 목소리에는 다소 가시가 돋혀 있었다.

"양식은 현령이 줄 것이니 당신은 염려하지 마시오."

"무슨 낯으로……."

부인은 매번 현령의 도움을 받는 것이 염치가 없었다.

"그 친구와 나는 보통 사이가 아니라는 것을 당신도 알고 있지 않소? 친구 사이에 곤궁할 때 돕는 것은 당연한 일이오."

"……."

부인은 입을 다물고 웅숭 깊은 눈으로 남편을 물끄러미 보고만 있었다.

덕호는 늦은 아침을 뜨는 둥 마는 둥하고 밖으로 나왔다. 오늘은 관아에서 잔치가 있는 날이기 때문이었다.

그가 동헌에 당도했을 때는, 꽃향기 풍기는 동헌의 넓은 마루 위에 벌써부터 잔치의 흥이 넘실거리고 있었다. 최현령을 중심으로 하여 이웃 고을의 수령들, 그리고 명문 거족

출신들이 술잔을 주거니 받거니 하며 담소를 즐기고 있었다.

덕호는 그 광경을 흐뭇한 눈으로 잠시 바라보고 있다가 '내가 왔노라' 하는 듯이 큰기침을 두어 번 했다.

"으험, 으허험!"

그런 후 서슴지 않고 동헌으로 발을 들여놓았다. 이때 그의 앞을 탁 버티고 선 사람이 있었다.

"어디를 함부로 들어 오려고?"

뜻하지 않았던 호령에 덕호는 날카로운 눈으로 그자를 쳐다보았다. 그런데 이게 웬일인가! 그 사람은 다름 아닌 여태까지 자신에게 깍듯이 예절을 차리던 이방이었던 것이다.

"어허, 이 사람이 눈이 멀었나? 나야 나!"

덕호는 이방이 착각을 일으킨 것으로 생각했다. 그래서 웃으며 수염을 위엄 있게 쓸어 내렸다.

"하하, 자네가 잠시 착각을 했나보군 그래?"

"뭣이라고? 내가 착각을 했다고?"

이방의 목소리는 냉랭하기 그지없었다. 덕호는 고개를 갸우뚱거리다가 도끼눈을 만들어 이방을 쏘아 봤다. 백주에 이방의 눈이 멀지 않았나 생각되었기 때문이었다.

"당신이 나를 쏘아 보면 어쩔 게요? 썩 물러나시오! 사또의 명령이오."

"뭐라고? 사또의 명령이라고?"

"그렇소."

덕호는 어안이 벙벙했다. 마치 꿈을 꾸는 것만 같았다.

친구 광수가 자기에게 이런 대접을 할 리는 만무했기 때문
이었다. 그래서 꿈이 아닌가 하여 자신의 옆구리를 힘껏 꼬
집어 보았다.

"아얏!"

자신의 입에서 아픈 비명이 터졌다. 분명 꿈은 아니었다.

"헌령을 불러 주게나."

덕호는 계속 이방을 노려보며 퉁명스럽게 말했다. 그러
자 이방의 입은 더욱 거칠어졌다.

"허어, 썩 물러가지 않고 웬 잔말은 잔말이오! 경을 치
기 전에 썩 꺼지시오."

"뭐, 뭐, 나더러 지금 꺼지라고 했는가?"

"이놈아 그렇다!"

"뭐, 이놈?"

"그렇다, 이 거지 같은 놈아!"

갈수록 가관이었다. 이방의 무례한 말투에 덕호는 화가
머리 끝까지 치밀이 올라 동헌이 떠나가라고 고함을 질
렀다.

"네 이놈! 누구에게 그따위 말버릇이냐, 앙?"

덕호의 고함을 듣고 최현령이 나왔다.

"웬 소란이냐?"

"여보게, 최현령! 어디 이런 법이 있단 말인가. 아, 글
쎄, 이방이 나에게 몹시 무례하게 굴지를 않겠는가!"

덕호는 친구인 최현령을 보고 분에 겨운 목소리로 말
했다. 그런데 이것은 또 웬 괴변인가! 최현령은 그를 보고
조금도 반기질 않고 오히려 벼락같은 고함을 내질렀던 것

이다.

"이놈! 일개 평민인 주제에 현령을 보고 그 말버릇이 뭐야, 앙? 무엄한 놈 같으니라고!"

"뭐, 뭐, 평민이라고 했나? 지금 자네가 나에게 수령을 운운했나?"

"그렇다, 이 패씸하고 무엄한 놈아! 썩 물러가지 않으면 주리를 틀어놓고 말겠다."

뭐가 잘못되어도 크게 잘못된 일이었다. 최현령은 마땅히 무례한 이방을 호되게 꾸짖고 자기의 손을 잡으며 위로를 해줘야 할 상황이었다. 그런데 이게 어찌된 영문이란 말인가!

"이 사람아, 지금 자네 머리가 어찌된 것이 아닌가? 날세, 나! 자네의 친구 이덕호란 말일세. 자네와 나 사이에 언제부터 지체를 따졌단 말인가?"

너무도 뜻밖의 상황에 덕호는 최현령이 짖궂은 장난을 하고 있는 것이 아닌가 하는 생각이 들었다. 그러나 장난을 하는 사람의 표정치고는 너무도 험악했고, 장난으로 하는 말치고는 지나치기 짝이 없었다.

"고약한 놈이로다! 너같이 천한 일개 평민이 본관을 능멸하려 들다니……. 여봐라! 저놈을 문 밖으로 썩 내치거라."

추상같은 호통이었다. 그 말이 떨어지기가 무섭게 포졸들이 우르르 몰려와서 이덕호의 뒷덜미를 인정사정없이 잡고 밖으로 끌어냈다.

"과, 광수! 네가 나를 이렇게……. 이 더러운 놈아! 너를 친구로 생각했던 내가 미친놈이었다!"

덕호는 포졸들에게 끌려나가면서 악을 바락바락 썼다.

"으하하하, 으하하하하……."

최현령은 끌려나가는 그의 등에다 통쾌한 웃음을 퍼부었다. 그러나 그 웃음소리와는 딴판으로 두 눈에는 굵은 이슬이 맺혀 곧 뺨을 타고 흘러내릴 것만 같았다.

"빠드득……!"

절친한 친구 광수에게 더할 나위 없는 수모를 당한 덕호는 이를 갈며 울분을 참았다.

"열길 물 속은 알아도 한길 사람 속은 모른다더니……. 그 놈이 나를 그토록 괄세를 했어. 세상에 그토록 심한 모욕을 주다니……. 어디 두고 보자 이놈!"

터벅터벅 집으로 발길을 옮기는 덕호의 마음은 천 갈래 만 갈래 찢어지는 것 같았다. 그의 눈에는 주먹만큼이나 큰 이슬이 맺혔다가 흘러내리며 눈 앞을 가렸다.

뺨을 간지럽히며 흐르는 눈물을 손등으로 마구 문지르며 집으로 돌아왔다.

어떻게 집으로 돌아왔는지도 모를 정도였다. 끓어오르는 울분과 쏟아지는 눈물로 마음을 주체할 수 없어 흡사 만취한 사람처럼 이리 비틀 저리 갈팡하면서 돌아왔기 때문이었다.

빨래를 하고 있다가 남편이 돌아오는 것을 본 아내는 이맛살을 찌푸렸다. 비틀거리는 걸음걸이, 불쾌한 얼굴을 보고 또 술에 취했구나 하고 생각했던 것이다.

방으로 들어간 덕호는 목을 놓아 통곡했다.

"으, 으헝! 으흐흑…….."

새끼를 잃은 짐승처럼 그렇게 울었다. 주먹으로 방바닥을 사정없이 내리치면서 울었다.

'아니, 저 양반이…….'

남편이 구들장을 치며 통곡하는 것을 밖에서 듣고 있던 아내는 심상치 않은 기운을 느꼈다. 한참 동안이나 울부짖던 남편의 울음이 흐느낌으로 변했을 때 아내는 방문을 열었다.

남편의 얼굴은 눈물로 뒤범벅이 되어 있었다. 얼마나 울었던지 눈이 퉁퉁 부어 있었다. 또한 얼마나 방바닥을 내리쳤는지 주먹이 깨져 피가 흐르고 있었다.

"여보……, 대체 무슨 일 때문에 그러시는 겁니까?"

"당신은 알 바 아니오!"

덕호의 눈빛은 무섭게 빛나고 있었다. 입을 앙당 물고 있는 것은 무엇인가 대단한 결심을 한 것이 분명했다.

"음, 그렇다! 이놈, 어디 두고 보자!"

덕호는 이렇게 소리치며 갑자기 벌떡 일어섰다. 그리고 아내에게 냉정하게 말했다.

"원행(遠行)을 해야겠으니 지금 당장 채비를 해주오."

"예? 별안간 어디로 가신단 말씀입니까?"

뜻하지 않은 남편의 행동과 말에 아내는 적이 놀라고 있었다.

"한 일 년 동안 나가 있어야 겠소."

"예에? 아니, 느닷없이…….."

아내는 입을 벌리고 다물 줄을 몰랐다. 그러자 남편이 비장한 목소리로 오늘의 수모를 낱낱이 들려줬다.

"대장부가 이런 수모를 당하고 어찌 참을 수가 있겠소. 이 길로 산에 들어가 공부에 전념할 작정이니 가사를 부탁하오."

아내는 그제서야 모든 사실을 알았다. 남편의 설움이 고스란히 자기에게 전달되어 눈시울이 뜨거워졌다. 그러나 이를 악물고 눈물을 참으며 남편의 길 떠날 채비를 꾸렸다.

"미안하오. 곤궁한 가사를 당신에게 맡기고 떠나게 되어 염치가 없소. 그러나 과거에 급제하기 전에는 고향땅을 밟지 않겠소!"

방문을 나서면서 남편은 그렇게 말했다. 목소리에 굳은 결심이 들어 있었다. 아내는 말 없이 남편의 얼굴을 빤히 바라다 보았다. 예전에 보던 얼굴과는 사뭇 달랐다. 늘 흐리멍텅했던 눈빛이 이제는 번쩍번쩍 빛났다. 항상 이가 들여다보일 정도로 벌어져 있던 입술은 야무지게 한일자를 이루고 있었다.

'옳다! 이제서야 모진 결심을 하셨구나. 내가 남편의 결심을 막을 수는 없다.'

아내는 이런 생각을 하고 힘 있게 고개를 끄덕였다. 연약한 모습을 보이면 남편의 결심이 흔들릴까봐 애써 표정을 단속했다.

"염려 마십시오. 제 힘으로 가정을 지킬 터이니 걱정일랑 조금도 하지 마십시오. 부디 당신께서는 학문에만 전심 전력하여 큰 뜻을 이루십시오."

"고맙소!"

덕호는 이렇게 작별하고 집을 떠났다.

그로부터 사흘이 지난 후였다. 서산에 저녁노을이 붉게 물들일 무렵에 이방이 찾아왔다. 뜻밖이었다.

부인은 냉정하게 말했다.

"무슨 일인지는 모르지만, 주인은 지금 출타 중입니다. 그러니 돌아가십시오."

"알고 있습니다."

이방은 상자를 싼 큼직한 보자기를 부인에게 내밀면서 말을 이었다.

"사또께서 부인께 이것을 전해 드리라고 해서 왔습니다."

"사또께서요? 그것은 뭡니까?"

"나도 모릅니다. 전해 드렸으니 이만 가보겠습니다."

이방이 물러간 후, 부인은 보자기를 풀고 상자를 열었다. 거기에는 상당한 돈과 한 장의 편지가 들어 있었다.

영문을 몰라 어리둥절하고 있던 부인은 급히 편지를 펼쳤다.

부인 읽어 보십시오.

친구 덕호가 굳은 결심을 하고 떠났음을 확인하고 이 글월을 부인께 드립니다. 부인께서도 잘 아시다시피 그 친구와 나는 생사고락을 함께 하기로 맹세한 막역지우입니다.

그런데 나는 일전에 친구에게 무척이나 심한 수모를 안겨 주었습니다. 이러한 사실을 부인도 잘 아시리라 믿습니다. 그것에 대하여 친구와 부인께서는 이를 갈며 원망하셨을 것입니다.

　그러나 부인, 어찌 내가 진심에서 친구를 박대하겠습니까? 나는 친구가 번번이 과거에 낙방하는 것이 누구보다도 가슴이 아팠습니다. 그래서 나는 시간을 두고 진정으로 친구를 돕는 방법을 곰곰이 생각했습니다. 물질적인 도움을 줌으로써 친구는 더욱 나태해 졌고, 학문을 도외시하게 되었다고 판단했기 때문입니다.

　그래서 나는 친구를 분발시키려는 마음에서 의도적으로 그에게 심한 모욕을 주었던 것입니다. 계획대로 친구는 나에게 원한을 품고 글공부를 하기 위해 집을 떠났습니다.

　그 친구는 틀림없이 금의환향할 것입니다. 그때까지 여기에 보내는 재물로 가사를 꾸려 가시기를 바랍니다.

　현령 최광수가 보낸 편지를 든 부인의 두 손이 바르르 떨렸다. 두 눈에는 뿌연 안개가 끼는가 싶더니 곧 이슬로 변했다.

　"아아! 이토록 깊은 뜻이 있는 줄도 모르고……."

　부인은 소리 없는 눈물을 하염없이 쏟았다. 잠시나마 현령을 원망했던 잘못을 뉘우쳤다. 그리고 남자들의 깊고도 뜨거운 우정을 마냥 부러워했다.

　무심한 세월이 강물처럼 흘렀다. 봄이 가고 여름이 오고, 가을이 가고 겨울이 오고, 또 꽃피는 봄이 왔다.

　덕호는 초라한 차림으로 성균관(成均館) 뜰에 지그시 눈을 감고 앉아 있었다. 그의 전후 좌우에도 수많은 선비들이 엄숙한 표정으로 앉아 있었다. 그들은 지금 무엇인가를

기다리고 있었다. 명륜당(明倫堂) 마루 위에는 상감께서 친
림하시어 선비들을 내려다보고 계셨다.

숨이 막히는 듯한 침묵이 한참 동안이나 흘렀다. 이때 누
군가가 선비들 앞에 나섰다. 그는 목청을 가다듬고,

"장원 이덕호요!"

하고 소리쳤다. 그 소리와 동시에 삼현 육각(三絃六角)의 주
악이 청아하게 울리기 시작했다.

마침내 이덕호는 과거에 장원을 한 것이다.

그는 인파의 물결을 헤치고, 수많은 선비들의 부러운 시
선을 한 몸에 받으면서 천천히 당상으로 올라갔다. 기쁨의
눈물이 북받쳐오르는 것을 이를 악물고 참았다.

덕호는 어사화를 머리에 꽂고 상감이 친히 따라 주시는
어사주를 마셨다. 그리고 상감으로부터 축하의 말씀과 간
곡한 분부를 들었다.

그로부터 며칠 후, 덕호는 폐의파립(廢衣破笠)의 초라한
차림으로 길을 걷고 있었다. 비록 행색은 초라하기 그지없
었지만 발걸음은 한없이 당당했다. 그의 품속에는 엄청난
위력을 가진 마패(馬牌)가 감춰져 있었다.

방백 수령(方白守令)이 벌벌 떠는 어사의 행각이었다.

서울을 떠나 남쪽으로 남쪽으로 발걸음을 옮기고 있는
그의 가슴은 실로 감개가 무량했다.

집을 떠난 뒤 오늘까지 얼마나 많이 이를 악물었던가!
덕호의 뇌리에는 과거의 여러 가지 일들이 주마등처럼 스
치고 있었다. 집을 떠나오던 날 자신에게 갖은 수모를 줬던
광수의 얼굴이 떠올랐다. 그 얼굴이 떠오르자 치가 떨렸다.

'죽일 놈! 두고 봐라, 신의를 저버린 배신자. 그때 받은 수모를 백배 천배로 갚아 주겠다.'

덕호는 분노에 몸을 떨며 마패를 어루만졌다. 복수의 일념이 온몸을 지배하고 있었다.

한편 덕호의 부인은 요 며칠 동안 이상한 꿈만 자꾸 꾸었다. 남편의 얼굴이 자꾸만 꿈에 보이는 것이었다. 꿈속에서의 남편은 사인교에 높이 앉아 있었다. 전후 좌우에서 시종들이 호위하고 있었다. 금의환향하는 꿈이 며칠째 계속되는 것이었다.

"이상하기도 해라. 남편이 과거에 급제라도 했단 말인가!"

부인은 밖에서 부스럭거리는 소리만 나도 문을 열고 밖을 살폈다. 꼭 남편이 돌아올 것만 같은 예감 때문이었다.

그러던 어느 날의 늦은 밤이었다. 이날도 부인은 종일 무슨 소식이 있을까 하고 눈이 빠지도록 기다리다가 잠자리에 들었다. 웬일인지 잠이 오지 않았다. 이때 밖에서,

"으흠!"

하고 나지막한 기침소리가 났다. 몹시 귀에 익은 기침소리였다. 오매불망 기다리던 남편의 인기척이었다.

부인은 설레는 가슴을 안고 버선발로 뛰어 나갔다. 문밖에는 그렇게도 기다리던 남편이 우뚝 서 있었다. 그런데 그 모습이 너무 초라했다. 꿈에서 보았던 화려한 모습과는 정반대였다.

"여보, 그동안 얼마나 고생이 많았소?"

덕호는 떨리는 목소리로 입을 열었다.

“…….”

아내는 대답을 잃고 남편의 행색만을 위로 아래로 살펴보고 있을 뿐이었다.

“하하……. 내가 상거지 꼴로 나타나서 실망이 크셨나 보구려 부인.”

“아, 아닙니다.”

부인은 고개를 저으며 가볍게 미소를 지었다.

“어서 방으로 들어가십시오. 시장하실 텐데 곧 저녁을 지어 올리겠습니다.”

방으로 들어간 덕호는 편안한 마음으로 지친 다리를 쭉 펴고 쉬었다. 방안은 말끔하게 정돈되어 있었고, 살림살이도 그리 궁색해 보이지 않았다.

이윽고 밥상이 들어왔다. 언제 그렇게 준비했는지는 모르지만, 맛있는 음식이 상에 가득했다.

“허, 나는 당신이 굶어 죽지나 않았을까 걱정을 했는데, 상을 보니 괜한 걱정을 했나 보오.”

덕호는 농담 반 진담 반의 말을 하고 맛있게 음식을 먹었다. 아내의 정성이 담겨진 음식은 입에 딱딱 맞았다.

저녁상을 물리고 두 부부는 쌓인 회포를 풀었다.

“급제를 하지 않으시면 죽어도 고향 땅을 밟지 않는다 하시더니…….”

이런저런 이야기 도중에 부인은 은근히 남편을 질책했다. 그러나 남편은 빙그레 웃고만 있었다.

“당신은 웃음이 나오십니까?”

부인이 이렇게 말하며 곱게 눈을 흘겼다. 남편은 말없이

품속에 손을 넣어 무엇인가를 꺼내어 부인의 손에 쥐어주
었다.

"아, 아니! 이것은……."

그것을 확인한 부인은 눈을 커다랗게 뜨고 남편의 얼굴
을 보았다.

"장원 급제를 하셨군요!"

"그렇소."

그 순간 부인의 눈에서는 뜨거운 눈물이 하염없이 흘러
내리기 시작했다. 부부는 기쁨에 젖어 어찌할 바를 모르고
한참 동안이나 서로의 얼굴만을 바라보고 있었다. 시간이
흘렀을 때, 덕호가 굳은 표정을 하고 입을 열었다.

"마침내 우리의 소원은 이루었소. 이제는 최현령에게 복
수하는 일만이 남았을 뿐이오."

"네에? 복수라고요?"

부인은 눈을 휘둥그레 뜨고 남편을 보았다.

"아니 왜 그렇게 놀라시오? 당신은 내가 그놈에게 수모
를 당한 것을 벌써 잊었단 말이오?"

부인은 손을 내저으며 급히 말했다.

"그것은 천부당 만부당한 말씀입니다."

"뭐? 천부당 만부당하다고……?"

"그렇습니다. 당신이 이렇게 장원 급제의 영광을 얻은 것
도 따지고 보면 현령 어르신의 덕분입니다."

침착한 어조로 말을 하는 부인의 눈에 다시 눈물이 고
였다. 그런 모습을 지켜보고 있던 덕호는 영문을 모르겠다
는 표정을 지으며,

"그게 무슨 소리요?"

하고 물었다. 그러자 부인은 장롱 속에 보관한 서신을 꺼내어 남편에게 주었다.

"이 서신을 읽어 보십시오."

"그게 뭐요?"

"읽어 보시면 아실 것입니다."

그 편지를 읽어 내려가는 덕호의 표정은 한없이 놀라고 있었다. 눈은 점점 커지고, 입은 절로 벌어졌다. 그러다가 탄성과 함께 눈물보가 터졌다.

"아니, 이럴 수가……!"

글자를 읽을 수가 없을 정도로 눈물이 앞을 가렸다. 그 눈물은 흡사 소나기처럼 마구 쏟아져 서신을 적셨다. 작은 소리로 오열하던 울음은 마침내 대성통곡으로 변했다.

"으흐흑……. 광수, 그대의 우정이 이다지도 크고 깊었더란 말인가! 그런 줄도 모르고 나는 그대를 죽일 듯이 원망하고 증오했었다니……."

덕호는 벌떡 자리를 박차고 일어나 냅다 밖으로 뛰었다. 그 길로 단숨에 관아까지 달려간 것이었다.

"멈춰라!"

수문장이 그의 앞길을 막아섰다. 그러자 덕호는 눈알을 무섭게 부라리며 마패를 내밀었다.

"썩 비켜라!"

마패를 본 수문장은 황망히 비켜서며 사시나무처럼 몸을 떨었다. 덕호는 재빨리 내아(內衙)로 가서 소리쳤다.

"최현령, 내가 왔네!"

현령 최광수는 귀에 익은 친구의 목소리를 듣고 벌떡 일어나 문을 열었다. 거기에는 초라한 행색의 덕호가 눈물을 흘리면서 서 있었다.

"아니, 자넨……."

최현령은 반가워서 덕호의 손을 덥석 잡았다.

이때 수문장이 뛰어 들어오며 외쳤다.

"사또, 어사또께서 출어하셨습니다!"

"어사또?"

"그, 그렇습니다. 바로 저 어르신이……."

수문장의 말을 들은 최현령은 덕호를 보며 눈을 크게 떴다. 그러자 덕호는 최현령의 눈 앞에 마패를 내밀며 빙그레 웃었다.

"그렇네. 자네의 우정에 힘입어 이렇게 되었네. 나는 오늘에서야 자네의 참된 우정을 알았네. 참된 우정을……."

"장하네 친구! 보고 싶었네 친구! 자네가 이런 모습으로 돌아오기를 손꼽아 기다렸네. 아아……!"

두 사람은 서로 말끝을 맺지 못하고 뜨겁게 포옹했다.

독일의 의사이자 작가였던 한스 카로사는 '인생은 만남'이라고 했다. 세상에 친구처럼 중요한 관계, 소중한 만남도 드물다.

어리석은 사람은 조금만 따뜻해져도 오래도록 입고 있던 겨울 옷을 벗어 던진다. 행복의 먼동이 틀 때야말로 불행했을 때의 좋은 벗을 잊어서는 안 된다.

쥐가 십이지(十二支)의 첫째가 된 이유

17세의 소년으로 등극한 선조(宣祖)는 본디 영특하고 학문을 좋아하는 군왕이었다. 그래서 초년에는 하루에 세 번씩 경서(經書)를 강론하는 자리를 열었다.

이때 부제학(副提學)을 지내던 미암(眉巖) 유희춘(柳希春)이 경사(經史)에 밝아 항상 강론에 참석했다.

선조는 학구열이 높아 궁금한 것이 있으면 주저하지 않고 질문했다.

하루는 《시경》의 석서편(碩鼠篇)을 강론하고 있을 때, 임금이 신하들을 향해 물었다.

"쥐는 천하고 더러운 짐승이 아닌가? 그런데 어찌하여 육십갑자(六十甲子)의 첫머리에 두게 되었는가?"

강론에 참석한 신하들은 대답이 궁하여 곤혹스런 표정만 짓고 있었다.

이때 유희춘이 아뢰었다.

"쥐는 앞발의 발톱이 네 개이고 뒷발의 발톱은 다섯 개입니다. 그래서 음양(陰陽)을 서로 겸비한 짐승은 쥐밖에 없습니다. 그 때문에 밤 12시에 음이 다하고 양이 다시 생기는 뜻을 취해서 이 자(子)를 십이지(十二支)의 첫째로 삼은 것이옵니다."

이 말에 선조는 탄복하여 유희춘의 박식함을 높이 평가했다.

그 후 선조의 신임을 받은 유희춘은 전라도 관찰사와 대사간 등을 지낸 후에 이조참판에 이르러 벼슬을 사직하고 낙향했다.

그가 벼슬을 살면서 쓴 《미암일기》는 공사(公私)의 경력(經歷)을 쓴 것으로 귀중한 사료가 되고 있다.

어느 지주와 소작인 이야기

가난한 농부가 부자를 찾아갔다.

"어떻게 하면 당신처럼 부자가 될 수 있는지 비결을 좀 가르쳐 주십시오."

부자는 농부를 우물가로 데리고 가서 거기에 있는 항아리에 물을 가득 채우라고 했다.

열심히 물을 길어 항아리에 부었으나 도무지 물이 괴질 않았다. 이상해서 속을 들여다보니 밑이 빠져 있었다. 농부가 부자를 찾아가서 화를 냈다. 그러자 부자는 내일 다시 우물가로 나오라고 했다.

이튿날 농부가 우물가에 가니 말짱한 새 항아리에 물을 채워 넣으라고 했다. 그러나 막상 물을 푸려고 하니, 이번에는 두레박의 밑이 빠져 있었다.

"쳇, 이런 두레박으로 어떻게……."

농부가 투덜거리자 부자는 퉁명스럽게 말했다.

"쉬운 방법으로 부자가 될 수 있다면, 세상에 가난한 사람이 어디에 있겠는가?"

이 말을 들은 농부는 할 수 없이 그것으로 물을 긷기 시작했다. 밑 빠진 두레박으로 물이 퍼질 리가 없었다.

그러나 두레박에서 한 방울 두 방울 떨어지는 물을 항아리에 받다가 보니, 마침내 저녁 때에는 항아리를 가득 채울 수 있었다.

그것을 본 부자는 빙그레 웃으며 이렇게 말했다.

"알겠나? 바로 그러한 노력과 끈기가 나의 재산을 모은 비결이라네."

조선 말엽, 황해도 해주(海州) 땅에 부모로부터 엄청난 유산을 물려 받은 장춘근(張春根)이라는 사람이 있었다. 그의 땅을 밟지 않고는 십리 길을 갈 수 없다는 말이 생길 정도로 부자였다.

부잣집 자식들의 대개가 그렇듯이 그도 고생이라는 것을 전혀 몰랐다. 힘든 일을 싫어했고 게을렀다.

그래서 장춘근은 많은 농토를 다른 농부에게 소작을 주고 날이면 날마다 유흥에 빠져 지냈다.

돈을 물쓰듯이 펑펑 써도 조금도 줄어드는 것을 느끼지 못할 정도였다. 십여 년의 세월이 흘렀다. 그러는 동안에 그의 많은 농토도 조그씩조금씩 줄어들게 되었다.

"아직도 나에게는 많은 농토가 있다."

장춘근은 자신의 농토가 줄어드는 것을 대수롭지 않게

생각했다. 언제까지나 쓰고 또 써도 줄어들 것 같지가 않았기 때문에 적이 안심했다.

세월이 살처럼 흘렀다. 부모님을 여읜지도 벌써 이십 여년이 흘러, 어언간에 그도 불혹(不惑)의 나이가 되었다.

세월은 항상 변화를 즐기는 것인가! 숱한 세월의 흐름 속에서 그의 재산도 이제는 바닥을 드러내게 되었다.

어느 날, 유흥비가 떨어진 그는 또 농토를 팔리라고 생각하고 땅문서를 꺼냈다.

"어이쿠야, 고작 이것밖에 안 남았단 말인가!"

땅문서를 확인한 장춘근은 가슴이 철렁 내려앉았다. 그 많던 땅문서가 이제는 일천 평밖에 남아 있질 않았다.

"휴우……!"

그제서야 그는 하늘이 무너져 내리는 듯한 절망감에 몸을 떨었다. 그것마저 팔아 치운다면 처자식과 먹고 살 일이 걱정이었다.

"어떡하나……?"

그러나 그가 할 수 있는 일이라곤 아무 것도 없었다. 돈을 펑펑 쓰던 버릇이 하루 아침에 고쳐질 리도 없었다. 절약을 한다고는 했지만, 마침내는 남아 있던 마지막 땅을 팔지 않을 수 없었다. 그래서 수족처럼 부리는 소작인 김성칠(金星七)을 불렀다.

"여보게 김서방, 내 나머지 땅을 팔아 주게."

이 말을 들은 김성칠은 뭔가 깊이 생각하다가 입을 열었다.

"그 땅마저 팔아 버리신다면……, 앞으로는 어떻게 살아

가시렵니까?"

장춘근은 구들장이 꺼져라고 한숨을 내쉬었다.

"휴우, 설마 산 입에 거미줄이야 치겠는가!"

"그렇다면 한가지 묻겠습니다만……, 당신의 땅을 누가 샀는지는 알고 있습니까?"

"그건, 자네가 알지 내가 어떻게 알겠는가!"

장춘근은 처음부터 땅을 팔 때 소작인 김성칠을 통해서 땅값을 흥정하고 팔았기에, 그 땅을 산 사람에 대해서 알지 못하고 있었다.

장춘근이 영문을 모르겠다는 표정을 짓자 김성칠은 무겁게 입을 열었다.

"사실은……, 제가 그 땅을 모두 샀습니다."

"뭐, 뭐라구? 그게 정말이오?"

깜짝 놀란 장춘근은 눈을 동그랗게 떴다.

"그렇습니다!"

"그것은 믿어지지 않는 말이오. 김서방 당신은 나의 선친 (先親) 때부터 우리 집의 소작을 하며 살았지 않소? 그런데 어떻게 하여 그 많은 땅을 살 수가 있었단 말이오?"

이 말을 들은 김성칠은 장춘근을 타이르듯이 이렇게 말했다.

"그러나 그런 데는 충분한 이유가 있습니다. 당신이 무위 도식하며 놀고 있을 때 나는 부지런히 일을 했습니다. 당신이 재산을 흥청망청 유흥비로 탕진하고 있을 때 나는 근면과 절약을 하여 한 푼의 돈이라도 헛되이 쓰지 않았습니다. 이렇게 밤낮으로 열심히 일하고 저축하였기 때문에 당신의 땅을 살 수가 있었던 것입니다."

김성칠의 이 말에 장춘근은 아무 말도 할 수가 없었다.

집안을 일으킬 사람은 인분도 금처럼 아끼고, 집안을 망칠 사람은 금도 인분처럼 쓴다. (《명심보감》)

탐욕과 교만의 끝

조선 제7대 임금 세조(世祖)는 재위 13년 동안 많은 치적을 쌓은 유능한 군주였다. 그러나 비정하기가 서릿발 같은 인물이었다.

세조가 무력으로 어린 조카 단종(端宗)을 내치고 등극하자, 몇몇 신하들은 의분을 참지 못하였다. 그리하여 왕년에 집현전 학사로서 세종의 총애를 받던 성삼문, 박팽년, 이개, 하위지, 유성원, 유응부 등이 중심이 되어 반역자를 응징하고 단종 복위를 꾀하려고 기회를 엿보고 있었다.

그러나 변절자 김질(金礩)의 밀고로 계획이 무산되고 모두가 체포되어 형장의 이슬로 사라졌다. 역사는 이들을 사육신(死六臣)이라 부른다.

성삼문이 세조에게 모진 고문을 당하고 있을 당시, 성삼문의 둘도 없는 친구 신숙주는 세조의 곁에 앉아 그것을 지켜보고 있었다.

성삼문은 분노에 이글거리는 눈으로 신숙주를 쏘아보며 궁궐이 떠나가라고 호통을 쳤다.

"네 이놈 숙주야! 전에 너와 함께 집현전에 있을 때 영릉(英陵;세종)께서 원손(단종)을 안으시고 '과인이 죽은 후에 너희들은 모름지기 이 애를 생각하라' 하신 고명을 잊었느냐? 네가 이처럼 비겁하게 의리를 저버릴 줄은 내 정녕 몰랐다! 장차 너는 죽어서 무슨 면목으로 지하에서 선왕들을 뵈오려느냐?"

무서운 질타에 신숙주는 그만 무색해져서 얼굴을 붉히고 돌아앉지 않을 수 없었다.

이날 해질 무렵 신숙주는 사인교에 덩다랗게 앉아 벽제 소리를 앞세우고 집으로 돌아왔다. 퇴청하는 남편을 맞이하는 부인 윤씨의 눈초리가 예사롭지 않았다.

"아니, 대감······!"

윤씨 부인의 목소리는 파르르 떨리고 있었다.

"오늘 성승지와 유대감 등이 국문을 당하지 않았습니까? 그래서 소첩은 대감께서 그들과 함께 순절하시려니 생각하고 뒤를 따를 준비를 하고 있었습니다. 그런데 어찌하여 이렇게 살아서 돌아오셨습니까?"

폐부를 무섭게 찌르는 말이었다. 이 말에 신숙주는 차마 아내의 눈을 바로 보지 못하고 고개를 떨구며,

"저것들 때문에······."

하고 어린 자식들을 손가락질했다.

"허······!"

어이가 없다는 소리를 신음처럼 토해낸 윤씨 부인의 표정이 싸늘하게 굳어졌다.

"부끄럽고 수치스럽소! 대감의 그 명망이 가석하기 짝이 없소! 당신의 뻔뻔하고 더러운 얼굴을 본 눈을 씻어야 하겠소."

윤씨 부인은 저주의 말을 퍼붓고 남편의 얼굴에 침을 뱉고는 총총히 내실로 들어가 버렸다. 그리고 들보에 목을 매어 이승을 하직했다.

변절자 신숙주는 옛 동료들은 물론이거니와 부인에게까지 짐승으로 매도되는 등 이루 말할 수 없는 굴욕을 맛보아야 했다. 쉽게 상하는 '녹두나물'이 신숙주의 변절에 빗대어 '숙주나물'로 불리우게 된 것도 이때부터라고 한다.

어쨌든 신숙주는 일신의 영달을 위하여 권력에 영합했고, 지조를 팔고 얻은 부귀영화를 죽을 때까지 누렸다.

윗물이 맑지 못하면 아랫물도 맑지 못하는 법. 바르지 못한 아버지에게서 어찌 바른 아들을 기대할 수 있으랴!

신숙주의 아들인 신정(申瀞)은 아버지의 후광에 힘입어 나이 삼십도 되기 전에 재상의 지위에 올랐다.

젊은 나이에 이조참판이 된 신정은 좌리정훈(佐理正勳)에 기록되어 공신으로서 받아야 할 전답과 노비를 다 받았다.

그러나 신정은 욕심이 지나친 위인이었다. 게다가 교만하고 어리석기까지 했다.

고령현(高靈縣)에서 제일 세도 있고 부자라는 말을 들은 신정은, 그 고을의 절에 속해 있는 종이 탐이 나서 빼앗으려고 했다. 그것이 여의치 않자 어보(御寶)를 위조한 공문을 만들어 **빼앗으려고** 하다가 그만 탄로가 나서 옥에 갇혔다.

어보를 위조한 죄는 사형을 면할 수 없는 큰 죄였다. 그러나 성종(成宗)은 신숙주의 공로를 생각해서 죽음만은 면하게 해주려고 하였다.

어느 날 성종은 대궐 밖으로 거둥하였다가 신정이 갇혀 있는 의금부(義禁府) 앞을 지나게 되었다.

"잠시 멈추어라!"

성종은 행차를 멈추게 한 후에 죄인 신정을 불러오게 하였다. 이윽고 신정이 포승줄에 꽁꽁 묶여 나와 무릎을 꿇었다. 성종은 측은한 생각이 들어 이렇게 말했다.

"너는 나라에 공이 큰 훈신의 아들로서 지금 사형을 받게 되었다. 너의 그런 모습을 보니 네 아버지가 생각이 나서 과인의 마음도 아프다. 만일 지금이라도 진실을 밝히고 잘못을 뉘우친다면 즉시 석방하여 네 아버지의 공훈에 보답하겠다."

성종은 은전을 베풀어 죽을 죄인 신정에게 살길을 열어 주려고 하는 것이었다. 그러나 어리석고 교활한 신정은 끝까지 자기의 행동을 합리화시키면서 변명하기에 급급했다.

"네가 한 짓을 바른대로 말하라!"

임금은 몇 번이나 타이르며 기회를 주었다.

"전하, 정말 억울하옵니다. 전하께옵선 어찌하여 소신의 말을 믿지 않으십니까? 정말 안타깝고 답답하옵니다. 전하, 거듭 말씀드리지만……."

신정은 임금 앞에서 얼굴을 찌푸리며 마구 언성을 높

혔다.

참다 못한 성종은 대로하여 고함을 질렀다.

"미련하게 고집이 센 놈이로다! 당장 옥에 다시 가두고 철저히 죄상을 밝히도록 하렸다!"

추상같은 어명에 따라 의금부에서 신정의 죄상을 따지고 의논했다. 얼마 후에 그 결과를 판부사(判府事) 강희맹(姜希孟)이 임금께 아뢰었다.

"죄인 신정은 재상의 지위에 있으면서 어보를 위조하여 사욕을 채우려고 했습니다. 국법에 따라 사형에 처하는 것이 지당한 줄로 아뢰옵니다."

"알았다!"

성종은 즉시 법대로 하라고 윤허를 내렸다. 그리하여 신정은 아버지인 신숙주의 시체가 채 썩기도 전에 탐욕과 교만한 성품으로 말미암아 죽었다.

만고의 진리

백성을 자식처럼 사랑하는 어진 왕이 있었다. 그 왕은 배우기를 좋아하여 늘 책을 가까이했다.

"아, 정말 좋은 책이다! 이 내용을 우리 백성들도 알았으면…….."

왕은 자기가 감명 깊게 읽은 책을 백성들에게도 읽히고 싶었다. 그러나 그런 책이 너무나 많았기 때문에 도저히 실행하기가 불가능했다.

"무슨 좋은 방법이 없을까?"

지그시 눈을 감고 오랫동안 깊은 생각에 잠겨 있던 왕은 번쩍 눈을 뜨며 무릎을 쳤다.

"그렇다!"

수많은 책에서 가장 중요하고 가슴을 뭉클하게 하는 내용을 발췌하여 책으로 엮으면 부담없이 읽히게 할 수 있을 것 같았다.

이런 생각을 한 왕은 즉시 지혜로운 학자들을 불러 모아 그 일을 시켰다.

학자들의 노력으로 수천 권의 책이 열두 권으로 요약되었다. 구구절절이 읽는 이의 심금을 울리는 주옥 같은 책이었다.

"내용은 나무랄 데 없지만 열두 권은 너무 많아. 모든 백성들이 읽게 하려면 더욱 요약을 해야 하겠어."

왕은 다시 학자들에게 명하여 책을 요약하게 했다. 그 책은 차츰차츰 줄기 시작하여 한 권의 분량으로 되었다.

"흠! 정말 훌륭한 책이다."

왕은 수없이 감탄하며 몇 번이고 그 책을 읽었다.

"한데……?"

문득 노파심이 생겼다.

"책읽기를 싫어하는 사람들에게는 한 권의 책도 부담스러울 수가 있어. 만백성의 지침서가 되게 하려면 더욱 요약을 하는 것이……."

왕의 명령을 받은 학자들은 온갖 지혜를 다하여 간추리고 다시 간추렸다. 한 권의 책은 마침내 열 개의 계명으로 줄어들었다.

그러나 왕은 그것도 길다고 하여 최대로 요약하도록 했다. 그리하여 학자들은 모든 책을 한마디로 요약했다. 그 말은 다음과 같았다.

"세상에 공짜는 없다!"

고려 제25대 임금 충렬왕(忠烈王) 때 최석(崔碩)이라는 관리가 있었다. 선대(先代)에 높은 벼슬을 한 사람이 많았지만, 원체 가문이 청렴을 신조로 삼았기 때문에 가계는 넉넉하지 못했다.

'왕대 밭에 왕대 난다'는 속담이 있듯, 근본은 쉽게 변하지 않는다. 조상의 청렴한 성품을 그대로 물려 받은 최석도 마음이 청백하고 탐욕이 없어 좁쌀 한톨이라도 사사로이 취하지 않았다.

당시는 탐관오리들이 유난히 활개를 치던 혼란의 시대였다. 관리들은 재물 모으기에 혈안이 되어 도적처럼 백성들의 고혈을 짜냈다. 실로 가혹한 정치가 호랑이보다 더 무서운 때였다.

이즈음에 최석은 순천부(順天府)의 부사(府使)로 부임했다.

"이번 사또는 어떤 놈이 올란가?"

"휴우, 그놈이 그놈이겠지. 그러나 전관보다 더 악질은 오지 말아야 할 텐데……."

"그러면 오죽이나 좋겠나. 하지만 바뀔 때마다 더 지독한 자가 부임을 했으니……, 이번에도 크게 다르지는 않을 걸세."

"그래도 혹시……."

어쩔 수 없이 관의 지배를 받아야 하는 백성들이다. 그러기에 백성들은 큰 걱정과 일말의 기대를 가지고 새로 부임하는 사또를 기다리고 있었다. 포악하고 재물만을 탐하는 자가 부임하면 지옥과 같이 처참한 생활을 해야 하고, 어질고 청백한 이가 오면 마음 편하게 생활의 안정을 꾀할 수 있는 것이다.

그러나 세상에는 음지가 있으면 양지가 있고, 양지가 있으면 음지가 있는 법이 아닌가! 백성들은 덕이 높고 지혜로운 사또를 기다리고 있는데 반하여 관속들은 어리석고 탐욕스런 자가 부임하기를 기대하고 있었다.

세상이 어지럽고 혼탁할수록 기생충과 같은 무리들이 들끓는 법. 실상 사또보다 그 관아에 있는 관속들이 한술 더 떠서 백성들을 괴롭히고 착복하는 경우가 많았다. 그들은 사또가 탐욕스럽고 어리석어야만 쉽게 떡고물을 챙길 수 있는 것이었다.

최석이 부임하자마자 관속들의 충성 경쟁이 시작되었다. 그들은 앞다투어 최석의 비위맞추기에 급급했다.

최석은 한동안 관속들의 행동을 말없이 지켜보았다. 속이 빤히 들여다 보이는 아부에도 빙그레 웃었고, 은밀히 뇌물을 갖다 바치는 것도 거절하지 않았다. 또 아름다운 여인을 보내 환심을 사려하는 것도 받아들였다.

그리하여 관속들은 사또를 한없이 만만하게 보고 본색을 드러냈고, 죽어나는 것은 백성들 뿐이었다.

"혹시나 했더니 역시나 였어."

"하늘도 무심하시지. 그래도 전에는 신관 사또가 부임하고 몇 개월 동안은 아전들의 행포가 그리 없었지 않아?"

"그렇지, 사또의 성품이 어떤지 모르기 때문에 조심들을 했던 게야. 그런데 이번 사또는 그런 것도 필요없는 모양이야."

"재물을 너무 밝힌다지?"

"아첨배들을 좋아한다더군."

"그뿐인가! 예쁜 계집한테는 사족을 못쓴다고 하네."

"못된 짓은 골라서 하는군 그래?"

"정말 망할 세상일세, 망할 세상!"

백성들의 비탄에 찬 수군거림으로 인하여 고을이 떠들썩할 정도였다.

최석이 부임한 지도 보름이 지났다. 그동안 최석은 나름대로 치밀하게 관속들의 이모저모를 살폈고, 백성들의 질곡도 파악했다.

"흠! 썩어도 너무 썩었어. 썩고 곪은 곳을 과감히 도려내지 않으면 도저히 어찌해 볼 도리가 없다. 더이상 지켜볼 필요는 없으니 내일은……."

날이 밝자 최석은 모든 관속들을 동헌 뜰에 모이게 했다.

어슬렁어슬렁 모여들던 관속들은 사또의 표정을 보고 저으기 놀랐다.

"아니, 사또께서 왜 저러시지?"

"모르겠네. 저렇게 무서운 얼굴은 처음 보네."

관속들은 옆사람과 귀엣말을 주고받으며 긴장감을 감추지 못했다.

실로 최석의 표정은 전날과는 판이하게 달랐다. 항상 흐리멍텅하기만 했던 두 눈은 차갑게 빛나고 있었고, 헤벌어진 입은 한일 자로 굳게 다물어져 있었다.

"아직까지 등청하지 않은 이는 누구냐?"

위엄 있는 목소리가 쩌렁쩌렁 동헌에 울려퍼졌다.

"사람을 보내어 당장 등청하라 일러라!"

늦장을 부리고 있던 관속 몇 명이 전갈을 받고 허둥거리며 등청했다.

"고얀놈들! 보자보자하니 정말 제멋대로들이로구나!"

사또의 호령에 지각한 관속들은 어쩔 줄을 모르고 있었다.

이렇게 무거운 분위기를 조성한 최석은 무서운 눈으로 관속들의 얼굴을 한동안 살폈다.

"듣거라!"

마침내 최석은 엄숙하고 힘있는 소리로 입을 열었다.

"본관은 그동안 그대들의 행실을 예의 주시하고 있었다. 그 결과 알량한 권세를 가지고 백성들을 핍박하는 자는 누구이고, 아첨과 간계를 일삼는 자가 누구인지도 알았다. 많건 적건 나라의 녹을 먹는 공복으로서 사욕을 채우기 위해 부정을 저지른 자는 역적과 다를 바 없다. 고로 본관은 지금부터 그 죄질에 따라 합당한 처벌을 내리겠다."

최석은 부정을 행한 관속을 하나하나 호명하여 그 죄질을 낱낱이 밝힌 다음 벌을 내렸다.

"저놈에겐 곤장 팔십 대를 치고 벌금으로 쌀 열 섬을 바치도록 하여라!"

"예이!"

"어이쿠, 사또! 살려 주십시오."

하루 종일 곤장치는 소리와 비명 소리가 끊이질 않았다.

이 소문은 삽시간에 온 고을에 퍼졌다. 구경꾼이 구름처럼 동헌으로 몰려들었다.

"하나요!"

"퍽!"

"아이고!"

부정을 일삼던 관속들이 벌을 받는 것을 본 백성들은 저마다 한마디씩 했다.

"정말 통쾌하다, 통쾌해!"

"나쁜 놈들! 그렇게 못된 짓을 일삼더니 결국 임자를 만났어."

"사또께서 실정을 알아 보기 위해 지금까지 아무 말씀도 안 하셨다지?"

"그렇다더군."

"그동안 숙청든 여자들의 손끝도 건드리지 않았데."

"우린 그런 줄도 모르고 사또님을 욕했어."

"어쨌든 제대로 된 분께서 부임하셨네 그려."

"이젠 한결 살만하겠지?"

"그걸 말이라고 하는가. 저토록 훌륭하신 사또가 오셨으니 오죽이나 정사를 잘 처리하시겠는가!"

"흠, 정말 기대가 되는군."

이러한 백성들의 기대와 희망은 조금도 어긋나지 않았다.

사욕이 없는 최석은 매사에 공명 정대함을 원칙으로 하여 정사를 처리했다. 공을 세운 자는 반드시 상을 주고, 죄를 지은 자에게는 반드시 벌을 주었다. 또 기회가 있을 때마다 이런 말로 관속들을 훈계했다.

"분에 넘치는 탐욕은 반드시 사람을 망친다. 관청의 일을 하는 사람에게는 때때로 돈이나 선물을 하는 사람이 생기는 법이다. 거기에 여러 가지 그럴싸한 이유가 붙기 마련인데, 어떤 이유에서건 그것을 받으면 마음의 빚으로 남을 수밖에 없다. 세상에 공짜는 없는 법이다. 아무 까닭없이 선심을 쓰는 사람이 어디에 있겠는가?"

이렇게 관속들을 단속하는 한편 항상 민심을 살폈다. 때문에 공무(公務)에 있어서 만큼은 암암리에 행해지는 일은 자취를 감추게 되었다.

사또가 부정 부패를 일소하고 선정을 베풀자 백성들은 신바람이 났다. 탐관오리에게 재물을 착취당할 때는 일할 의욕을 상실하고 되는대로 살았는데, 그런 것이 없어지자 모두들 열심히 일했다. 그리하여 순천부는 급속히 풍요롭고 살기 좋은 고을이 되었다.

삼년 후, 최석은 비석랑(秘書郎)으로 영전되어 서울로 돌아가게 되었다. 그러자 백성들은 기뻐하면서도 한편으론 안타깝게 생각했다.

당시 순천부에서는 사또가 임무를 마치고 그곳을 떠날 때 좋은 말 여덟 필을 주어 보내는 풍속이 있었다.

떠나는 날 아침, 말을 관리하는 관속이 모든 말을 끌고와서 좋은 말을 고르라고 했다.

"굳이 좋은 말을 고를 필요는 없다. 서울까지 갈 수 있는 말이면 되니까 아무 말이라도 괜찮다."

최석은 관속이 골라준 말에 짐을 싣고 정든 순천부를 떠났다. 많은 백성들이 길가에 나와서 그가 떠나는 것을 아쉬워했다. 한 마리가 오는 도중에 새끼를 낳게 되었다.

　서울의 본가에 도착한 최석은 말에서 짐을 부리고, 동행한 사람들을 치하한 다음 이렇게 말했다.

　"내가 무사히 돌아왔으니 말들의 할일은 끝났다. 그러니 너희는 이 말들을 가지고 돌아가거라. 물론 오는 도중에 낳은 망아지도 함께 데리고 가거라."

　최석의 이 말에 한 마부가 나서며 황급히 입을 열었다.

　"사또 나으리! 이 말들은 이제 나으리의 소유이옵니다. 그런데 어찌 도로 가져가라 하시옵니까?"

　"어찌 그 말들이 나의 소유란 말이냐? 나는 관청의 소유물을 근거 없이 가질 수가 없다. 그러니 아무 말 말고 다시 가져 가거라."

　"아닙니다. 지금까지 저희 고을에 부임했던 사또님들께서는 모두 여덟 필의 말을 가져가신 관행이 있사옵니다."

　"관행이 있다고?"

　"그러하옵니다."

　"흠! 내가 생각할 때 그건 잘못된 관행이 분명하다. 관청의 소유물을 누가, 무슨 권리로 구관에게 함부로 준단 말이냐? 어서 가져 가거라."

　최석의 단호함에 여덟 필의 말과 망아지는 순천부로 보내졌다. 감복한 순천부의 백성들은 최석의 청렴성과 공덕을 높이 칭송하여 비(碑)를 세우고, 그 비를 팔마비(八馬碑)라 하였다.

　팔마비가 세워진 후 관리들에게 말을 주는 풍습은 저절로 없어지게 되었다고 하는데, 이 비는 아직도 순천군청 청사 구내에 보존되어 있다.

해전은 말한다.
"세상에 공짜는 없다."
이 말은 만고의 진리이다.

술로써 벼슬을 낚은 이야기

꽃이 날으네, 급하기도 하여라.
늙음은 다가오고 세월은 가니
봄이 더디 오기를 원하네.
아, 애석토다!
환락과 즐거워하는 자리는 모두 젊어서와 같지 않으니
마음을 너그럽게 해주는 것은
참으로 이 술뿐이로다.
흥을 돋구는 것은 시(詩)만한 것이 없고,
이 마음 도잠(陶潛;도연명)만이 알리라.
나의 생이 그대의 시기에 늦었노라.(《두보杜甫》)

누군가는 이렇게 말했다. '신(神)은 최고의 걸작으로 인
간을 창조했고, 그 인간은 술을 창조했다'고.

인간은 언제부터 술을 빚어 마셨을까? 확실한 기록은 없지만, 인류가 농경법을 익혀 정착 생활을 하면서 발명되었다는 것이 일반적인 추측이다.

동서양 모두 술은 농경신(農耕神)과 깊은 관계를 갖고 있다. 술의 원료가 되는 곡물은 그 땅의 주식이며 농경에 의해 얻어지기 때문이다.

술은 마시면 마신만큼 취하는 정직한 음료이다. 때문에 그 속성상 양면성을 지닌다. 하나는 아름답고 흐뭇한 모습을 따르게 하고, 다른 하나는 추한 동물의 행태를 연출하게 한다.

적당한 술은 정신 건강은 물론이거니와 육체 건강에도 좋다. 또 인간 관계를 원활하게 만드는 훌륭한 윤활유 구실을 톡톡히 한다. 반면에 지나친 음주는 이성을 마비시켜 인간 불행의 주요인이 되는 경우가 흔하다.

이렇게 판이한 양면성 때문에 예로부터 술은 확실한 동지와 뚜렷한 적을 만들면서 인간 곁에 있었다.

술은 그 종류도 많지만, 그 종류만큼이나 마시는 구실도 많다. 좋고 나쁜 모든 일이 구실이 될 수 있기 때문에 그 구실을 들자면 한이 없다.

다음은 이채로운 구실 중의 하나이다.

《열하일기》의 저자 연암(燕岩) 박지원(朴趾源). 그는 조선 정조(正祖) 때의 문장가이자 실학의 대가로 일컫고 있다.

박지원의 가문은 조상 대대로 유명한 학자와 고관을 배출한 명문이었다. 그의 조부 필균(弼均)은 영조(英祖) 때 요직을 두루 거치고 지돈령부사(知敦寧府事)에 이른 인물이지만, 성품이 강직하고 청렴하여 재물과는 거리가 멀었다.

게다가 박지원의 아버지는 벼슬에 뜻을 두지 않고 평생토록 은자(隱者)의 삶을 살았기 때문에 가세는 더욱 빈한해졌다.

박지원도 아버지의 피를 그대로 물려 받아 벼슬을 탐탁하게 생각하지 않았다. 여기에는 당파싸움이 치열한 시대상황과 무관하지 않다.

일찍이 벼슬에 미련을 버린 박지원은 문학에 뜻을 두고 창작에 힘을 쏟아 30대에 문명을 떨쳤다.

그러나 봉건사회의 모순과 지배층의 위선을 신랄하게 풍자하고 비판한 그의 글은 당연히 지배층의 심기를 불편하게 했다.

정조의 등극과 함께 홍국영(洪國榮)의 세도정치가 시작되었다. 홍국영은 정조의 등극에 많은 애를 쓴 공으로 무소불위의 권력을 손아귀에 쥔 인물이었다.

정조와 홍국영 사이에는 각별한 유대 관계가 있었다.

정조가 세손(世孫)으로 있을 때다. 홍국영은 25세에 과거에 급제한 후 한림(翰林)에 들어가 춘방설서(春坊說書)를 겸하였다.

이무렵 조정에서는 눈에 불을 켜고 세손을 몰아내려는 세력이 있었다. 사도세자(思悼世子)를 죽음으로 몰아간 노론(老論)들이었다.

영조는 아들을 뒤주에 갇혀 죽게한 후에 몹시 후회했다. 그리하여 손자를 세손으로 삼고 각별한 정을 쏟았다.

세손은 어려서부터 효성이 지극했다. 뿐만 아니라 총명

하고 사려가 깊어 함부로 대할 수 없는 위엄이 있었다. 더욱이 영조는 노쇠하여 그 수명을 장담할 수가 없었다. 갑자기 승하하는 날이면 하루 아침에 세상이 바뀌는 판이었다.

그러기에 노론은 세손이 승통(承統)하는 것을 몹시 두려워했다. 세손이 왕위에 오르면 반드시 아버지의 죽음을 문제 삼을 것이고, 그렇게 되면 사건을 주도한 노론이 무사할 수 없는 것은 자명한 일이었다.

'세손을 몰아내지 못하면 우리가 죽는다.'

노론은 절박한 심정으로 살길을 강구했다. 방법은 단 하나, 세손을 몰아내는 것밖에 없었다.

그들은 온갖 수단과 방법을 가리지 않고 세손을 음해하는 한편 영조의 판단을 어둡게 하려고 애썼다.

원래 영조는 '무수리'라는 천한 궁녀의 몸에서 태어났기 때문에 출생에 대한 열등감이 심했다. 그래서 신분에 관한 이야기가 나오면 지나칠 정도로 민감하게 반응했다.

영조 초엽 박정선(朴正善)이라는 도승지가 인재 등용을 놓고 토론을 하던 중에 '미천한 서얼'이란 말을 입에 담았다가 귀양 가서 죽은 사건이 있었다. 이때부터 어전에서 '서출' 또는 '소실'이란 말은 금기어가 되었다.

영조는 《통감강목》이라는 중국의 역사서 중에서 한나라 문제(文帝) 때의 기록을 싫어했다. 그 이유는,

"나는 고조 황제의 소실이 낳은 아들이다."

라는 대목이 들어 있기 때문이었다.

노론은 먼저 세손에게 《강목》을 읽게 해서는 안 된다고 주청했다. 그리하여 영조는 세손에게 그 책을 금했다.

　노론의 음모는 아주 치밀하게 진행되었다. 세자 시강원의 문학(文學)이나 사서(司書) 중에도 노론의 사주를 받은 세력이 있었는데, 그들을 통해 자꾸 《강목》을 인용하도록 했다.

　당연히 세손은 《강목》에 강한 관심을 가지게 되었고, 우연히 그 책이 눈에 띄자 펼쳐보기에 이르렀다.

　그러자 노론은 '옳거니' 하며 어전에 나아가 그 사실을 아뢰었다.

　"뭐라고?"

　영조는 크게 진노하여 내관을 불렀다.

　"지금 당장 세손을 들라 하라!"

　갑자기 어명을 받은 세손은 책을 치울 겨를도 없이 어전으로 와서 부복했다.

　"너는 금일 무엇을 읽고 있었는고?"

　영조의 옥음은 노기로 떨리고 있었다.

　"예, 강목을 읽고 있었습니다."

　세손은 정직하게 아뢰었다.

　"뭐, 강목? 너는 왜 읽지 말라는 책을 읽었단 말이냐?"

　붉게 달아오른 할아버지의 용안을 보고 당황한 세손은 자기도 모르게 이렇게 둘러댔다.

　"하오나 금하신 대목은 읽지 않았사옵니다."

　"그게 정말이냐?"

　"그러하옵니다."

　세손의 안색을 무섭게 살피던 영조는 갑자기 내관을 향해 소리쳤다.

"내관은 당장 동궁에 가서 강목을 가져오너라."

"예이."

일이 이렇게 되자 세손은 가슴이 철렁 내려앉으면서 눈앞이 캄캄해졌다. 엄청난 두려움이 골수를 파고 들며 온몸으로 퍼졌다. 문득 처절하게 죽어간 아버지의 환영이 떠올랐다.

'이젠 모든 것이 끝이구나!'

세손은 망연히 할아버지의 용안을 보고 있었다. 그러나 세손의 눈에는 무서운 할아버지의 얼굴이 보이는 것이 아니었다. 뒤주를 두드리며 살려 달라고 애원하는 아버지 사도세자의 몸부림이 보이는 것이었다.

'아버지……!'

아버지의 환영을 보는 세손의 두 눈에는 뜨거운 이슬이 가득 고이기 시작했다.

한편, 세손이 어명을 받고 황망히 어전으로 나갈 때 홍국영은 마침 동궁에 있었다.

'무슨 일일까?'

어떤 무거운 분위기를 감지한 홍국영은 급히 방으로 들어가서 안을 살폈다. 서궤에 놓여 있는 《강목》이 아프게 그의 눈을 찌르고 들었다.

"허, 그렇구나!"

홍국영은 급히 책을 펼쳐 어느 대목을 찢어냈다. 그것을 소매 속에 감추고 방을 나와 숨어서 동정을 살폈다.

아니나 다를까. 잠시 후에 내관이 급히 와서 그 책을 가져 갔다.

'휴우, 천행이다!'

홍국영은 두 주먹을 불끈 쥐고 회심의 미소를 지었다.

세손은 내관이 《강목》을 임금에게 바치는 것을 물끄러미 바라보고만 있었다. 실로 담담한 모습이었다.

이때 세손은 이미 살기를 체념한 상태였다. 자기를 해치려고 하는 세력이 호시탐탐 기회를 엿보고 있는 상황이고, 할아버지의 성품은 작은 실수도 용납하지 못했다.

그런데 금지한 책을 읽었고, 게다가 거짓말까지 했다. 그것이 적나라하게 밝혀지는 판국에 어찌 살기를 바랄 수 있겠는가!

영조가 책을 펼치는 순간 세손은 지그시 눈을 감았다. 아버지의 원수를 갚을 수 없게 되었다는 사실이 한스러울 뿐이었다.

'저승에서 무슨 면목으로 아버지를 뵌단 말인가!'

세손은 할아버지의 불호령이 떨어지기를 초조하게 기다렸다.

"허허허……."

난데없는 웃음소리에 세손은 번쩍 눈을 떴다.

"기특하구나, 세손! 과연 나의 손자로다."

할아버지의 흐뭇한 표정을 본 세손은 자기도 모르게 책을 살폈다. 펼쳐진 부분의 책장이 뜯겨져 나간 흔적이 보였다.

'어찌된 영문일까?'

세손 자신도 소스라치게 놀랄 수밖에 없었다. 엉겁결에 거짓말을 했는데, 그 거짓말이 감쪽같이 진실로 둔갑을 한 것이다.

이렇게 해서 절대 절명의 위기를 넘겼다.

'귀신도 곡할 노릇이 아닌가?'

의아한 마음으로 동궁으로 돌아오는 세손을 홍국영이 영접했다.

"저하, 얼마나 심려가 크셨사옵니까?"

이렇게 말머리를 꺼낸 홍국영은 소매 속에 감춘 책장을 꺼내어 세손에게 바쳤다.

"아니, 이것을 어떻게 홍설서가……?"

세손은 놀란 눈으로 홍국영을 보았다.

"예, 전하께서 어명을 받고 황망히 어전으로 납시는 것을 보고 소신이 의아하여……."

홍국영은 자초지종을 말했다. 모든 사실을 알게 된 세손은 홍국영의 손을 덥석 잡았다.

"고맙소, 홍설서. 참으로 고맙소!"

어느새 세손의 목소리는 잠겨 있었다.

"홍설서가 내 목숨을 살렸소. 내 이 은혜는 잊지 않겠소. 다음에 내가 보위에 오른다면, 경이 군사를 일으켜 역모를 꾀하지 않은 이상 모든 허물은 용서하겠소."

이러한 인연으로 말미암아 세손이 등극하여 정조가 되자, 홍국영이 권력의 핵으로 부각된 것이다.

권력을 좌지우지하게된 홍국영은 자신과 반목 관계에 있던 세력을 하나하나 제거하기 시작했다. 이때 대사헌 박종덕(朴宗德)을 비롯한 반남(潘南) 박씨 문중이 화를 당했다.

문중의 벼슬아치들이 줄줄이 화를 당하자 신변의 위협을

느낀 박지원은 연암협(燕巖峽)으로 은둔했다. 거기서 손수 농사를 지으며 학문과 저술에 힘썼다.

박지원의 팔촌형인 박명원(朴明源)은 영조의 제3녀 화평 옹주(和平翁主)와 결혼하여 금성위(錦城尉)에 봉해진 사람이 었다.

정조 4년(1780), 박명원이 청나라 고종(高宗)의 칠순연(七 旬宴)을 축하하기 위하여 사절(使節)로 중국에 갈 때, 문장 에 능한 박지원을 수행원으로 데려갔다.

박지원은 이 여행에서 보고 배운 것을 바탕으로 하여 《열 하일기》를 썼다.

《열하일기》가 세상에 나온 후 그는 일약 사회의 명사가 되었지만, 생활은 여전히 빈궁했다.

박지원은 몹시 술을 좋아했다. 그래서 그의 아내는 어려 운 살림에도 불구하고 술을 빚어 끼니 때마다 한 잔씩 마시 게 했다. 그러나 절대로 그 이상은 주지 않았다.

'한 잔만 마셨으면 딱 좋겠는데…….'

아침 반주로 한 잔의 막걸리를 얻어 마신 박지원은 감질 나서 아내의 눈치를 살폈다. 아무리 사정을 해도 술을 주지 않는다는 것을 그 자신이 너무나 잘 알고 있었다.

입맛만 다시고 있던 박지원은 무슨 생각을 했는지 집 밖 으로 나왔다.

"손님을 낚는 방법밖에 없겠다."

이렇게 중얼거리며 오고 가는 행인을 살폈다. 이때 마침 저쪽에서 사인교를 타고 오는 사람이 있었다.

"옳지!"

박지원은 쾌재를 지르며 그 사인교를 가로막았다.

사인교에 타고 있는 사람은 도승지(都承旨) 정존중(鄭存中)이었다. 그는 눈을 지릅뜨고 길을 막고 있는 선비를 살폈다. 모르는 얼굴이었다.

"그대는 누군데 길을 막는가? 나를 아는가?"

이 말에 박지원은 빙그레 웃으며 입을 열었다.

"영감, 누추한 집이나마 제 집에 잠깐 들렸다가 가십시오. 바로 이 집입니다."

정승지는 박지원이 가리키는 집을 홀끔 흘겨보았다. 초라한 초가 삼간이었다.

"흠!"

그는 마땅찮은 헛기침을 하고 입을 열었다.

"나는 지금 입궐하는 길이라서 그럴 틈이 없네."

이 말에 박지원은 눈쌀을 찌푸리며 코방귀를 뀌었다.

"흥! 잠시면 된다는데 왜 그리 비싸게 구는 게요? 행색이 초라하다고 사람을 무시하는 게요 뭐요?"

"허, 너무 무례하지 않는가?"

정승지는 어처구니가 없고 또 불쾌하여 가볍게 꾸짖었다. 그러나 선비는 길을 비킬 생각도 않고 자꾸 말씨름을 걸어오는 것이었다.

"나도 명색이 양반의 자손이고 글줄이나 읽은 선비요. 그런데 선비의 초대를 일언지하에 거절할 수가 있소?"

"허, 알았네."

정승지는 길가에서 더 이상 시비하는 것이 창피하여 잠시 들려가기로 했다.

박지원은 의기양양하게 집으로 들어가서 크게 소리쳤다.

"귀한 손님이 오셨다. 어서 술상을 내오너라!"

"아침에 술은 무슨 술인가? 나는 입궐하는 몸이라 술을 마시지 못하네."

정승지의 이 말을 박지원은 들은 척도 하지 않았다. 오히려 더 큰 소리로 이렇게 외쳤다.

"약주를 좋아하는 어른이시니 술을 충분히 준비하도록 하여라."

정승지는 엉겁결에 사랑으로 들어갔다. 집은 비록 초라했지만 방안은 책이 가득했다.

이윽고 술상이 나왔다. 안주는 김치 한 접시뿐이고, 술은 막걸리였다.

"음, 술주전자가 묵직하군."

박지원은 흡족한 표정으로 이렇게 중얼거리면서 잔에다 가득 술을 따랐다. 그런 후 정승지를 보고 말했다.

"영감께서는 좋은 술만 드시겠지요? 이런 막걸리는 입에 맞지 않을 겁니다. 그러니 제가 영감 대신 마셔 드리겠소."

박지원은 자기가 따른 술을 정승지에게 권하지도 않고 단숨에 들이마셨다.

"카, 술맛 좋다!"

김치 한조각을 집어 우걱우걱 씹으면서 다시 잔에 술을 따랐다. 술잔을 들고,

"이번에는 정말로 제 차례지요."

하면서 또 자기가 마셨다.

몇 번이나 자기가 따르고, 자기가 마시고 했다. 정승지에게는 한 번도 권하지 않았다.

정승지는 선비의 하는 짓이 하도 우습고 맹랑하여 그저 보고만 있었다.

주전자의 술을 모두 마신 박지원은 멍하니 앉아 있는 정승지를 향해 이렇게 말했다.

"좀 황당하셨겠지만, 너무 이상하게 생각하지 마십시오. 오늘은 영감께서 저의 술 낚시에 걸려든 것이외다. 하하하……."

"술 낚시? 그게 무슨 말인가?"

"하하하……."

박지원은 다시 한 번 웃음을 터뜨리고 나서 그 까닭을 말했다.

"보시다시피 제 집이 가난하여 좋아하는 술을 마실 수가 없습니다. 제 내자는 손님이나 와야 술을 내놓는데, 제 처지가 이러하다 보니 찾아오는 손님도 별로 없습니다. 그래서 오늘은 영감을 낚아서 제가 술을 마신 것입니다. 무례를 용서하십시오."

"허……!"

정승지는 쓴웃음을 지으며 박지원의 집을 나와 대궐로 들어갔다. 그리고 여러 대신들에게 그 기상천외한 이야기를 전했다.

그가 연암임을 안 몇몇 대신들이 그의 궁핍한 생활을 안타깝게 여기고 임금께 주청하여 벼슬에 천거했다. 그리하여 박지원은 나이 50에 처음으로 벼슬길에 들어서게 되었다.

　실학사상을 발전시킨 선지자 박지원. 그는 술로써 벼슬을 낚은 셈이 아닌가!

3

청등야화
青燈夜話

여인의 개가(改嫁)를 금지시킨 이유

옛날 어느 고관(高官)이 민가의 사정을 살피기 위하여 미복 잠행(微服潛行)하고 있었다.

한 마을을 지나는데 여인의 울음소리가 들렸다. 가까이 가보니 불에 탄 집의 마당에서 소복한 젊은 여인이 두 다리를 쭉 뻗고 주저앉아 땅을 치며 통곡하고 있었다.

구경꾼들의 말을 들어보니, 간밤에 갑자기 불이 나서 남편이 타 죽었다는 것이었다.

"그런데 용케도 여자는 빠져나왔군요? 멀쩡한 것을 보니 다친 곳도 없는 것 같고요?"

고관은 왠지 이상한 생각이 들어 구경꾼에게 은근히 물었다.

"불길이 치솟자 엉겁결에 아내 혼자만 빠져나왔다고 하더이다. 그것이 안타깝고 서러워서 저렇게 울고 있다오. 쯧쯧……."

"흠!"

고관은 여인의 모습을 유심히 살폈다. 그런 경황 중에 소복을 차려 입고 있는 것이 이해가 되지 않았다. 또 곡을 하는 여인의 태도에 미심쩍은 구석이 적지 않았다.

"소복은 마을 사람이 가져다 주었나 봅니다 그려?"

고관의 물음에 구경꾼은 고개를 갸우뚱했다.

"글쎄올시다. 내가 알기로는 처음부터 입고 있었던 것 같은데……."

"그렇다면 이상하군요. 저 여자가 지난밤에 소복을 입고 잠자리에 들었단 말입니까?"

"허, 듣고 보니 그렇군요!"

고관은 자기의 신분을 밝히고 관가에 사람을 보냈다. 사또가 손수 관졸을 이끌고 화재 현장으로 달려왔다.

관졸들이 잿더미 속에 파묻힌 시체를 수습했다. 고관은 남자의 시체를 이리저리 살피고 나서 사또에게 말했다.

"돼지 두 마리만 구해다 주시오."

이윽고 돼지를 구해 왔다. 한 마리는 죽이고 다른 한 마리는 산 채로 꽁꽁 묶게 했다.

"장작을 쌓고 돼지들을 올려 놓아라."

관졸들이 분부대로 했다.

"다시 그 위에 볏단을 덮고 불을 지펴라."

불길이 활활 타오르자 살아 있는 돼지가 비명을 지르며 무섭게 몸부림을 치기 시작했다. 구경꾼들은 영문을 몰라 물끄러미 바라보고만 있었다.

한참 후에 불길이 사그라졌다. 이미 돼지의 비명과 몸부림이 그친 지도 오래였다.

숯으로 변한 장작 위에는 돼지 두 마리가 바비큐가 되어 누릿하면서도 구수한 냄새를 풍기고 있었다.

"저 돼지들을 시체 곁으로 옮겨라!"

불에 들어가기 전에 살아 있던 돼지는 시체의 오른쪽에, 죽은 돼지는 왼쪽에 놓았다.

"아이고, 아이고……."

소복한 젊은 여인은 그때까지 울고 있었다.

"울고 있는 저 여인을 이리로 데려 오너라."

여인이 가까이 오자 고관은 차갑게 입을 열었다.

"그대는 불에 들어가기 전에 살아 있던 돼지와 죽어 있던 돼지의 눈을 자세히 보아라."

여인이 돼지의 눈을 살폈다.

"두 돼지에는 다른 점이 있을 것이다. 어디가 다르냐?"

고관의 말에 여인이 머뭇거리며 대답했다.

"죽어 있던 돼지의 눈에는 재가 들어가 있지 않고, 살아 있던 돼지의 눈에는 재가 많이 들어가 있습니다."

"흠!"

고관은 헛기침을 하고 나서 이렇게 말했다.

"그렇다. 살아 있던 돼지는 불이 타오를 때 뜨거움을 참지 못하고 눈을 크게 뜨고 몸부림을 치다가 죽었다. 그러기에 눈에 재가 많이 들어간 것이다. 사람도 마찬가지다. 살아 있던 사람이 불에 타서 죽었다면 눈 속에 재가 들어 있는 것이 정상이다. 그러니 이젠 네 남편의 눈을 확인해 보아라!"

여인은 남편의 눈을 확인해 보지도 않고 파랗게 질린 얼굴로 고관을 올려다 보았다.

"이실직고하렷다!"

고관의 호통에 여인은 온몸을 부들부들 떨며 흐느끼기 시작했다.

"으흐흑……."

명백한 증거가 백일하에 드러나자 여인은 사건의 진상을 자백할 수밖에 없었다.

여인은 정부(情夫)와 불륜의 관계를 맺고 남편을 독살했다. 그리고 소사(燒死)한 것으로 꾸미기 위하여 불을 질렀던 것이다.

이것을 본 고관은 여자가 남편을 죽이고 다른 남자와 살 수 없게 하는 법을 마련했다. 그것이 곧 미망인이 다시 혼인할 수 없게 하는 법이었다고 한다.

종이 한 장 때문에 막힌 벼슬길

송평(宋枰)은 성종 때 종이 만드는 관청인 조지서(造紙署)
의 책임자로 있었다.

그때 사헌부의 지평(持平)으로 있던 정종권(鄭鍾權)에게
춘금이라는 이름의 아름다운 소실이 있었다.

"흠, 탐나는 계집이로다!"

한번 보고 반한 송평은 권세와 재물 등을 이용한 무리한
방법으로 정종권의 소실을 취했다.

"이놈, 두고 보자!"

힘이 없어 소실을 빼앗긴 정종권으로서는 당연히 송평이
저주스러울 수밖에 없었다.

당시에는 아녀자들이 나들이할 때 종이로 발라 만든 삿
갓을 쓰는 것이 유행이었다. 송평의 소실도 그 것을 가지기
를 원했다.

"허허, 알았다. 내가 너에게 좋은 삿갓을 하나 만들어 주겠다."

송평은 사신이 중국과 왕복할 때 공문서로 쓰는 좋은 종이로 삿갓을 만들어 소실에게 선물했다.

"옳거니!"

그것을 알고 쾌재를 지르는 사람이 있었다. 바로 소실을 빼앗긴 정종권이었다.

원한을 품고 송평의 약점을 잡기 위해 호시탐탐 기회를 엿보고 있던 정종권은 즉시 대사간(大司諫)에게 고발했다.

나라의 재물이나 물건을 개인이 사사로이 유용하는 것을 장물죄(臟物罪)라 했는데, 발각되면 매우 엄하게 다스렸다.

송평은 장물죄로 옥에 갇혀 문초를 받게 되었다. 죄를 순순히 자백하지 않으면 형장(刑杖)을 안기는 것이 당시의 문초 방법이었다. 즉 고백할 때까지 몽둥이로 사정없이 때리는 것이다.

송평은 성질이 급하고 자존심이 강한 위인이었다. 그래서 문초하는 관리에게 발끈 화를 내며 모든 것을 시인했다.

"나는 매에 못이겨 말할 사람은 아니다. 겨우 종이 한 장 쓴 것이 장물죄에 해당된다는 말인가?"

스스로 종이를 쓴 것을 시인했으므로 형장은 받지 않았다. 그러나 장물죄를 면하지 못하고 파직되었다.

죄인의 자손은 관리에 임명될 자격이 정지되는 것이 국법이었다. 송평이 종이 한 장 때문에 죄인이 되었고, 아버지의 죄로 말미암아 자식들까지 벼슬할 길이 막혔다.

그로부터 3년이 지난 어느 날, 성종이 문득 여러 신하들에게 물었다.

"송평은 이제 그 계집을 버렸겠지?"

그러나 송평은 그때까지 자신과 후손들의 앞길을 망친 소실을 데리고 있었다.

신하들이 사실을 말하자 성종은 매우 딱하다는 듯이 혀를 찼다. 그리하여 송평의 자손들은 영영 벼슬길에 나가지 못하게 되었다.

생사를 가른 한 순간의 선택

"죄 있는 곳에 반드시 여자가 있다. 그러므로 여자를 찾으면 반드시 그 배후가 있다."— 사르티느, 18세기 파리의 경시청 총감

홍우원(洪宇遠)은 인조(人祖) 때 등용되어 숙종(肅宗)까지 4대 임금을 보필한 조선의 명신이다. 호는 남파(南坡)이며 벼슬은 이조판서를 거쳐 좌참찬(左參贊)에 이르렀다.

그는 학식이 높고 문장이 뛰어나 젊은 나이에 명성을 떨쳤다. 또한 남중 미색(男中美色)이라 일컬을 정도로 풍모(風貌)가 출중했다.

그런데 그는 여자 대하기를 마치 독사를 대하는 듯했다. 평생토록 조강지처 이외의 여자에게 눈길 한번 주지 않고 절조를 지켰다.

세상에 여자를 싫어할 남자가 어디에 있겠는가! 홍남파도 본디 여자를 싫어하는 별난 성품의 사람은 아니었다. 그의 아버지 홍영(洪霙)은 동지중추부사(同知中樞府事)에 이른 사람인데, 일찍부터 아들에게 여색을 경계하라는 교육을 시켰다. 그것은 아들의 용모가 너무 잘생겼기 때문이었다.

그러나 그가 여색을 멀리한 데에는 다음과 같은 사건을 겪고나서부터였다.

혈기가 넘치는 젊은 나이에 과거에 급제한 홍우원은 곧 황해도 어사로 제수되어 민정을 시찰했다.

성품이 올곧고 정의감이 투철한 그는 어사의 직분을 충실히 수행하며 황해도 일대를 순행했다.

어느 늦은 봄날, 신천(信川) 고을을 두루 살펴본 홍어사는 구월산(九月山)을 향해 걸음을 옮겼다.

"이 산이 바로 국조(國祖) 단군(檀君)께서 은퇴하셨다는 '아사달(阿斯達)'이렷다. 여기까지 와서 민족의 발상지를 구경하지 않는다면 천추의 한으로 남으리라."

홍어사는 흐뭇한 마음으로 구월산을 올라 이곳저곳을 구경했다.

구월산은 참으로 웅장하고 아름다운 산이었다. 수많은 산봉우리들이 톱날 같은 능선을 이루고 있었고, 맑은 물이 흐르는 깊은 계곡은 천상의 절경을 그대로 옮겨 놓은 듯했다.

"아아, 정말 좋다! 참으로 아름답다!"

연신 감탄을 자아내며 산을 오르던 홍어사는 날이 저무는 것도 모르고 있었다.

"아이쿠, 내가 너무 경치에 팔려 있었구나!"

그는 급히 발길을 돌려 산을 내려오기 시작했다. 그러나 해가 지는 속도는 그의 발걸음보다 몇 배는 빨랐다.

어느 순간 땅거미가 내리는가 싶더니 급속도로 어둠의 색체를 더하여 순식간에 칠흑같은 어둠을 만들었다.

그믐께라 달마저 뜨지 않았다. 까만 하늘에는 별들이 보석처럼 영롱하게 반짝이고 있었지만, 그 별빛은 조금도 어둠길을 밝혀 주지 못했다.

산은 엄청나게 다른 두 얼굴을 가지고 있었다. 감탄을 자아내게 했던 낮의 아름다운 모습은 어둠과 함께 흔적도 없이 사라져 버린 후였다.

실로 밤의 산은 무시무시했다. 어디가 어딘지를 분간할 수조차 없었기에 더욱 무섭고 두려웠다.

게다가 멀고 가까운 곳에서 짐승들의 울음소리가 끝없이 들려왔다. 그 소리는 뼈속까지 파고들며 공포심을 더욱 부채질했다.

바람에 풀잎이 흔들리는 소리에도 등골이 오싹했고, 작은 짐승이 도망가는 소리에도 오금이 저렸다.

정신 없이 산을 내려오는 홍어사의 몸은 땀으로 흠뻑 젖었다. 발을 헛디뎌 서너 차례 밑으로 굴렀기 때문에 온몸이 쓰라리고 아팠다.

그러나 살이 찢기고 아픈 것이 문제가 아니었다. 언제 어느 곳에서 무서운 짐승의 습격을 받게 될지 모르는 일이었다. 산천초목도 떨게 한다는 암행어사 마패를 품에 지닌 그였지만, 그 마패가 호랑이와 같은 맹수에게 통할 리는 만무했다.

"일각이라도 빨리 산을 벗어나야 한다. 그래야 산다！"

그는 살기 위해 본능적인 몸부림을 치고 있었다. 숨은 거의 하늘에 닿을 만큼 헐떡거리고 있었지만, 잠시도 걸음을 멈추지 않았다.

얼마나 시간은 흘렀고, 또 산은 얼마나 내려왔을까？ 아무 것도 분간할 수 없는데, 어디선가 피를 토하는 듯한 두견새 우는 소리가 들렸다.

평소에 듣던 두견새 울음소리는 분명 정감을 자아내게 하는 아름다운 소리였다. 그러나 깊은 밤에, 그것도 깊은 산 속에서 듣는 그 소리는 귀곡성만큼이나 음산하여 살을 떨리게 했다.

홍어사는 자기도 모르게 손가락으로 귀를 틀어막고 사방을 둘러보았다. 그런데 왼쪽의 발 아래로 멀리 불빛 몇 개가 희미하게 비치고 있었다.

"어？"

눈을 크게 뜨고 유심히 살펴보았다. 그 불빛은 인가(人家)에서 새어나오는 것이 분명한 것 같았다.

"살았다！"

그는 불빛을 향해 더욱 걸음을 빨리했다. 꽤 먼 거리였다. 대여섯 개에 달하던 불빛은 시간이 흐르면서 하나하나 사라지기 시작했다. 홍어사가 마을에 도착했을 때는 하나의 불빛만이 남아 있을 뿐이었다.

그는 불이 켜져 있는 집으로 갔다.

"어흠！"

홍어사는 인기척을 하고 나서 입을 열었다.

"지나는 손이 길을 잘못 들어 하룻밤 신세를 지었으면 합니다. 부디 허락하여 주십시오."

방안에서 고운 여자의 음성이 흘러나왔다.

"뉘신지는 모르오나 이 집은 아녀자 혼자 있는 집이라 묵어 가시는 것은 어렵습니다. 다른 집을 찾아가십시오."

홍어사는 난처했다. 아무리 자신의 사정이 딱하다 하더라도 여자 혼자 있는 집에서 묵어갈 수는 없는 노릇이었다. 그러나 깊은 잠에 빠져 있는 집들을 찾아가 잠을 깨우고 잠자리를 구걸하는 것은 더욱 엄두가 나지 않았다.

"마을에 불을 밝히고 있는 집은 이 집뿐입니다. 헛간이라도 좋으니 하룻밤 묵어갈 수 없겠습니까?"

홍어사가 정중하면서도 간절하게 말했다. 그러자 여자의 목소리가 한결 부드러워졌다.

"손님께서는 어디서 오시는 분이십니까?"

"예, 한양에서 왔습니다."

"어디까지 가시는 길입니까?"

"구월산을 구경하고 다시 한양으로 돌아가는 길입니다."

이렇게 말을 주고 받으면서 호기심이 동한 여인은 문틈으로 살짝 홍어사를 내다보았다.

'어머나!'

홍어사의 얼굴을 확인한 여인은 금시 마음이 달떴다. 심장이 마구 떨리는 것을 느꼈다.

'저토록 잘생긴 남자가…….'

여인은 두근거리는 가슴을 애써 진정시키고 있었다.

그러는 동안 방문을 사이에 둔 안과 밖에서 침묵이 흘렀다. 홍어사는 여인의 부드러운 말에 일말의 희망을 가지고 있었다. 그러나 침묵이 흐르자 곧 무리한 부탁임을 느꼈다.

"야심한 시간에 주인이 없는 집에 와서 실례가 많았습니다. 무례를 용서하십시오."

진실로 사죄하고 발걸음을 돌렸다.

그러자 다급해진 것은 방안에 있던 여인이었다.

"보셔요!"

여인은 방문을 덜컥 열고 밖으로 나오며 홍어사를 불렀다. 그 소리에 우뚝 걸음을 멈춘 홍어사는 천천히 고개를 돌려 여인을 보았다. 눈에 확 들어오는 빼어난 미모를 소유한 젊은 여인이었다.

"모두가 잠든 이 밤중에 손님께서 가시면 어디로 가시겠습니까? 윗방을 치워드릴 테니 거기서라도 쉬었다 가십시오."

여인은 요염한 눈빛을 반짝이며 이렇게 말했다.

"고, 고맙습니다."

여인의 고혹적인 자태에 얼이 빠진 홍어사는 기분이 황홀함을 느끼며 말을 더듬었다.

여인은 부산하게 윗방을 치우기 시작했다. 토방에 앉아 안 보는 척하면서 흘금흘금 여인의 자태를 훔쳐 보는 홍어사는 왠지 모르게 가슴이 설레고 생각이 복잡했다.

'이런 산골에 저토록 아름다운 여인이 살고 있었다니……. 내가 비록 기방 출입은 많이 하지 않았지만, 장안에서

도 저런 미색은 본 일이 없다. 대관절 누구길래 이 깊은 산
중에 혼자 있는 것일까?'

홍어사가 백만 생각을 다하고 있는 동안에 여인은 방을
치우고, 돗자리를 가져다가 거기에 깔았다.

"안으로 드십시오."

방안에는 등잔불이 밝혀져 있었다. 도배를 하지 않아 흙
벽이 그대로 드러난 방이었다. 흙냄새와 곰팡이 썩는 냄새
가 뒤범벅이 되어 콧속을 파고들었다.

"산골 방이라 누추하기 짝이 없습니다."

여인의 말에 홍어사는 소리없이 웃으며 겸양의 말을
했다.

"별, 별 말씀을 다하십니다. 길손에게 이 정도면 감지덕
지한 궁궐입니다."

"호호……. 손님께서 그렇게 말씀해 주시니 도리어 송구
하옵니다. 시장하실 텐데 잠시만 기다려 주십시오."

여인은 부엌으로 나가 저녁을 준비하기 시작했다. 식은
밥이 있지만, 새로 쌀을 씻고 일어 밥을 안쳤다.

"후후……."

불을 때는 여인은 무엇이 그리도 좋은지 절로 터지는 웃
음을 멈추지 못하고 있었다.

"룰룰룰……."

콧노래까지 흘러나왔다. 흥에 겨워 밥을 짓고 반찬을 준
비하는 여인은 온갖 즐거운 생각을 하고 있었다.

'그토록 멋지고 잘생긴 사내를 지금껏 본 일이 없다.'

'아, 생각만 해도 가슴을 설레이게 하는 사내!'

‘그런 사내가 남편이 없는 때를 맞추어 제발로 찾아왔다. 이건 어떤 운명적인 일이 아닌가?’

‘남편 몰래 숱한 사내들을 만나 정을 통했지만, 오늘 만난 사내에 비하면 얼마나 하찮은 존재들인가!’

‘후후, 오늘 밤은 내 생에서 가장 멋진 밤이…….’

‘그 사내가 내 집에서 자는 이상 내 손에 들어왔어. 남편은 멀리 떠났고…….’

여인은 그리운 님을 맞이한 것처럼 정성껏 음식상을 준비하여 방으로 들어갔다.

“찬이 변변치 않습니다만 천천히 많이 드십시오.”

“너무 과분한 말씀을…….”

몹시 시장기를 느끼고 있던 홍어사는 군침을 삼키며 수저를 들었다.

“약주부터 한 잔 드십시오.”

여인은 섬섬옥수로 잔을 들어 홍어사에게 건넸다.

“아, 이것…….”

홍어사가 엉겁결에 잔을 받자 넘치도록 술을 따라 주었다.

홍어사가 밥을 먹는 동안 여인은 자리를 뜨지 않았다. 마치 정든 님을 대하듯 고혹적인 눈으로 홍어사를 굽어보고 있었다.

맛있는 음식을 안주로 몇 잔의 술을 들이킨 홍어사는 한층 마음이 대담해졌다. 그래서 눈앞에 다소곳이 앉아 있는 여인의 얼굴을 유심히 보았다.

‘월궁 항아(月宮姮娥)가 구름을 잘못 밟아 지상에 떨어진

것이 아닐까?'

홍어사는 이렇게 생각하며 여인의 허리께로 시선을 옮겼다. 수양버들처럼 흐늘어진 곡선은 남자의 가슴에 어떤 불길이 타오르게 하기에 충분했다.

홍어사는 마른침을 꿀떡 삼키고 갈증난 시선으로 그 허리 아래를 훑었다. 물결을 치는 듯한 치마의 주름에 휘감긴 펑퍼짐한 엉덩이의 윤곽, 두 다리 사이에 은밀히 감춰진 신비한 계곡의 음영이 눈에 보이는 듯했다.

"으음!"

홍어사는 기묘한 신음을 토해내며 시선을 밥상으로 옮겼다.

'남편은 어디로 가고 혼자 있을까?'

음식을 먹으면서 여인과 관계된 여러 가지 생각을 했다.

고요한 밤이었다. 밤 깊은 산 속의 호젓한 방안에 잘생긴 남자와 아름다운 여자가 밥상을 사이에 두고 그렇게 앉아 있었다.

여인은 남자에게 더없는 호감을 가지고 있었다. 남자 또한 여인을 아름답게 보았다. 남자의 마음은 향기로운 꽃을 바라보는 나비와 같았고, 여인의 마음은 나비를 애타게 기다리는 꽃과 같았다.

남자와 여자는 서로 할 말을 잊고 침묵을 지켰다. 그러다가 수많은 말을 담고 있는 두 사람의 시선이 허공에서 엉켰다.

"바깥 주인은 어디로 가셨나요?"

홍어사가 먼저 입을 열었다.

"아주 멀리 가셨답니다."

여인의 목소리는 슬픔에 잠겨 있었다.

"무슨 일을 하기에 그렇게 멀리 가셨나요?"

"일은 무슨 일이겠습니까. 한번 가면 다시는 돌아오지 못하는 곳으로 가셨습니다."

"그, 그런 일이 있었군요. 이것 죄송합니다. 내가 괜한 말을 해서 부인의 아픈 상처를 건드렸나 봅니다."

"……."

다시 침묵이 흘렀다. 여인은 죽은 남편이 생각나는 듯이 한동안 고개를 떨구고 있었다.

'저 아름다운 여인이…….'

홍어사는 여인에게 진한 연민의 정을 느끼면서 밥그릇을 깨끗이 비웠다.

"정말 잘 먹었습니다."

여인은 밥상을 들고 부엌으로 나가 설거지를 끝내고 다시 방으로 들어왔다.

"이 일을 어쩌지요?"

여인은 부끄러운 듯 나직이 입을 열었다.

"이부자리가 하나뿐이라서 드릴 것이 없습니다. 내 이부자리를 드렸으면 좋겠지만, 너무 더러워서 그럴 수도 없고……."

정감이 가득 담긴 말이었다.

"괜찮습니다. 하룻밤 드새는데 이부자리가 없은들 어떻습니까? 내 걱정은 조금도 마시고 어서 가서 주무십시오."

홍어사는 시원시원하게 말했다.

"그래도…….."

여인은 그 말을 듣고도 선뜻 아랫방으로 건너가지 않고 난처한 표정을 지으며 말을 이었다.

"새벽에는 몹시 추울 텐데……."

"염려 마십시오. 추우면 두루마기를 덮고 자겠습니다."

홍어사는 이렇게 말하며 서 있는 여인을 올려다보았다.

그런데 자기를 내려다보는 여인의 표정이 이상했다. 무엇인가 간절한 소망을 담고 있는 얼굴이었다. 특히 커다란 두 눈은 타는 듯이 이글거리고 있었다.

"두루마기가 어찌 이불이 될 수 있겠습니까?"

여인의 목소리는 가볍게 떨리고 있었다.

"내 걱정은 마시고 어서 가서……."

홍어사의 거듭된 말에도 아랑곳하지 않고 여인은 엉거주춤 자리에 주저앉았다. 그리고 애원하는 눈으로 그를 뚫어지게 바라보고 있었다.

'저를 안아 주세요!'

여인의 눈은 간절히 그렇게 말하고 있었다.

홍어사는 그런 여인의 태도에 적이 당황했다. 갑자기 입에 침이 .바싹 마르고, 가슴이 울렁거리기 시작했다.

바로 이때 그의 뇌리를 스쳐가는 생각이 있었다.

"공자께서 이르기를 '젊어서 혈기가 왕성할 때에는 여색을 마땅히 경계해야 한다'고 했느니라."

이 말을 누누이 당부하던 아버지의 모습이었다.

"밤이 깊었으니 어서 가서 주무십시오."

홍어사는 여인의 뜨거운 시선을 외면하며 다소 냉정한

소리로 말했다. 그러나 마음 한편에서는 여인이 가지 않기를 바라는 생각이 꿈틀거리고 있었다.

'내가 무슨 망령된 생각을…….'

스스로의 생각을 마음 속으로 꾸짖은 홍어사는 일부러 크게 하품을 했다. '나는 피곤하고 졸리다. 그러니 어서 잠 좀 자게 해달라'는 뜻이 담긴 무언의 항변이었다.

그런 항변에도 여인은 꼼짝하지 않았다.

'이 여자가 기필코 일을 저지르겠다는 말인가!'

홍어사는 야릇한 흥분을 금치 못했다. 그렇지만 인내력을 발휘하여 그것을 내색하지 않았다.

'저 여자가 끝까지 가지 않는다면 어떻게 될까? 끝까지 내가 인내할 수 있을까?'

홍어사는 장담할 수 없었다. 여인이 저돌적으로 덤벼든다면, 정말 그런다면 속절없이 무너질 것만 같았다.

"여색을 경계하지 않으면 반드시 평생토록 후회할 일이 생기니라. 명심하고 또 명심하라!"

아버지의 말씀을 떠올리며 지그시 어금니를 깨물었다.

'작전을 쓰자.'

홍어사는 연거푸 하품을 해대며 실눈으로 살며시 여인의 반응을 살폈다. 그랬더니 여인의 얼굴은 실망감이 가득했다.

'옳지!'

홍어사는 안타까운 쾌재를 지르며 꾸벅꾸벅 졸기 시작했다. 그로서는 지금 참으로 눈물 겨운 인내심을 발휘하고 있는 것이었다.

그의 본능은 줄기차게 여인을 안으라고 아우성치고 있었다. 그리고 손만 내밀면 품안에 넣을 수 있을 만큼 분위기가 무르익어 있었다.

그런 것을 억지로 참고 있으려니 피가 마르는 느낌이었다. 홍어사는 미칠 듯한 심정으로 꾸벅꾸벅 졸다가 털썩 모로 쓰러졌다.

"음냐, 음냐!"

거짓으로 잠꼬대까지 해대자 여인은 길게 한숨을 내쉬었다. 그리고 알아 듣지도 못할 소리로 무어라고 중얼거리면서 자리에서 일어났다.

"곤하실 텐데 아무쪼록 편히 주무세요."

여인이 방을 나가자 홍어사는 번쩍 눈을 떴다. 뭔가 아까운 기회를 놓친 것처럼 마음이 안타까왔다.

여인은 아랫방으로 와서 곧바로 이불을 뒤집어 쓰고 드러누웠다. 그렇게 즐겁고 짜릿하던 환상이 깨어지자 울화통이 터질 지경이었다.

"저런 병신!"

욕설을 하며 몸을 심하게 뒤척거렸다.

"못난이 새끼!"

분에 못이겨 발을 버둥거렸다. 그러다가 구들장이 꺼질 듯한 한숨을 내쉬었다.

"휴우!"

욕을 퍼붓기에는 너무 잘생긴 사내였다.

하얗고 깨끗한 피부, 주름살 하나 없이 드넓은 이마, 남성미가 물씬 풍기는 짙은 눈썹, 서글서글한 눈, 큼직하면서

도 우뚝 치솟은 코, 야물게 다문 입술, 큰 귀, 당당한 체구
……. 어느 한 군데 흠잡을 수없을 만큼 완벽에 가까운 미
장부였다.

"그 사내 품에 안겨 봤으면……."

여인은 베개를 부둥켜안고 무섭게 몸부림쳤다. 그러다가
벌떡 몸을 일으키며 신음하듯 중얼거렸다.

"이대로 포기할 수 없어!"

마침내 여인은 방문을 열고 밖으로 나왔다. 부풀어 오른
젖가슴을 어찌할 수가 없는 모양이었다.

이 시각 윗방의 홍어사도 잠을 못이루고 있기는 마찬가
지였다. 그 연연한 여인의 모습이 눈앞에 삼삼하여 전전반
측을 거듭하고 있었다.

이날 따라 두견새는 왜 그리도 사무치게 우는지. 피를 토
해내는 두견새의 울음은 여인에 대한 그리움을 산처럼 크
게 만들며 몸을 비비 꼬이게 하고 있었다.

이때 밖에서 발자국 소리가 들렸다.

'누굴까?'

홍어사는 여인이라고 짐작했다. 그러자 반가움과 함께
고통스러운 생각이 교차하며 마음을 혼란스럽게 했다.

방문이 열리고 사람이 들어왔다.

"드르릉, 드르릉……!"

홍어사는 모로 누워 억지로 코를 골았다.

"정말 주무십니까?"

낮으면서도 날카로운 목소리였다. 홍어사가 대답을 하지
않고 계속 코를 골자 여인은 그의 허리 밑으로 불쑥 손을

집어넣었다.

"방바닥이 이렇게 찬 데 잠이 오실까?"

여인은 이렇게 말하며 뒤에서 살며시 홍어사의 허리를 얼싸안았다. 여인의 불룩한 젖가슴이 등에 압력을 가하는 것을 느낀 홍어사는 정신이 아찔하였다.

'이래서는 안 된다!'

그는 마음을 굳게 먹고 잠결을 가장하여 데구르르 몸을 옆으로 굴렸다.

"어머, 잠버릇 한번 고약해라!"

여인은 홍어사의 곁으로 바짝 접근했다. 작정을 한듯 이번에는 홍어사의 몸을 바로 누이고 그 위로 올라 탔다. 그와 동시에 가쁜 숨결을 토해 내는 입술로 그의 입술을 정신없이 더듬었다. 이제는 더이상 잠자는 시늉도 할 수가 없었다.

"으윽!"

홍어사는 달게 자다가 깨어난 사람처럼 퉁명스럽게,

"왜 자지 않고 이러시오? 곤해 죽겠으니 어서 가서 주무시오."

하면서 사정없이 여인을 옆으로 밀어냈다. 그런 다음 배를 바닥에 깔고 누워 열심히 코를 골기 시작했다.

"이 양반이 정말……."

여인의 입에서 쉿소리가 났다. 끓어오른 음욕을 주체할 수 없게 된 여인은 벌떡 자리에서 일어나 냉큼 홍어사의 등에 올라 앉았다.

"으으……!"

여인은 둔부를 홍어사의 등에 마구 비벼대면서 기성을
토해내기 시작했다.

"정말 왜 이러시오? 곤해 죽겠으니 제발 잠 좀 자게 해
주시오! 부탁이오!"

홍어사의 성난 음성에 여인은 순간 몸부림을 멈추었다.
그러나 그것도 잠시였다. 쓰러지듯 홍어사의 등에 가슴을
밀착시키며 속삭였다.

"그렇게도 곤하시오?"

"그렇소. 잠이 폭우처럼 쏟아져 정신을 차릴 수가 없을
지경이오."

홍어사의 음성에는 여전히 가시가 돋혀 있었다.

"사내 대장부가 그렇게 잠을 참지 못한단 말씀이오? 이
중요한 순간에……."

여인은 뜨거운 입김을 홍어사의 귀에 후후 불어 넣었다.

"쏟아지는 잠을 어떻게 하겠소? 나는 한번 잠이 오면 아
무 것도 할 수가 없는 사람이오. 그러니……."

곤하다는 핑계를 대고 여인을 돌려 보내려고 무던히도
애를 썼다. 그러나 한번 먹은 여인의 마음을 좀처럼 돌이킬
수가 없었다.

그 순간 홍어사의 마음 속은 전쟁터를 방불케 했다. 당장
지옥의 유황불에 떨어지는 일이 있더라도 여인을 안고 싶
었다. 벌써 그의 손은 들먹들먹하였다. 여인의 보드라운 손
을, 풍만한 젖가슴을 덥석 쥐고 싶었다.

그러나 초인적인 인내력을 발휘하여 소용돌이치는 정욕
을 억누르고 있었다.

"여색을 경계하지 않으면 반드시 평생토록 후회할 일이 생기니라. 명심하고 또 명심하라!"

귀에 못이 박히도록 누누이 들어온 아버지의 지엄한 당부가 천둥소리처럼 크게 귓전에 울리는 것 같았다.

'참자, 참아야 한다!'

홍어사는 한층 더 피곤하여 괴로운 듯이 끙끙거렸다. 실로 그 순간의 홍어사는 인간이 인내할 수 있는 한계를 초월하고 있었다.

"목석 같은 사내!"

마침내 여인은 분노와 원망이 뒤섞인 소리를 토해내며 홍어사의 몸에서 떨어져 나갔다. 그러나 완전히 포기하기에는 아쉬움이 남는 듯했다.

"귀찮게 해서 죄송해요. 주무시다가 춥거든 저를 깨우세요. 문을 열어 놓고 있을 테니까요."

여인은 이렇게 뒤를 기약하는 말을 남기고 아랫방으로 건너왔다. 자리에 누웠지만 잠이 올 리는 만무했다.

"벼엉신!"

여인은 신음하듯 욕설을 토하며 빠드득 이를 갈았다. 아직도 가슴이 화끈거리고 있었다. 몸은 불에 달군 것처럼 뜨겁디 뜨거웠다. 그 뜨거운 불덩이를 식히지 않고는 미쳐버릴 것만 같았다.

"으으으……!"

여인은 발정난 짐승처럼 기괴한 신음을 토하면서 몸부림을 치기 시작했다.

그러나 애욕의 불꽃에 전신을 불사르고 있는 것은 여인

뿐만이 아니었다. 윗방의 홍어사도 엄청난 욕망의 불길에 신음하고 있었다.

이때 홍어사의 방을 엿보고 있는 무서운 눈길이 있었다. 파르스름한 불길이 활활 타오르는 눈으로 홍어사의 방을 노려보는 장한(壯漢)의 손에는 서릿발 같은 칼이 들려 있었다. 아랫방문이 열리자 장한은 급히 벽 뒤로 몸을 숨겼다.

주시하는 시선이 있다는 것을 꿈에도 모르는 여인은 부풀어 오른 유방을 여미면서 윗방으로 갔다.

"보셔요! 언제까지나 주무시기만 하실 건가요?"

여인은 코를 골고 있는 홍어사의 몸을 마구 흔들었다. 마지못해 눈을 뜬 홍어사는 신경질적으로 몸을 일으켜 자리에 앉았다.

"대체 왜 이러시오? 왜 잠을 못 자게 하시오?"

여인은 홍어사의 짜증 섞인 소리도 게의치 않았다.

"많이 주무셨잖아요?"

"많이 잤다고요? 부인께서 귀찮게 하는 바람에 한숨도 자지 못했어요. 제발 부탁하오니 잠 좀 자게 해주시오."

"호호, 누가 잠을 못 자게 한다고 그러세요?"

"이것이 잠을 못 자게 하는 것이 아니고 뭐요?"

"저는 손님이 걱정이 되어서 이러는 거예요. 이 방은 추우니 아랫방으로 가서 제 이불을 덮고 주무세요, 예?"

"나는 춥지 않소! 그리고 어떻게 부인과 한 이불 속에서 잠을 잔단 말씀이오?"

온갖 교태에도 홍어사의 마음이 움직이지 않자 여인은

샐쭉 토라졌다.

"사내 대장부가 왜 그러시오? 왜 딴청을 부리시오? 내가 무슨 이유 때문에 이러는지 정녕 모른단 말씀이오? 속상해 죽겠네……."

여인은 별안간 홍어사의 무릎에 얼굴을 파묻고 흐느끼기 시작했다. 일이 이렇게 되니 난처한 것은 홍어사였다. 아뜩한 기분으로 여인의 들먹이는 어깨를 내려다보며 생각에 잠겼다.

'젊은 나이에 혼자 되어 얼마나 외로움에 사무쳤으면 이러랴! 가여운 여인을 내버려 두는 것도 대장부의 할 짓이 아니지 않는가?'

여인의 눈물 작전에 갑자기 마음이 허물어진 홍어사는 그녀의 등을 부드럽게 어루만지기 시작했다.

"울지 마시오, 부인! 이젠 부인의 뜻대로 하겠소."

이 말이 떨어지기가 무섭게 여인은 홍어사를 와락 끌어안았다.

"으음!"

문틈으로 방안의 동정을 살피고 있던 장한은 칼을 든 손에 더욱 힘을 주었다.

'그래, 너희들의 목숨도 이젠 끝이다.'

장한의 두 눈에는 음산한 살기가 넘실거리기 시작했다.

그런데 방안의 두 남녀는 욕정에 사로잡혀 주변에 도사리고 있는 위험을 감지할 겨를이 없었다.

"어서 가요."

여인은 홍어사의 손을 잡아끌다시피하여 아랫방으로

갔다. 소리 없는 장한의 그림자가 두 남녀의 뒤를 따랐다.

홍어사가 따뜻한 이불 속으로 들어가 눕자 여인은 천천히 옷을 벗기 시작했다. 저고리를 먼저 벗고, 이어서 치마끈을 풀었다. 얇은 속옷에 달빛 같은 여인의 나신이 은은히 윤곽을 드러냈다.

홍어사는 너무 황홀하여 눈을 지그시 감았다.

잠시 후 여인은 입김으로 등잔불을 끄고 이불 속으로 기어들었다. 이제는 다른 말이 필요없는 순간이었다.

'오냐! 저승에 가서라도 나를 원망하지 말아라.'

장한은 문고리를 잡으려고 손을 내밀었다. 그 손이 부르르 떨리고 있었다.

"옷도 벗지 않고 누우시면 어떡해요. 호호…….."

여인은 교태를 떨며 간드러지게 웃었다. 그러면서 능숙한 손놀림으로 홍어사의 옷고름을 풀었다. 바로 이때 홍어사의 눈앞에 불쑥 떠오르는 얼굴이 있었다. 아버지의 얼굴이었다. 노한 아버지는 이렇게 소리치고 있었다.

"여색을 경계하지 않으면 반드시 평생토록 후회할 일이 생기니라! 평생토록 후회할 일이…….."

퍼뜩 이성을 찾은 홍어사는 벌떡 일어났다. 그와 동시에 방문을 박차고 밖으로 뛰어나와 윗방으로 들어가 버렸다.

"아니, 왜 이러세요?"

화들짝 놀란 여인이 알몸으로 따라 나와 소리를 질렀다.

"그냥 자시오! 도저히 그럴 수는 없소."

홍어사의 냉정한 말에 여인은 펄펄 뛰었다.

"뭐라고? 지금 나를 놀리는 게야?"

여인은 흥분하여 방문을 잡아당겼다. 그러나 홍어사가 안에서 문고리를 걸었기 때문에 문이 열리지 않았다.

"문 열어, 문!"

여인은 문이 부셔져라 하고 마구 문고리를 잡아당겼다. 그러나 홍어사는 들은 척도 하지 않았다.

"야, 이 병신아! 문, 문을 열란 말이다!"

극도로 흥분한 여인은 발로 방문을 뻥뻥 찼다. 그러다가 제풀에 지쳤다. 홍어사는 여인의 앙탈이 조금 수그러들자 엄숙한 소리로 이렇게 말했다.

"모두 부질없는 일이오. 잡된 생각일랑 깨끗이 버리시오."

이 말에 여인은 표독스럽게 외쳤다.

"세상에 당신같이 못난 사내가 또 있을까? 당신같은 병신을 보고 망신을 자청한 내가 미쳤어!"

여인은 온갖 폭언을 다 퍼부었다.

이때 장한은 집의 측면 벽에 바짝 몸을 붙이고 모든 일을 손금 보듯 지켜보고 있었다.

여인은 악다구니를 쓰다가 아랫방으로 들어갔다. 그러더니 잠시 후에 속옷을 주워 입고 다시 밖으로 나왔다.

"에잇, 망할 놈! 자다가 급살이나 맞아 죽어라!"

여인은 윗방을 향해 독설을 퍼붓고 어디론지 급히 걸음을 옮겼다.

윗방에 누워 있는 홍어사는 여인이 집을 나가는 기척을 듣고 잠을 청했다. 그러나 몸은 천근이나 되는 듯이 무겁고 피곤한데, 눈은 더욱 또렷해질 뿐이었다.

시간이 한참이나 흘렀지만, 여인이 돌아오는 기척이 없었다. 홍어사는 여인이 홧김에 바람을 쐬러 나간 것이라고 생각했다.

"내일을 위하여 자자."

억지로 잠을 청해 보지만 한 번 달아난 잠은 쉽게 돌아오지 않았다. 이리저리 몸을 뒤척이고 있을 때, 멀리서 섬뜩한 비명 소리가 들렸다.

'무슨 소리지?'

홍어사는 등골이 오싹함을 느끼며 귀를 기울였다. 그러나 그 소리는 다시금 들리지 않았다.

그 비명의 여운이 미처 사라지기도 전에 밖에서 사람의 발자국 소리가 들렸다.

'이제서야 돌아오나 보군.'

홍어사는 여인이 돌아온 것이라고 생각했다.

'제발 다시 오지 말았으면…….'

기도하는 심정으로 여인이 고이 잠자리에 들기를 바랐다.

그러나 그 발자국 소리는 곧바로 윗방으로 향하고 있었다. 홍어사는 몹시 귀찮고 지겹다는 생각이 들어 손으로 귀를 틀어막았다.

"손님, 주무십니까?"

밖에서 부르는 소리가 아주 작게 들렸다. 귀를 틀어막고 있었기 때문에 무슨 말을 하는지 분명하지 않았다.

"손님, 주무십니까?"

몇 번이나 불러도 대꾸를 하지 않자, 밖에서 부르는 소리

가 한층 커졌다. 그것은 분명 여인의 소리가 아니라 남자의
소리였다.

"엉?"

깜짝 놀란 홍어사는 자리에서 일어나 앉았다.

"누, 누구시오?"

"예, 소인은 이 집 바깥 주인입니다."

이 말에 홍어사는 자기의 귀를 의심하며 반문했다.

"이 집 바깥 주인이라고요?"

"그렇습니다."

"이 집 바깥 주인은 벌써 오래전에 죽었다던데……?"

"죽었다는 말은 소인의 처가 손님을 속인 것입니다. 자초
지종을 말씀 드리겠으니 문을 열어 주십시오."

남자의 말에 진실성이 있었기 때문에 홍어사는 문을 열
어 주었다. 문을 열자마자 피비린내가 코를 찔렀다.

"헉!"

홍어사는 소스라치게 놀라 한발짝 뒤로 물러섰다. 건장
한 체구의 사나이가 피 묻은 칼을 들고 우뚝 서 있는 것이
었다.

"놀라지 마십시오."

사나이는 이렇게 말하며 성큼 방으로 들어왔다. 칼을 바
닥에 놓은 사나이는 홍어사를 향해 공손히 절을 올렸다.

"선비님은 진실로 성인군자이십니다."

이렇게 말머리를 꺼낸 사나이는 모든 사실을 털어놓기
시작했다.

그의 아내는 성품이 음탕한 여자였다. 틈만 있으면 외간

남자를 유혹하여 정을 통했다. 그것을 눈치 챈 남편은 덜미를 잡으려고 일부러 멀리 출타한 것으로 가장하고 숨어서 아내의 행실을 지켜보고 있었던 것이었다.

"선비님께서 그 음탕한 계집의 유혹을 단호히 물리치는 것을 보고서 소인은 무척 감탄하였습니다. 그런데 그 음녀는……."

홍어사를 유혹하려다가 실패한 여자는 불길처럼 일어나는 음심을 참지 못하고 밖으로 나갔다. 그녀가 간 곳은 평소에 정을 통하던 마을 사람의 집이었다.

"두 년놈은 만나자마자 곧바로 그 짓을 하더군요. 그래서 단칼에 요절을 내고 오는 길입니다."

홍어사는 간담이 서늘해지는 것을 느꼈다.

'만일 오늘밤 내가 여인의 줄기찬 유혹을 뿌리치지 못했다면 꼼짝없이 저 칼을 받았을 것이 아닌가!'

이렇게 생각하니 지옥의 문턱까지 갔다가 구사일생으로 살아나온 심정이었다.

이런 일을 겪은 후로 홍남파는 더욱 여색을 멀리하게 되었던 것이다.

신비의 말세 우물

한낮의 태양이 이글이글 타고 있었다. 용서할 수 없는 분노를 그렇게 폭발하고 있는 것일까!

조선 제7대 왕 세조(世祖)가 보위에 오른 후, 나라에 크고 작은 이변(異變)이 끊이질 않았다. 엄청난 홍수와 가뭄이 번갈아 계속되다가 이제는 이태째 가뭄이 이어지고 있었다.

지독한 가뭄이었다. 오랜 가뭄으로 산하와 대지는 타는 듯 메말랐다. 더위가 어찌나 기승을 부리는지 일사병(日射病)으로 쓰러지는 사람이 속출했다.

바람마저 태워 죽인 폭염은 숨을 내쉬는 것도 힘겹게 했다. 그래서 낮에는 사람은 물론 짐승들도 밖에 나오지 못했다.

몸서리치도록 무더운 더위에 마을로 들어서는 한 그림자

가 있었다. 허연 수염이 길게 자란 노승이었다. 그 스님의
얼굴과 몸은 땀으로 뒤범벅이 되어 있었다. 더위에 먼 길을
오느라 지친 표정이 역력했다.

"휴, 목이 타는듯이 마르구나. 어디 우물이 없을까?"

노승은 마을의 골목을 돌아다니면서 두리번거렸다. 그러
나 아무리 찾아도 우물이 보이질 않았다.

"이상하다. 이 마을엔 공동우물도 없나?"

하는 수 없이 어느 집 사립문을 열고 들어갔다.

"주인장 계십니까? 지나가는 객승이 목이 말라 물 한 그
릇 얻어 마실까 해서 왔습니다."

툇마루에 앉아 열심히 부채질을 하고 있던 주인 아낙은
노승을 보자 급히 일어나 합장을 했다.

"죄송합니다, 스님! 지금은 길어다 놓은 물이 없습
니다. 하지만 잠시 마루에 앉아 계십시오. 급히 가서 물을
길어 오겠습니다."

아낙은 물동이를 이고 밖으로 나갔다.

스님은 툇마루에 앉아 땀을 식히고 있었다. 그러나 물을
길러간 아낙은 한참이 지나도록 돌아오지 않았다.

"허어, 왜 이리 안 오시나!"

스님은 땡볕에 밖으로 나간 아낙이 걱정되어 목마른 것
도 잊고 있었다. 또 갈길이 바쁘고 멀지만, 도리상 아낙이
돌아오는 것을 보지 않고 떠날 수도 없었다.

족히 두어 시간이 지났을 무렵, 아낙은 물동이를 이고 허
겁지겁 돌아왔다. 얼마나 걸음을 재촉했는지 숨은 거의 하
늘에 닿아 있고, 온몸은 땀으로 멱을 감고 있었다.

"스님, 오래 기다리게 해서 죄송합니다."

아낙은 물을 그릇에 떠서 두 손으로 공손히 올렸다.

"고맙습니다."

시원한 물을 단숨에 마신 스님은 이렇게 물었다.

"거, 우물이 멀리 있나 보군요?"

"예, 이 마을에는 샘이 없사옵니다. 여기서 한 10리쯤 떨어진 곳에 있는 샘물을 길러다 먹는 답니다."

"허, 그렇게 멀리……."

스님은 아낙의 마음성에 감격했다. 무엇인가로 그 수고를 보답해 주고 싶었다.

사방을 유심히 둘러보던 스님은 짚고 있던 죽장으로 마당을 세 번 두들겨 보았다.

"과연 이 마을은 물이 귀하겠소. 땅이 암반으로 층층이 덮였으니 말이오. 그러나 주인 아주머니의 은공을 보답하는 차원에서 소승이 좋은 우물 하나를 선사하겠소."

이렇게 말한 스님은 그 집을 나와 마을 구석구석을 살폈다. 그러다가 동네 한복판에 이르러 우뚝 걸음을 멈췄다. 죽장으로 땅을 세 번 두드려본 스님은 고개를 끄덕였다.

"음, 여기로다!"

스님은 아낙에게 마을 사람들을 불러오라고 했다. 잠시 후 마을 사람들이 모이자 이렇게 말했다.

"이 바위를 파보시오. 그러면 물이 나올 것이오."

그중 연장자가 고개를 갸우뚱거리며 말했다.

"스님, 여기는 바위가 아닙니까? 바위에서 물이 나올 리 만무합니다."

"어쨌든 파보시오. 물은 반드시 있습니다. 그 물은 겨울이면 더운 물이 샘솟고, 여름이면 얼음처럼 시원한 물이 나올 것이외다. 그리고 아무리 가물어도 마르지 않고, 장마가 져도 넘치지 않을 것입니다."

엄숙하고 확신에 찬 스님의 말에 동네 사람들은 곡괭이로 바위를 파기 시작했다.

장정들이 힘을 합쳐 밤낮으로 사흘을 파도 물줄기는 보이질 않았다. 그러나 스님은 계속 팔 것을 명했고, 마을 사람들은 내친 걸음이니 시키는대로 했다.

닷새가 지났다. 해질녘에 이르러 장정 한 명이 힘차게 곡괭이질을 하자 샘이 솟기 시작했다.

"물이다! 물이 나온다!"

장정이 외치는 소리에 마을 사람들은 모두가 눈을 휘둥그레 뜨고 샘솟는 물을 바라보았다. 맑고 깨끗한 물은 퐁퐁 솟아 금방 한길 우물 깊이를 채웠다.

"세상에 우리 마을에 우물이 생기다니……."

"이것 꿈은 아니겠지?"

"그래, 믿을 수 없지만 생시일세."

"어쨌든 꿈만 같네 그려!"

마을 사람들은 기쁨을 감출 수 없어 저마다 한마디씩하며 덩실덩실 춤을 췄다.

그런 모습을 한동안 아무 말없이 지켜보고만 있던 스님이 입을 열었다.

"여러분! 잠시 흥분을 자제하시고 소승의 말을 들어 보십시오."

마을 사람들이 잠잠해지기를 기다렸다가 스님은 말을 이었다.

"앞으로 이 우물은 넘치거나 줄어드는 일이 좀처럼 없을 것입니다. 그러나 우물에 이상이 생기는 날에는 나라에 큰 변이 있을 것입니다."

이 말에 마을 사람들은 웅성거리며 쑥덕거리기 시작했다.

"흠!"

스님은 헛기침으로 목청을 다듬고 무겁게 입을 열었다.

"지난날 수양대군이 조카인 단종 임금을 폐하고 왕위에 오른 일을 여러분도 잘 아실 것입니다. 그러나 이 우물이 넘치는 날에는 그 보다 몇 배나 더 큰 변란이 생길 것입니다."

물을 길어다 바쳤던 아낙이 걱정스러운 표정으로 말했다.

"스님, 말씀을 듣고 보니 너무 두렵습니다. 이 우물이 그렇게 무서운 우물이라면 차라리 지난날처럼 10리밖에 있는 샘물을 길어다 먹는 것이 좋겠습니다."

"허허허……."

스님은 공허롭게 웃으며 말을 이었다.

"너무 걱정할 일은 아니오. 여러분의 살아 생전에는 우물이 넘치는 일은 없을 것입니다. 그러나 우물이 세 번 넘치면 말세가 됩니다. 이 사실을 후손에게 전하여 변란에 대비하도록 하십시오."

이 말을 남긴 스님은 뒤도 돌아보지 않은 채 표연히 자취를 감췄다.

유수같은 세월이 흐르면서 이 우물에 얽힌 이야기는 전설이 되었고, 사람들은 '말세 우물'이라고 불렀다.

그러던 어느 날 새벽, 물을 길러 나간 아낙 하나가 우물가에서 기절을 했다. 우물이 철철 넘치고 있었던 것이다.

"말세 우물이 넘치고 있다!"

"말세 우물이 넘치면 나라에 큰 변란이 있다고 했는데……."

"무서운 일이다."

"대체 무슨 일이 생길 것인가?"

인근 사람들은 두려움에 몸을 떨었다. 그로부터 며칠 후 왜구가 쳐들어 왔다는 소식이 전해졌다. 이 변란이 곧 임진 왜란이었다.

또 한번 이 우물이 넘친 것은 6·25때였다. 그 비극의 날에도 우물은 새벽부터 철철 넘쳤다고 전한다.

아무일 없이 정량을 유지한 채 조용히 샘솟고 있는 이 우물. 앞으로도 과연 또 넘칠 것인가? 그리고 스님의 예언대로 세상의 종말이 올 것인가?

말세 우물은 충북 괴산군 증평읍 사곡리에 있으며, 마을 어른들은 이 우물이 지닌 전설을 의심없이 믿고 있다.

귀신을 다스리는 사람

　고려 제4대 광종(光宗) 때 충청도 임천(林川) 땅에는 요괴
(妖怪)가 많기로 유명했다. 귀신이나 도깨비들로부터 변을
당하는 사람들이 많았기에 고을 사람들은 몹시 두려워했
고, 또 섬기기조차 하였다.
　언제부터인가 고을의 수령으로 부임하는 사람은 횡액을
면치 못했다. 급작스럽게 죽거나 까닭 모를 병을 얻어 시름
시름 앓다가 이승을 하직하는 경우가 많았다. 그렇지 않으
면 무슨 좋지 못한 일에 연루되어 일순간에 불행의 낭떠러
지로 추락했다.
　"무서운 곳!"
　"그 곳에 가면 반드시 불행해 진다."
　"임천에 가느니 차라리 벼슬을 사퇴하는 것이 낫다."
　부임하는 수령마다 좋지 못한 일을 당한 관계로 임천은

관리들이 부임하기를 기피하는 고을이 되었다. 그리고 부임을 명 받은 몇몇 관리들은 이런저런 핑계로 벼슬을 사퇴해 버렸다.

"허어, 큰일이로다! 고을에 수령이 없어서야 될 말인가. 그렇다고 기꺼이 가겠다고 나서는 인물 또한 없으니……."

임금은 걱정이 컸다. 오랜 걱정 끝에 자원자를 구했다. 아무리 벼슬이 낮은 사람이라도 자원만 하면 수령으로 보내겠다는 것이었다.

벼슬이 높아질 소지가 없는 하급 관리들에게는 매혹적이고도 파격적인 조건이었다. 마음만 먹으면 껑충 벼슬이 뛰어오르는 것이었다.

"내일 죽더라도 한번 자원을 해봐?"

"아서게나. 마누라 과부 만들 일 있나?"

"욕심은 나는데……."

"그 욕심이 사람을 잡지."

"이런 기회가 아니면 우리가 언제 사또를 해보겠나!"

"그렇게 욕심이 나면 자네가 지원을 하게. 그러면 되겠네. 당장 사또 나리라 불러 줄까?"

"그런 말 말게. 끔찍하이."

"하하하……. 개똥 밭에 굴러도 이승이 낫지, 안 그래?"

하급 관리들은 우스갯소리 삼아 그 일을 말했지만, 누구 한 사람 지원하고 나서지는 않았다. 벼슬이 아무리 좋다한들 목숨과 바꿀 수 있겠는가.

그런데 안동희(安東凞)라는 별장(別將)이 과감히 자원을 했다. 한미(寒微)한 가문의 자손이지만 용기와 지략이 뛰어난 인물이었다. 특히 역학(易學)에 밝아 귀신을 볼 수 있다는 소문을 가진 사람이었다.

안동희는 임천 땅에 접어들면서부터 강한 귀기(鬼氣)를 느꼈다. 그리고 부임했던 수령들의 변고가 그 귀기와 밀접한 관련이 있다고 감지했다.

"흠! 요망한 귀신들이 날뛰고 있구나!"

신관 사또 안동희는 고을의 이모저모를 유심히 살피며 관아를 향했다. 동헌에 닿았을 때는 해가 뉘엿뉘엿 서산마루로 숨어 가고 있었다.

"사또, 먼길을 오시느라 고생이 많으셨습니다. 소인은 이방 장기권이라 하옵니다."

이방을 비롯한 아전들이 모두 삼문(三門) 밖에 나와 신관 사또를 영접했다. 인사를 받은 안사또가 동헌으로 들어서려고 하니 아전들이 기겁을 했다.

"사또, 들어가시면 안 되옵니다."

안사또는 우뚝 걸음을 멈추고 아전들을 둘러보았다. 한결같이 공포에 질려 있는 얼굴들이었다.

"무슨 말인고? 수령으로 부임한 자가 관아에 들어가지 않으면 어쩌란 말이냐?"

안사또의 근엄한 말에 이방이 허리를 굽실거리며 입을 열었다.

"사또께서는 소문도 듣지 못하셨습니까?"

"무슨 소문?"

"관아에는 귀신이 들끓고 있습니다. 전관 사또들께서 횡

액을 당한 이유도 귀신들의 소란 때문이었습니다. 그러니
다른 곳에 거처를 정하시고 집무를 보시는 것이 좋을 듯하
옵니다."

이방의 목소리와 표정에는 진심으로 걱정하는 빛이 어려
있었다. 그동안 너무 많은 변고를 보아왔기에 신관 사또의
목숨을 염려하여 길을 막는 것이었다.

"그런 소리는 입밖에도 내지 말렷다! 수령된 자가 요사
스런 귀신이 두려워 관아를 버리겠느냐?"

안사또는 눈을 부라리며 질책하듯 말했다.

"어서 안내하라!"

우렁우렁한 호령에도 불구하고 아전들은 쉽게 물러서지
않았다.

"사또, 안 되옵니다."

"그러하옵니다, 사또! 관아로 들어가셨다가는 목숨을
부지할 수 없사옵니다. 하오니 부디 소인들의 말을 따르십
시오."

"어허, 그런 소리 입밖에 내지 말래도!"

안사또가 고집을 부리자 아전들은 눈물까지 흘리면서 만
류했다.

"사또, 목숨이 달려 있는 일입니다."

"시끄럽다! 어서 안으로 안내하라."

안사또는 아전들과 실랑이를 벌이다가 버럭 역정을
냈다. 그러자 아전들은 하는 수 없이 동헌으로 안사또를 안
내했다.

"허, 말 그대로 도깨비 소굴이로구나!"

안사또는 관아를 둘러보며 탄식을 했다. 오랫동안 사람의 발길이 끊긴 탓에 먼지가 부옇게 쌓여 있었고, 뜰에는 잡초가 우거져 있었다.

"당장 청소부터 하라!"

사또의 명에 따라 때아닌 대청소가 시작되었다. 관청 건물의 곳곳에 쳐진 거미줄을 걷어내고 먼지를 닦아냈다. 또 사람의 허리까지 자란 잡초들을 뽑아냈다.

그러는 동안 날은 완전히 저물었다. 안사또의 독려 아래 아전들과 관졸들은 횃불을 대낮같이 밝히고 열심히 청소를 했다.

"흠, 모두들 귀신의 공포에 사로잡혀 있구나."

삼삼오오 떼를 지어 다니며 청소를 하는 사람들, 그들의 얼굴에 두려움과 근심이 가득차 있는 것을 안사또는 보았다.

"사람에게 해코지하는 요물은 그냥 두지 않겠다!"

안사또는 주먹을 불끈 쥐고 무섭게 눈을 부라렸다.

청소가 끝날 무렵, 갑자기 비바람이 몰아쳤다.

"어이쿠야, 으시시해라!"

"사또께서 한사코 고집을 부리시더니 오늘 밤에 무슨 일을 당하고 말지."

"어서 서둘러 청소를 끝내세. 이 무서운 곳에서 일각이라도 빨리 벗어나야지."

아전들과 관졸들은 이런 말을 주고받으며 몸놀림을 빨리 했다. 모두들 두려움을 잊기 위해서 정신 없이 청소에 열중하고 있는 것이었다.

청소가 끝났을 때는 이슬비가 부슬부슬 내리기 시작
했다.

"수고들 했다. 이젠 돌아가 쉬도록 하여라."

안사또는 당직 사령만 남게 하고 모두 집으로 돌려보
냈다.

널따란 관아에 몇몇 사람만 남게 되자 무서운 적막이 찾
아들었다. 게다가 비까지 추적추적 내리고 있는 관계로 관
아는 을씨년스럽기 짝이 없었다.

밤이 깊은 시각, 안사또는 뒤가 급하여 변소에 가게 되
었다.

"등촉을 들어라!"

어린 종이 등을 들고 앞장을 섰다. 처가와 뒷간은 멀수록
좋다는 말처럼 변소는 외진 곳에 있었고, 변소에 가는 길의
중간에는 대나무가 빽빽이 들어선 작은 숲이 있었다.

문득 대나무 숲을 바라보던 안사또의 두 눈이 왕방울만
큼 커졌다. 소복을 입고 산발한 여자 둘이 거기에 서 있는
것이었다.

'옳거니, 저것들이 바로 이제까지 관아에 부임한 원들에
게 해코지한 귀신들이구나!'

안사또는 두 눈을 무섭게 부릅뜨고 귀신들을 쏘아보
았다. 그 위세에 눌렸음인지 귀신들은 움찔하며 도망을 치
려고 했다.

"이 요망한 것들! 어디를 달아나려고 하느냐? 썩 앞으
로 나서거라!"

목청이 어찌나 큰지 관아가 다 들썩거릴 정도였다.

"엄마야!"

등을 들고 앞서 걷던 어린'종이 벼락치는 소리에 화들짝 놀라 비명을 질렀다.

정작 놀란 사람은 바로 어린 종이었다. 그는 바들바들 떨면서 사또가 쏘아보고 있는 대숲을 보았다. 그러나 어린 종의 눈에는 귀신들이 보이질 않았다.

"네 이년들! 이리 오지 못할까!"

귀신들이 황급히 바람을 일으키며 도망치자 안사또는 더욱 크게 호통을 쳤다.

'사또께서 헛것을 보셨나?'

어린 종은 안사또가 헛것을 보았다고 생각했다.

어쨌든 이런 일이 있고부터 귀신들은 안사또의 눈에 띄지 않았다. 그리고 불안하지만 겉으로는 평화스러운 날이 여러날 흘렀다.

"이번에 오신 사또는 보통 인물이 아닌가 봐."

"글쎄? 아직까지 아무 변고가 없으니……."

"무슨 일일까?"

"사또가 무서워 귀신들이 도망을 쳤나?"

"모를 일이야."

아전들과 관졸들은 이렇게 수군덕거렸다.

그런대로 고을이 평온을 되찾자 안사또는 관습에 따라 이웃 고을의 원들을 초청하여 잔치를 벌였다. 신관 사또가 이웃 고을의 수령들과 지방 토호(土豪)들을 한자리에 초청하여 잔치를 베푸는 것이 당시의 풍습이었다.

많은 귀빈들이 참석하는 잔치라 성대하기가 이를 데 없

었다. 구경꾼도 많았다. 맛있는 냄새가 코를 찌르고, 풍악
이 질탕하게 울려퍼지는 가운데 주연은 무르익었다.

"월월월월, 으르릉……!"

"멍멍! 멍멍멍멍……!"

그런데 냄새를 따라 모여들었던 대여섯 마리의 개들이
일제히 짖어대기 시작했다. 이렇게 시작된 개들의 으르릉
거림은 한참이 지나도록 그치지 않았다.

"개들이 갑자기 왜 저래?"

"이것 원 시끄러워서……."

주홍에 취해 있던 수령들과 토호들은 이맛살을 찌푸리며
투덜거렸다. 그러자 난처해진 사람은 초청한 안사또였다.

"여봐라! 왜 개들이 저렇게 짖느냐? 당장 쫓아내도록
하여라."

안사또의 호령에 한 하인이 와서 아뢰었다.

"저, 사또님! 뜰에 있는 큰 나무를 향하여 개들이 짖사
온데 쫓아도 가지를 않습니다."

"그래?"

의심쩍게 여긴 안사또가 벌떡 자리에서 일어났다.

"잠시 가보고 오겠으니 주연을 즐기고들 계십시오."

안사또는 손님들에게 정중히 말한 후에 급히 개들이 짖
어대는 곳으로 갔다. 부임하던 날 밤에 봤던 귀신들이 나타
난 것으로 여겨졌기 때문이었다.

그런데 큰 나무에 있는 것은 귀신들이 아니었다. 차마 눈
뜨고는 볼 수 없을만큼 흉물스럽게 생긴 괴물이 나뭇가지
에 걸터앉아 있었다. 머리에 야릇한 관을 쓰고 있는 그 괴

물은 참으로 무서운 형상을 하고 있었다.

"이놈!"

안사또가 눈을 부릅뜨고 호통을 쳤다. 그러자 괴물은 겁을 먹고 순식간에 어디론가 사라져 버렸다. 그와 동시에 미친듯이 으르렁대던 개들도 짖기를 멈췄다.

이런 일이 있고부터 고을 사람들은 안사또를 '요괴도 무서워하는 사또'라고 불렀다.

이때 임천 고을에는 몹시 오래된 우물이 하나 있었다. 고을 사람들은 그 우물에 신령이 살고 있다고 믿고, 매달 제를 지내며 신성시했다. 또 신령이 살고 있는 우물이라고 해서 우물물을 먹을 수도 없었기에 사람들의 불편이 이만저만이 아니었다.

"신령이 살고 있는 우물이라고?"

소문을 들은 안사또는 그 우물로 가서 열심히 살폈다. 과연 온갖 잡귀들이 우글거리고 있었다.

'흠, 요사스런 것들의 집합처가 바로 여기로구나!'

안사또는 종이에 무엇인가를 써서 우물에 넣었다. 그러자 우물이 심하게 흔들리며 괴상한 소리를 내기 시작했다.

"이 우물을 메워라!"

"예이!"

사또의 명에 따라 관졸들이 우물을 메우기 시작했다. 우물에 흙과 돌이 들어가자 괴상한 소리는 더욱 커졌다. 그 소리는 마치 수백 마리의 고양이가 한꺼번에 우는 것처럼 들렸다.

고을 사람들은 기겁을 하고 안사또에게 애걸하였다.

"사또님, 제발 우물을 메우지 마십시오. 이 우물은 신령이 살고 있는 우물이옵니다."

"그렇습니다. 신령스런 우물을 메웠다가는 우리 고을에 큰 재앙이 있을까 두렵습니다."

이런 말에도 안사또는 눈썹 하나 까딱하지 않았다.

"으하하하하……."

오히려 호탕하게 웃으며 이렇게 말했다.

"사람에게 해코지하는 것은 모두 악독한 잡귀니라. 잡귀는 임자를 만나 단단히 혼이 나야 다시는 못된 짓을 하지 않는다. 그러니 걱정하지 말라."

안사또는 끝끝내 우물을 메우고 말았다. 고양이떼가 울부짖는 듯한 소리는 사흘이나 계속되다가 마침내 잠잠해졌다.

요괴 박멸에 나선 안사또는 귀신이나 도깨비를 섬기고 있는 사당 등을 모조리 부수거나 불태웠다. 이리하여 임천 고을은 귀신이 들끓는 고장이란 이름을 벗게 되었다.

그 후 안동희는 서원(瑞原) 고을의 수령으로 부임하게 되었다. 그곳도 귀신이 들끓는다는 소문이 자자한 고장이었다.

서원 고을의 한복판에는 하늘을 찌를 듯이 높은 고목이 있었다. 날이 흐리면 그 나무에서 귀신의 곡성이 들렸고, 밤이면 수많은 도깨비불이 주변을 맴돌았다. 그러기에 가까이 가는 사람이 없었다.

하루는 김씨 성을 가진 젊은이가 그 고목 주변에서 아끼던 매를 잃었다. 담이 크고 힘이 장사인 이 젊은이는 화가 났다.

"하찮은 나무가 감히 나의 매를 훔쳐! 도저히 용서할 수 없다!"

젊은이는 도끼를 들고 와서 그 고목을 찍었다. 그러나 아무리 도끼질을 하여도 고목은 쓰러지지 않았다.

"에잇! 이놈은 고목, 누가 이기나 해보자."

하루종일 도끼질을 하던 젊은이는 지쳐 쓰러졌다. 그리고 깨어났을 때는 미쳐 있었다.

미친 젊은이는 호랑이처럼 광폭해져서 날뛰었다. 닥치는 대로 사람을 해치고 온갖 만행을 저질렀다. 그러나 힘이 장사였기 때문에 당해낼 사람은 아무도 없었다.

이 소문을 들은 안사또는 즉시 그 젊은이를 잡기 위해 손수 나섰다.

"허어, 악랄한 고목 귀신이 저 젊은이에게 붙었구나!"

젊은이를 보는 순간 안사또는 곧 귀신의 실체를 파악했다.

"요망한 것! 무고한 사람에게 씌워져 괴롭히니 그냥 내버려 둘 수는 없다."

안사또의 호통을 들은 미친 젊은이는 화들짝 놀라 황급히 어디론가 도망을 쳤다.

"게, 섯거라!"

안사또는 젊은이를 쫓아가며 소리쳤다. 자기의 집으로 들어간 미친 젊은이는 대문을 굳게 잠그고 숨어서 벌벌 떨었다.

"네 이놈! 어서 나오지 못하겠느냐?"

안사또는 대문을 쾅쾅 차며 호령을 질렀다. 끝까지 나오지 않자 관졸들에게 명하여 문을 열게 했다.

관졸들이 담을 넘어 안으로 들어가 대문을 열었다.

대문이 열리자 안으로 들어간 안사또는 어렵지 않게 헛간에 숨어 있는 미친 젊은이를 찾아냈다.

"이놈!"

안사또가 무섭게 호통을 치자 미친 젊은이는 사시나무처럼 떨면서 애원했다.

"살려 주십쇼."

"시끄럽다, 이 요망한 것!"

안사또는 재빨리 미친 젊은이의 상투를 잡고 마당으로 끌어냈다. 힘이 장사인 미친 젊은이는 이상하게도 안사또 앞에서 맥을 쓰지 못했다. 그것은 마치 고양이 앞에 선 생쥐와도 같은 꼴이었다.

"여봐라! 당장 고을에서 가장 오래된 복숭아나무를 찾아 동쪽으로 뻗은 가지를 잘라 오너라."

"예이!"

이윽고 관졸들이 복숭아나뭇가지를 잘라 왔다.

"흠!"

안사또는 미친 젊은이의 멱살을 틀어잡고 냅다 마당 한복판에다 패대기쳤다. 그런 후 발로 힘껏 그의 목을 눌렀다.

"으으흐 으으흐……."

미친 젊은이는 괴상망측한 소리를 내며 울었다.

안사또는 장검을 뽑아 복숭아나뭇가지를 싹싹 다듬었다.

그것은 곧 칼 모양이 되었다.

"하하하……!"

안사또는 껄껄 웃으며 복숭아나뭇가지로 만든 칼을 높이
쳐들었다.

"으으흐, 제발, 제발 살려 주십시오."

미친 젊은이는 파랗게 질려 손금이 닳도록 싹싹 빌었다.

"이놈! 그렇게 악독한 짓을 하고도 살기를 바라느냐?
인간 세상에 해악만 끼치는 잡귀는 용서할 수가 없다."

안사또는 호통을 치며 나무 칼을 내리쳤다.

"으악!"

단말마의 비명이 널리까지 울려퍼졌다.

관졸들과 고을 사람들은 숨을 죽이고 그 괴이한 광경을
지켜보고 있었다. 사또는 봉숭아나뭇가지로 만든 칼로 미
친 젊은이의 목을 치는 시늉을 했을 뿐이었다. 그런데 젊은
이는 비명을 지르며 쭉 뻗었다.

"이 젊은이를 방으로 옮기거라. 사흘이 지나면 깨어날 것
인데, 그때는 제정신을 찾았을 것이다."

안사또의 말을 들은 젊은이의 부모는 부랴부랴 혼절한
아들을 방으로 옮겼다.

과연 사흘 후에 젊은이는 눈을 떴다. 그리고 거짓말처럼
미친 짓도 하지 않게 되었다.

그 후 고목에서 들리던 귀신의 곡성이나 밤마다 보이던
도깨비불도 찾아볼 수 없었다.

고목 귀신이 사라지자 안사또는 이렇게 말했다.

"그 귀신은 칠백 년이나 묵은 지독한 놈이었다. 그런 귀

신은 해 뜨는 동쪽으로 뻗은 복숭아나뭇가지로 만든 칼이
아니고서는 목을 칠 수가 없다. 귀신을 다스리는 데는 복숭
아나무가 최고다."

　이때부터 서원 고을에는 복숭아나무를 심는 집이 많아
졌다.

패가 망신한 이야기

세조 때 윤생(尹生)이라는 자가 있었다. 그는 부마(駙馬)의 손자였고, 재상의 사위였다.

엄청난 권세와 부귀를 지닌 그는 세상에서 거리낄 것이 없었다. 그러나 귀하게만 자란 탓에 성질이 교만하고 세상 물정에 어두웠다.

학문을 싫어한 그는 날마다 도박과 주색에 빠져 지냈다. '끼리끼리 모인다'는 말처럼, 그의 주변에는 하이에나 근성을 가진 날건달들이 들끓었다.

날건달들은 입으로 갖가지 바람을 부르고, 구름을 만들면서 윤생의 재물을 야금야금 뜯어먹었다.

"대장부라면 당연히 풍류를 알아야 하고, 풍류의 으뜸은 진귀한 화초나 새를 집에 두고 감상하는 것이 아니겠습니까?"

귀가 여린 윤생은 누군가의 이 말에 혹했다. 그래서 어느 집에 기이한 꽃이나 아름다운 새가 있다는 말만 들으면 가격을 불문하고 사들였다.

윤생의 집에는 세상 사람들이 탐낼 만한 물건이 적지 않았다. 그중에는 궁중에서 직접 전해진 《자치강목》이란 책이 있었는데, 선비라면 누구나 그 책을 손에 넣고 싶어 했다.

윤생의 이웃에 사는 한 선비는 오래전부터 그 책에 눈독을 들였지만, 마땅한 방법이 없어 애를 태우고 있었다.

그러던 차에 호서(湖西) 지방의 원으로 부임한 장인으로부터 왜철쭉 화분 하나를 얻었다.

"옳지!"

선비는 그 화분을 미끼로 윤생의 집에 있는 《자치강목》을 낚겠다는 계획을 세웠다.

때마침 늦은 봄이라 왜철쭉에 꽃이 만개했다. 가지마다 무성하게 피어난 새빨간 꽃은 한창 화사한 아름다움을 내뿜고 있었다.

선비는 기회를 놓칠새라 윤생을 찾아갔다.

"우리 집에 세상에서 보기 귀한 꽃이 있는데, 구경 한 번 하겠소?"

"그래요? 그렇다면 당장 가서 구경해야지요."

윤생은 선비의 집에 와서 활짝 핀 왜철쭉을 보고 감탄을 금하지 못했다.

"아아, 훌륭한 꽃이오! 정말 아름답소! 저렇게 귀한 꽃을 대체 어디에서 구했소?"

선비는 윤생의 안색을 유심히 살피며 입을 열었다.

"친척집에 갔다가 우연히 발견했지요. 너무 귀한 것이라서 많은 돈을 주고 가져왔어요."

"많은 돈? 대체 얼마나 주셨소?"

윤생이 대단한 반응을 보이자 선비는 속으로 회심의 미소를 지으며 이렇게 말했다.

"꽃을 구경만 하면 됐지 가격을 알아서 무엇 하겠소?"

"나에게 파시오."

욕심이 동하면 참지 못하는 윤생은 단도직입적으로 말했다.

"돈은 얼마든지 주겠소!"

이 말에 선비는 살짝 퉁겼다.

"그런 말씀은 하지도 마시오. 내가 힘겹게 구하여 애지중지하는 것을 어떻게 남에게 판단 말이오?"

팔지 않겠다는 말에 몸이 단 윤생은 여러 가지 조건을 제시하며 바꾸자고 했다.

"돈이 싫다면 땅을 주겠소. 어떻소?"

"싫소이다."

"그렇다면 나에게 딸린 젊고 예쁜 계집종이 여럿 있소. 그중에서 하나를 골라 줄테니 바꾸지 않으려오?"

무슨 대가를 치루고서라도 왜철쭉을 손에 넣고자 하는 윤생의 마음을 읽은 선비는 마침내 본색을 드러냈다.

"당신과 나 사이에 어찌 값을 가지고 따지겠소. 내가 들으니 당신 집에 《자치강목》이 있다는데……?"

선비의 말에 윤생은 반색을 하며 대답했다.

"있지요! 그런데 왜……?"

선비는 빙그레 웃으며 입을 열었다.

"별로 귀한 책은 아니지만, 마침 자식을 가르치는데 필요하오. 내가 엄청나게 손해를 보는 일이지만, 그 책과 바꾸는 것이 어떻겠소?"

"고맙소! 당장 그렇게 합시다."

윤생은 뛸듯이 기뻐하며《자치강목》전질과 왜철쭉 화분을 맞바꾸었다. 그리고 그 꽃을 애지중지하며 마치 요행으로 얻은 것처럼 여겼다.

이런 식으로 재산을 낭비한 그는 오래지 않아 그 많던 재산을 모두 탕진했다. 끼니를 걱정할 지경에 이른 윤생은 하는 수 없이 그때까지 사들인 화초나 새들을 팔려고 했다.

그러나 그것들을 거들떠보는 사람은 아무도 없었다.

암행어사와 금비령

양반과 상민이라는 신분의 구별이 엄격하고, 통신과 교통이 발달하지 못한 봉건사회에서의 지방관(地方官)의 위세는 실로 대단했다. 성정이 바르지 못한 자는 힘 없는 백성 위에 왕처럼 군림하며 온갖 만행을 저질렀다.

인조(仁祖) 때의 문신 이덕형(李德泂)의 저서 《죽창한화竹窓閑話》를 보면, 지방관들의 무도(無道)한 행태가 적지 않게 서술되어 있다. 다음은 〈황해감사의 무도〉라는 내용의 일부를 번역한 것이다.

6월 15일, 황해감사가 이웃 고을의 수령과 도내에 있는 이름난 기생들을 불러 유두회(流頭會)를 크게 베풀었다. 질탕한 주연은 하루 종일 계속되었다.

유두회가 끝난 다음날 아침, 황해감사는 잔치에 참석한

기생들을 한 자리에 모이게 했다. 그중에서 살이 찌고 건강한 기생 10여 명을 골라내어 말했다.

"본관이 오늘은 너희들의 몸매를 수양버들처럼 날씬하게 만들어 주겠노라."

황해감사는 온백원(溫白元)이라고 하는 설사약을 소주에 듬뿍 타서 기생들에게 강제로 한 대접씩 마시게 했다. 그런 다음 비좁은 방에다 모두를 몰아넣고 문을 잠갔다.

한창 무더운 여름철이었다. 찌는 듯한 열기 속에 비좁은 방에 10여 명의 기생이 설사약을 먹고 우글우글 갇혀 있으니, 그 몸이 온전할 리가 만무했다.

사실 갇혀 있는 기생들은 거의 미칠 지경이었다. 온몸에서 땀은 비 오듯이 흐르고, 뱃속에서는 천둥치듯 끓는 소리가 나면서 오장이 발칵 뒤집히고 있었다.

"아이고, 엄마야!"

"어휴, 죽겠네!"

"더이상 못 참겠다!"

기생들은 모두가 엉덩이를 부여잡고 방을 서성이며 안절부절못하고 있었다. 금방이라도 터질 것만 같은 설사를 필사적으로 참고 있는 것이었다.

그러나 참는 것도 한도가 있었다. 한 기생이 어쩔 줄을 몰라 쩔쩔매다가 마침내 설사를 하고 말았다. 그러자 다른 기생들도 일제히 벽을 향해 쭈그리고 앉아 설사를 해대기 시작했다.

한낮이 되자 오물이 기생들의 정강이까지 차올랐다. 고약한 냄새가 코를 도려내려는 것만 같았다. 지옥과 같은 처참한 상황에서 기생들은 살려 달라고 울부짖었다. 그런 모습은 짐승과 조금도 다르지 않았다.

해질 무렵, 기생들은 종일 설사를 해대면서 몸부림치느라 극도로 탈진 상태가 되었다. 오물 속에 아무렇게나 쓰러져 흐느끼고만 있을 뿐이었다.

"으하하하……!"

"볼만하외다!"

이러한 짓거리를 벌여 놓고 황해감사는 수령들과 함께 손뼉을 치고 웃으며 구경하고 있는 것이었다.

저녁이 되어서야 기생들을 풀어 주었는데, 그녀들은 온몸이 오물로 뒤범벅이 되어서 마치 귀신과도 같았다.

그러나 기생들은 아무 원망도 할 수 없었다. 말할 수 없는 수치감에 얼굴을 들지 못하고 계속 눈물만 흘리고 있을 뿐이었다.

지방관들은 임금의 눈에서 멀리 있기에 거리낄 것이 없었다. 그래서 생겨난 것이 암행어사였다.

암행어사는 전관(銓官)을 거치지 않고 임금이 직접 임명했다. 어사로 배명(拜命) 받으면 즉시 자기의 집에도 들르지 못하고 마패와 유척(鍮尺)을 표적 삼아 폐의파립으로 가장하고 떠났다. 즉 상거지 꼴을 하고 지방을 돌아다니며 방백(方伯)의 치적을 조사하고 백성의 질고를 실지로 살피는 것이다.

암행어사는 각 도(道)의 감사를 비롯하여 모든 수령의 치적을 감고(監考)하여, 그 탐학이 심한 자는 봉고파직시킬

권한이 있었다. 때문에 지방관은 암행어사의 '암'자만 들어도 벌벌 떨었다.

이렇게 막강한 힘을 지닌 암행어사이지만, 임무를 수행하는 과정은 고단한 날의 연속일 수밖에 없었다. 산적이나 부랑배들에게 봉변을 당하기도 하고, 길을 잃고 헤매다가 깊은 산중에서 밤을 지내는 경우도 적지 않았다.

박문수(朴文殊)는 영조(英祖) 때 명어사로 명성을 날린 인물이다. 《박문수전》을 보면, 암행어사의 고초와 애환을 느낄 수 있다.

어느 때 박문수는 풍산(豊山)지방에 들어갔다. 명칭 그대로 풍산은 산령이 풍부하고 험한 골짜기가 많은 곳이다. 그런만큼 귀한 약초나 산나물이 풍성하여 약재를 구하는 사람들이 수없이 드나들었다.

그러나 산이 너무 험하고 고개가 높아서 한 번 넘어본 사람은 다시는 넘지 않는 곳으로도 유명했다.

어사 박문수가 풍산의 험한 고개를 넘다가 지쳐 쓰러지게 되었다. 오랜 어사 생활에서 쌓인 피로를 이기지 못하고 맥없이 쓰러진 것이다.

"일어나야 한다!"

박어사는 혼신의 힘을 다해 일어나려고 했다. 그러나 한 번 쓰러진 몸은 말을 듣지 않았다.

배는 창자가 닿도록 고프고, 목은 타들어가는 것처럼 마른데, 먹을 것이라고는 아무 것도 없었다.

꼬박 사흘 동안을 미동도 못하고 길 옆에 누워 있었다. 드문드문 지나가는 사람은 있었지만, 힐끔힐끔 쳐다보고만 지나쳤다.

"도와 주시오!"

이렇게 구원을 요청하려고 생각은 했지만, 너무 기진맥진하여 소리가 입 밖으로 나오지 않았다.

"이렇게 죽는단 말인가! 그럴 수는 없다!"

박어사는 자꾸 가물거리는 의식을 겨우 가누어 주위를 살피며 다시 사람들이 지나가기를 기다렸다.

"물! 물……!"

사람들이 지나가면 혼신의 힘을 다해 소리를 질렀다. 한 모금의 물로 목을 축이기만 하면 살 수 있을 것 같았다.

그러나 구원을 요청하는 소리는 모기가 내는 소리 보다도 더 미약하여 사람들이 알아 듣지 못했다. 또 그의 몰골이 아주 더럽고 지저분하여 사람들이 접근조차 하지 않았다.

"틀렸다!"

많은 사람들이 징그러운 뱀을 보듯 그냥 지나치자 마침내 박어사는 살기를 체념했다.

그런데 바로 그때 대여섯 명의 아낙들이 나물을 캐가지고 내려오다가 죽은 듯이 누워 있는 박어사를 보았다.

"웬 사람이지?"

"보아하니 미친 거지인가 봐!"

"죽었나?"

"글쎄?"

그중 한 젊은 아낙이 용기를 내어 가까이 다가왔다. 박어사는 물에 빠진 사람 지푸라기라도 잡는다는 심정으로 젖

먹던 힘까지 내어 입을 열었다.

"물! 물……!"

하늘이 도왔는지, 이 미약한 소리를 여인이 들었다.

"딱하기도 해라! 그러나 이 높은 산골짜기에 물이 있어
야지……!"

잠시 망설이던 여인은 무슨 생각을 했는지 박어사 곁에
바싹 다가앉았다. 그런 후 희멀겋고 풍만한 젖을 꺼내 박어
사에게 물렸다.

"어머, 세상에!"

"망측하게 젊은 여자가……."

"외간 남자에게 젖을 물리다니!"

곁에서 지켜보고 있던 아낙들은 놀란 얼굴을 하고 저
마다 한마디씩 했다. 그러다가 자기들끼리 내려가 버렸다.

박어사는 정신 없이 젊은 여인의 젖을 빨았다. 마치 며칠
굶주린 갓난아이가 어미 젖을 빠는 것 같았다.

한참을 빨고 나니 갈증이 한결 가셨다.

"몹시 허기져 보이는데 이것이라도 드세요."

여인은 보따리를 풀어 머루와 다래 등의 열매를 꺼내어
박어사에게 주었다. 그것을 허겁지겁 먹고 나니 겨우 몸을
추스릴 수가 있었다.

"부인, 정말 고맙습니다."

박어사는 진심으로 생명의 은인에게 고마움을 표시했다.

"별 말씀을……. 그런데 어쩌다가 이 산중에 이렇게 혼자
누워 계십니까?"

여인의 말에 박어사는 힘없이 웃었다.

"풍천으로 가다가 그만…….."

"가십시다."

여인은 무거운 나물 보따리를 머리에 이고 박어사를 부축하여 천천히 고갯길을 내려왔다.

한편, 앞서 내려갔던 아낙들은 입에 거품을 물고 입방아를 찧어대고 있었다.

"어떻게 그런 짓을 할 수 있지?"

"미친 것이야!"

"그래요, 미치지 않고서야 남편 있는 여자가 그따위 짓을 할 수가 없지."

입이 싼 아낙들의 말은 삽시간에 마을에 퍼졌다. 게다가 눈덩이처럼 말이 보태지기까지 했다.

"영복이 마누라가 산에서 만난 미친 놈과 놀아났다고 하더군 그래?"

"허어, 세상이 말세야, 말세!"

"모르는 놈에게 젖을 물리는 계집이 세상에 또 있을까?"

"그럴 여자는 아닌데…….."

"새침데기 골로 빠진다는 말도 못들었나?"

이런 고약한 말을 그 부인의 남편도 들었다.

"이런 쳐죽일……!"

남편으로서는 당연히 분노했다. 몸을 부르르 떨면서 빠드득 이를 갈았다.

"용서하지 않겠다! 세상에 어느 남자가 그런 일을 용서할 수 있겠는가!"

무서운 분노에 사로잡힌 남편은 이미 제정신이 아니

었다.

한참 후에 박어사를 부축한 여인이 마을로 내려왔다. 마을 사람들은 추악한 소문의 진상을 확인하기 위해 이곳저곳에서 서성거리고 있었다.

"세상에 정말이야!"

"영복이 마누라가 간덩이가 부어도 보통 부운 것이 아니군 그래? 어떻게 마을까지 간부를 끌어들일 수가 있을까?"

마을 사람들이 이런 말을 하고 있을 때, 두 사람을 향해 비호처럼 날아가는 사람이 있었다. 바로 그 부인의 남편이었다.

"이 화냥년!"

남편은 흥분하여 마구 아내를 때렸다. 갑자기 나타나서 주먹부터 휘두르는 통에 여인은 속절 없이 맞을 수밖에 없었다.

즉시 까닭을 짐작한 박어사가 황급히 남자의 매질을 막으며 외쳤다.

"잠시 참고 내 말 좀 들어보시오!"

"뭐라고?"

아내를 때리던 남자는 다짜고짜로 박어사를 향해 주먹을 날렸다. 그 주먹은 박어사의 얼굴을 정통으로 가격했다.

"어이쿠!"

몸이 온전하지 못한 박어사는 코피를 쏟으며 벌렁 뒤로 나자빠졌다.

"이 새끼! 죽여 버리겠다!"

남자는 쓰러져 신음하는 박어사를 향해 사정 없이 발길질을 했다. 마을 사람들은 구경만 할 뿐 나서서 말리는 사람은 아무도 없었다.

"앗!"

그런데 갑자기 누군가의 입에서 놀란 외침이 터져나왔다.

"암, 암행어사다!"

이 말에 모두가 소스라치게 놀라 땅에 쓰러진 박어사를 내려다보았다.

발길질을 피하느라 몸부림을 치는 통에 허리춤에 차고 있던 마패가 드러난 것이었다.

발길질을 하던 남자의 얼굴은 하얗게 질렸다. 구경을 하고 있던 사람들도 반쯤 얼이 빠져 있었다.

"하이고!"

부인의 남편은 박어사 앞에 털썩 무릎을 꿇고 싹싹 빌었다.

"죽을 죄를 졌습니다. 제발 이놈의 목숨만 살려 주십시오."

박어사는 겨우 정신을 가누고 몸을 일으켜 남자를 보았다.

"제기랄, 사람은 무섭지 않고 마패만 무섭구나."

이렇게 투덜거리다가 근엄하게 말을 이었다.

"오늘 나는 당신의 아내 덕에 목숨을 건졌소. 만일 당신의 아내가 실로 행하기 어려운 자선을 베풀지 않았다면 나는 죽음을 면할 수가 없었을 것이오. 그러나 당신의 행패는 너무 극심했소. 전후 사정을 알아보지도 않고 그렇게 사람을 때리는 법이 어디에 있소. 무고한 사람을 때린 죄, 당장 벌을 주어야 마땅하지만 당신 아내의 은혜 때문에 오늘은 그만 물러가겠소. 집에서 근신하고 기다리시오.”

박어사는 이렇게 이르고 마을을 떠났다.

“아이고야, 이젠 죽었다.”

암행어사를 때린 남편으로서는 지옥문을 눈 앞에 둔 사람의 심정일 수밖에 없었다. 앞으로 닥칠 일에 대한 걱정 때문에 밥도 먹을 수 없고, 잠도 제대로 자지 못했다.

며칠이 지난 후, 관아에서 출두 명령이 왔다. 두 부부가 벌벌 떨며 동헌에 나아가니, 감사와 함께 나란히 앉아 있던 박어사가 부드럽게 남편을 타이른 후에 이렇게 덧붙였다.

“부디 아내를 아끼고 사랑해 주시오. 생명을 구해준 은혜에 보답코자 얼마간의 전답을 준비하였으니 행복하게 사시오.”

두 부부는 땅문서를 받고 감격하여 돌아갔다.

이런 일이 있고부터 그 고개를 ‘금비령’이라 하고, 준비 없는 사람은 아예 그 산을 넘지 말 것을 경고하였다.

영원히 저주받은 여인의 전설

길고도. 무거운 여름해가 저물고 있었다. 석양에 물들기 시작하는 서쪽 하늘을 바라본 도편수 둘목〔二木〕은 작업에 열중인 목수들을 향해 소리쳤다.

"자, 그만들 하게."

십여 명에 달하는 목수들은 일손을 놓고 둘목의 곁으로 어스렁거리며 모여들었다.

"오늘 날씨 한번 무섭게 덥다!"

"그래, 내 평생 이런 무더위는 처음이야. 종일 사람을 쥐여 주더군 그래?"

"땀을 한 서 말이나 홀렸을 것 같은데……."

"목은 너무 칼칼하고……."

목수들은 이런 말을 주고받으며 둘목의 눈치를 살폈다.

'후후, 술 한잔 생각이 간절하단 말이렷다?'

목수들의 마음을 읽은 둘목은 웃으면서 이렇게 말했다.

"좋습니다, 오늘은 제가 한잔 사겠습니다."

도편수 둘목의 말에 목수들은 모두들 좋아라 했다.

"어서 몸을 씻고 마을로 내려갑시다."

산계곡에서 훌훌 옷을 벗고 땀에 절은 몸을 씻은 목수들은 콧노래를 부르며 마을의 주막으로 내려갔다.

때는 고구려 소수림왕 11년(381), 아도화상(阿道和尙)이 강화도 정족산(鼎足山)에 절터를 잡고 나라에서 유명한 목수들을 불러 모아 절을 창건했다.

당시 나라 최고의 도편수는 최목(最木)이라고 일컫는 사람이었다. '최고의 목수'라는 뜻에서 그렇게 불렀는데, 둘목은 그의 수제자였다. 나라에서 둘째 가는 목수라고 해서 부르기 시작한 것이 나중에는 이름으로 굳어져 버린 것이다.

목수들은 고향에 가족을 두고 객지, 그것도 산중에 모인 사람들이기 때문에, 일이 끝나면 한잔 술로 객고를 달래는 것이 하루의 유일한 낙이었다.

둘목은 어려서부터 절 공사에 잔뼈가 굵은 관계로 불심(佛心)이 깊었다. 아침 저녁으로 목욕재계하고, 톱질이나 대패질 한 번에도 온 정성을 다했다.

"애야, 도편수 어른이시다. 인사 올려라."

늙은 주모가 새로 온 젊은 작부를 둘목에게 인사시켰다. 보니, 꽤 깜찍하고 귀염성 있는 얼굴이었다. 나이는 스물을 갓 넘긴 듯했고, 옷을 입은 맵시도 고왔다.

"너 참 귀엽게 생겼다. 자, 이리 가까이 와서 너도 한 잔

마셔라."

"호호호……. 고맙사와이다, 나으리!"

작부는 간드러진 웃음과 함께 조금도 주저하지 않고 술잔을 들이켰다. 그리고 둘목에게 술을 권했다.

"나으리께서도 소녀의 술을 한잔 받으십시오."

"암, 받고 말고! 잔이 철철 넘치도록 따라라."

술이 거나해진 둘목의 눈에는 젊은 작부가 더없이 예쁘고 아름답게 보였다.

"너의 손이 참 곱기도 하다. 섬섬옥수라는 말이 있는데, 바로 너와 같은 손을 두고 하는 말인가 보구나. 이 거칠고 억센 손과는 도저히 비교도 할 수 없구나 그래!"

살며시 작부의 손을 잡고 부드럽게 어루만졌다.

"호호……, 나으리의 손이야말로 보배로운 손이 아니옵니까?"

"보배로운 손? 거 별소릴 다 들어 보겠구나!"

작부는 둘목의 손을 소중한 보물이라도 되는 양 두 손으로 감싸고 이렇게 아양을 떨었다.

"이 손으로 성스러운 대웅전을 짓고 계시니 보배스럽지 않습니까? 소녀같이 천한 손은 비할 바가 아니지요."

작부가 입이 마르도록 극찬을 하면서 거친 손을 만져주자, 둘목은 그만 꿈인지 생시인지 분간을 못할 정도로 기분이 들떴다.

작부는, 나이가 아직 젊은데도 남자를 호리는 재주만큼은 노기가 다 되어 있었다.

"호호호……. 소녀는 나으리를 처음 본 순간 숨이 턱하고 막혀 꼭 죽는 줄 알았사옵니다.”

“그건 무슨 말이냐?”

“호호, 소녀가 오래 전부터 꿈에 그리던 님의 모습이 꼭 나으리 같은 분이었사옵니다.”

“오, 그게 정말이냐?”

돌목은 황홀하여 넋이 반쯤 빠졌다.

“어찌 그런 말을 거짓으로 아뢸 수 있겠사옵니까?”

작부는 돌목의 곁으로 더욱 가까이 다가앉으며 갖은 애교를 다 떨었다.

“하하…… . 오늘은 참 좋다. 자, 맘껏 마십시다.”

돌목은 목수들과 함께 즐겁게 마시고, 맘껏 취했다.

밤이 깊어 계산을 끝내고 나올 때였다. 작부가 슬며시 따라나와 돌목의 귀에 바싹 입을 대고 이렇게 속삭였다.

“내일밤에는 혼자 오십시오. 꼭요!”

작부의 교태로운 이 말은 돌목의 마음을 완전히 흔들어 놓고 말았다.

다음날 일이 끝나자 돌목은 어떤 거역할 수 없는 힘에 이끌린 사람처럼 혼자 주막으로 향했다.

“어머나, 나으리! 아침부터 지금까지 하루 종일 눈이 빠져라 하고 기다렸는데, 왜 이제서야 오셨사옵니까? 밉사옵니다! 호호호…… .”

작부는 달콤하고 유혹적인 말로써 돌목의 마음을 흐물흐물하도록 녹였다.

“나으리, 공사는 얼마나 걸리나요?”

“음, 앞으로 서너 해는 족히 걸릴 것이다. 한데 그건 왜

묻느냐?"

"소녀가 나으리를 얼마간이나 모실 수 있나 알고 싶어서 그런 것입니다."

"그래?"

둘목은 새삼 감격하여 말을 이었다.

"너는 정말 내가 좋으냐?"

"그러하옵니다. 소녀는 이제 나으리를 하루라도 뵙지 못하면 견딜 수가 없을 것이옵니다."

"허, 그렇게까지……?"

"그런데 소녀가 어찌 귀하신 나으리를 매일 뵐 수 있겠습니까?"

이 말에 둘목은 손을 내저으며 급히 입을 열었다.

"아, 아니다! 네 마음이 그러하다면 나는 매일밤 너를 찾아오겠다."

"정녕 그 말씀을 믿어도 되옵니까?"

"믿어라. 나는 약속 하나는 잘 지키는 사람이다."

둘목은 작부의 손을 잡고 살며시 끌어당겼다. 그런데 작부는 곱게 눈을 흘기며 손을 빼려고 했다.

"나으리, 너무 급하시옵니다. 오늘은 밤이 너무 늦었으니 그만 돌아가옵소서. 소녀가 나으리를 모실 날이 오늘만이 아니잖습니까?"

"하긴……, 네 말이 맞다. 오늘만 날이 아니지."

만취하여 주막을 나온 둘목은 다음날도, 그 다음날도 거르지 않고 주막을 찾아가 곤드레가 되도록 술을 마셨다. 그러나 작부는 매일밤 둘목의 애간장만 태우게 할 뿐 쉽게 정을 주지 않았다.

둘목이 바싹바싹 애간장을 태울수록 신나는 것은 주막집 늙은 주모였다.

"히히히……. 멍청한 목수 녀석, 오늘도 돈만 뿌리고 돌아갔구나!"

희희낙락하던 주모는 젊은 작부에게 말했다.

"애야, 그렇게 멍청한 봉도 드물어. 그런 봉은 야금야금 뜯어먹는 게야. 그러기 위해서는 절대로 정을 줘서는 안 돼! 정을 주는 날이면 그날로 돈벌기는 틀린 게야. 내 말 알겠어?"

"호호호, 그런 걱정일랑 붙들어 매셔요."

어리석은 것은 작부의 순정을 기대하는 사내들이다. 웃음을 파는 작부들에게 순정을 기대하기보다는 차라리 악마에게 선행을 기대하는 것이 더 낫다.

그런데도 어리석을만치 순정적인 둘목은 작부의 순정을 믿었다. 애간장을 태우면서도 하루도 빠지지 않고 술에 취했다.

"둘목이 그 여우한테 미쳐도 단단히 미쳤어!"

"허, 그 성실한 사람이 어쩌다가……."

"돈도 돈이지만, 매일 마셔대니 몸이 무쇠라도 견디겠어?"

"아무리 충고해도 쇠귀에 경 읽기이니……."

목수들은 모였다 하면 이렇게 걱정했다. 그동안 수십 차례 말리기도 하고, 뼈 아픈 충고도 했지만 소용이 없었다.

둘목의 얼굴은 날이 갈수록 초췌해졌다. 그런 모습을 본 작부는 일말의 가책을 느꼈는지, 아니면 연민의 정을 느끼는지 마음이 흔들리기 시작했다.

"아무래도 이제 도편수에게 정을 줘야 할까 봐요."

작부의 이 말에 늙은 주모는 화들짝 놀랐다.

"그게 무슨 소리냐? 그 멍청한 목수 녀석 때문에 돈벌이가 쏠쏠한데, 제발로 그걸 차버리겠다는 게야?"

"돈벌이고 뭐고 더 이상 그 순진한 사람을 괴롭히는 것이 죄스러워요."

"쯧쯧, 큰소리 탕탕 치더니 어느새 정이 든 모양이구나?"

"아닌게 아니라 정도 들만치 들었어요."

"그러나 안 된다. 돈도 돈이지만, 석수가 알면 널 그냥 둘 것 같으냐?"

순간 작부의 얼굴이 하얗게 질렸다. 뱃사람 석수와는 오래 전부터 정을 통해온 사이였다. 두 사람은 돈을 벌면 육지로 나가 살자고 철석같이 맹세한 사이였다.

세월은 흘러 대웅전 불사도 어느덧 마무리 단계에 이르렀다. 공사비로 많은 돈을 받았건만, 도편수 둘목에겐 동전 한닢 없었다.

그러던 어느 날, 날이 저물어 주막으로 가면서 둘목은 생각했다.

"오늘은 끝장을 내고 말리라!"

그런데 주막집에 도착해 보니 작부가 보이지 않았다.

"주모, 색시는 어딜 갔기에 보이지 않소?"

"어? 도편수 어르신을 뵈러 간다고 나갔는데……. 길이

엇갈렸나 보군요?"

"나를 만난다고 갔다고요? 언제요?"

"한참 지났…….."

주모는 말꼬리를 흐리며 무슨 생각을 하는 듯했다. 그러다가 갑자기 목청을 높였다.

"아니 그럼, 그년이 혹시 석수 녀석하고 줄행랑을 친 게 아냐?"

이미 나룻배를 마련하여 석수와 육지로 도망간 줄 뻔히 알면서 주모는 딴전을 피우고 있었다.

"아니, 줄행랑이라뇨?"

둘목은 하늘이 무너져내리는 듯한 충격을 받았다.

"아, 글쎄 고것이……! 사나흘 전부터 어쩨 수상쩍다 싶더니 석수놈하고 도망쳤나 봅니다. 천벌을 받을 년!"

"이런 죽일……!"

둘목은 술상을 박차고 밖으로 뛰어나와 미친듯이 달렸다.

"으아악! 아어으흥……!"

그의 분노한 울부짖음이 온 섬을 들썩거리게 했다.

하늘엔 별들이 어제와 다름없이 여전히 반짝였고, 바닷바람 역시 무심히 스쳐가고 있었다.

그러나 오직 도편수 둘목의 마음만 천갈래 만갈래 찢어질 듯했다. 먹지도 않고 한마디 말도 없이 몇날 몇밤을 지새운 둘목은 다시 일을 시작했다.

그가 일을 시작하여 깎은 것은 목각 여인상 네 개였다. 그것을 법당 네 귀퉁이 추녀 밑에 넣고는 무거운 지붕을 받들게 했다.

　장식 수법이 화려한 전등사 대웅전(보물 제178호) 네 귀퉁이 용마루 밑에는 지금도 네 개의 여인상이 마치 벌을 서는 형상으로 무거운 추녀를 이고 있다.

스님과 여인

"휘이윙, 휘이이윙……!"

동지섣달 초저녁, 눈발을 가득 머금고 몰아치는 매서운
바람소리가 귓청을 찢어대는 듯했다. 그 바람은 날카롭게
날을 세우고 앙상한 나뭇가지를 싹싹 깎으면서 지나갔다.

눈빛으로 희끄무레한 들판은 인적하나 찾아볼 수가 없을
만큼 휘휘했다. 순식간에 쌓인 눈은 무릎까지 푹푹 빠졌다.

"휴우, 눈 한번 무섭게 오는군!"

몰아치는 눈보라 속을 헤치고 힘겹게 걸어가는 사람은
노스님이었다. 편삼(偏衫)을 잔뜩 끌어올려 머리와 귀를 감
싸고 있었지만, 뼛속까지 찌르고 드는 추위를 피할 길이 없
었다.

"나무아미타불 관세음보살……."

노스님은 열심히 염불을 외우며 한걸음 한걸음 전진

했다.

이 노스님은 황룡사의 정수(正秀)스님이었다. 삼랑사에 볼일이 있어 다녀오는 길인데, 갑작스런 눈보라를 만난 것이었다.

필사의 힘을 다해 가파른 고개를 넘으니 저멀리 깜빡거리는 불빛이 하나 보였다. 천엄사였다.

"휴우, 더 이상 가다가는 얼어 죽고 말겠다. 천엄사에서 하룻밤 묵고 가는 수밖에."

정수스님은 고갯마루에서 잠시 걸음을 멈추고 혼자말로 중얼거렸다. 거센 눈보라가 스님의 얼굴을 때렸다.

"어서 가자!"

스님이 얼마쯤 고갯길을 내려왔을 때, 발길에 뭔가 뭉클한 느낌으로 채이는 것이 있었다.

"엉?"

눈을 크게 뜨고 자세히 들여다보니 검은 고양이였다.

"이놈 나비야! 어쩌자고 이런 데 있느냐?"

스님이 앉아서 머리를 쓰다듬어 주자 고양이는 음산한 소리로 울어댔다.

"얼어 죽기 전에 어서 네 집을 찾아 가거라!"

이렇게 타이른 후에 걸음을 옮겼다.

"이야옹, 이야옹!"

고양이가 스님의 뒤를 따라왔다.

"이놈아, 네 집으로 가래도!"

스님은 주장자를 휘둘러 고양이를 쫓았다. 그러나 고양이는 달아나려 하지 않았다.

"허허, 고놈!"

스님은 고양이를 품에 안고 부지런히 걸음을 옮겼다.

"응애……, 응애……!"

천엄사 가까이에 도착했을 때였다. 매서운 바람결에 실려오는 소리가 있었다.

"이게 무슨 소리이지?"

스님은 잠시 걸음을 멈추고 그 소리에 귀를 기울였다.

"휘이윙, 휘이이윙……!"

바람소리뿐이었다.

"바람소리였나?"

이때 또 희미한 소리가 들렸다.

"응애……, 응애……!"

바람결에 들리는 소리는 아기 울음소리였다. 품에 안고 있는 고양이 소린가 싶어 귀를 기울였으나 분명 아기 울음소리였다.

"괴이한 일이로구나! 이 눈보라 속에 아기 울음소리라니?"

사방을 둘러보았으나 인가라곤 보이질 않았다. 정수스님은 주장자에 몸을 의지하고 서서 다시 귀를 기울였으나 찬바람이 귓전을 때릴 뿐이었다.

"내가 잘못 들었나?"

눈발 속에 천엄사의 모습이 보였다. 스님이 막 천엄사의 담을 끼고 돌아 대문 앞을 지나려는데, 절 담장 밖에서 끊어질 듯 끊어질 듯 이어지는 탈진한 아기 울음소리가 들렸다.

"어? 이 무엇꼬?"

스님은 품에 안은 고양이를 던지듯 내려놓고 다가갔다.
피비린내가 진동했다.

"으잉!"

스님의 두 눈은 왕방울만큼이나 커졌다. 금방 해산을 했
는지, 흰눈을 붉은 피로 물들인 채 실신한 여인이 아기의
탯줄을 쥐고 있었다.

"어째 이런 일이……!"

스님은 황급히 이로 물어뜯어 아기의 탯줄을 끊고는 대
문을 쾅쾅 두들겼다.

"문을 열어라! 어서 문을 열어라!"

그러나 거센 바람소리와 눈보라 때문인지 안에서는 아무
인기척이 없었다.

"이놈들이 귀가 먹었나!"

당황한 스님은 더욱 크게 소리를 지르며 쾅쾅 난폭스럽
게 대문을 두들겼다. 그래도 대문은 열릴 줄을 몰랐다.

"허어……!"

정신없이 대문을 두들겨대던 스님은 문득 산모와 아기를
보았다. 그대로 두었다가는 꼭 죽을 것만 같았다. 재빨리
돌아서 아기를 품에 안았다.

"허, 얼음덩이가 다 됐어!"

여인의 엷은 치마에 감긴 아이의 몸은 꽁꽁 얼고 새파랗
게 질려 있었다. 스님은 호호 입김을 아이의 몸에 내뿜으면
서 손으로 문지르기 시작했다.

"응애, 응애!"

한참을 문지르다 보니 아기의 얼었던 몸이 풀리는가 싶
더니 울음소리에도 생기가 돌았다.

"나무아미타불 관세음보살⋯⋯."

스님은 그제서야 산모를 보았다.

"여보시오! 정신을 차려요!"

허리를 굽혀 여인을 흔들었으나 말은 커녕 신음소리도
없었다. 알몸으로 동태처럼 얼어 있었다.

"허, 큰일났군!"

스님은 얼어붙은 여인의 몸을 주무르기 시작했다. 자신
이 출가사문이란 것도 잊은 채, 오직 꺼져가는 생명을 살려
야 한다는 일념으로 염불을 하면서 여인의 전신을 주물
렀다.

"후우, 후우, 후우⋯⋯."

정수스님은 여인의 코와 이마, 그리고 뺨을 문지르며 자
신의 입김을 계속 불어넣었다. 그러는 도중 아기는 품 속에
서 새근새근 잠이 들었다.

"흠, 이런 와중에서도⋯⋯."

장삼을 벗어 아기를 감싸 여인 옆에 눕혔다.

"나무아미타불 관세음보살⋯⋯."

일심으로 염불을 외우면서 여인의 몸 구석구석을 문지르
고 주물렀다.

"으음⋯⋯."

팔목이 시큰하게 아려올 때, 마침내 여인의 입에서 가
느다란 신음소리가 터졌다.

"휴우⋯⋯!"

정수스님은 자신도 모르게 긴 한숨을 토해내며 이마에 맺힌 땀을 손등으로 닦았다. 그 혹독한 추위 속에서도 스님의 온몸은 땀으로 흠씬 젖어 있었다.

"아함……!"

스님은 갑자기 피로를 느꼈다. 자신도 모르게 연거푸 긴 하품을 했다. 나른한 졸음이 밀려들었다.

"나무아미타불 관세음보살……."

밀려드는 피로와 졸음을 쫓으려고 더 빨리 염불을 외우며 소복이 쌓인 눈 속에 얼굴을 파묻었다. 그러자 한결 정신이 들었다.

"허어……."

순간 스님은 자기 본위치로 돌아왔다. 여인의 풍만한 가슴을 의식하면서 얼굴을 살폈다. 악취가 코를 찌르는 거지 여인이었다.

"부처님, 이 가련한 여인과 아기에게 가피를……."

이렇게 중얼거리며 다시 여인의 몸을 비비기 시작했다. 그러다가 무슨 생각을 했던지, 갑자기 자리에서 일어나 거침없이 바지와 저고리를 벗어 여인에게 입혔다.

벌거숭이가 된 스님은 체력의 한계를 느낄 때까지 여인의 몸을 비비고 주물렀다. 얼마나 정성을 다했는지 추위를 느낄 겨를도 없었다.

얼마나 시간이 흘렀을까! 이제는 그토록 매섭게 몰아치던 바람도 잠잠해졌고, 눈발도 그쳤다.

"으음……!"

신음을 토해내던 여인은 가늘게 눈을 떴다.

"정신 차려요!"

정수스님은 여인의 뺨을 세차게 때렸다.

"악!"

비명과 함께 여인이 깨어났다.

"여보, 보살님! 이제 정신이 드시오?"

"스님, 스님께서 저를 살려……. 그런데 아기는……?"

여인은 눈물을 흘리며 말을 잇지 못했다. 스님은 빙그레 웃으며 여인의 눈물을 닦아주었다.

"염려 마시오. 아기는 잘 자고 있소. 그런데 어인 일로 이 산골까지……?"

"흑……!"

여인은 울음을 터뜨리며 간신히 말을 이었다.

"아기 낳을 곳이 없어 천엄사를 찾아오다 그만……. 본의 아니게 스님께 큰 폐를 끼쳤습니다. 정말 죄송하옵니다."

"나무관세음보살……."

정수스님은 염불을 외우며 살며시 고개를 저었다.

"살아났으니 다행이오. 나는 갈 길이 멀어 이만 가봐야겠소. 보살님은 어서 민가를 찾아가도록 하시오."

"……."

정수스님은 이렇게 말하고 성큼 걸음을 옮겼다.

"스님, 잠깐만요!"

여인이 부르는 소리에 스님은 걸음을 멈추고 고개를 돌렸다.

"스님, 옷을 입고 가셔야지요. 이 눈 속에 어찌하시려고 그냥 가시옵니까?"

스님은 손사래를 치며 말했다.

"아니오. 나는 살 만큼 살았소. 그러니 염려 말고 아기나 잘 보살피도록 하십시오. 나무관세음보살……."

정수스님은 벌거벗은 채 염불을 외우며 황룡사로 향했다.

"어, 춥다!"

무릎까지 푹푹 빠지는 눈밭을 걸어 가까스로 황룡사에 이르렀을 때 스님은 혼수상태에 빠지기 시작했다. 스님은 절 문을 두들기려고 팔을 들었으나 팔이 말을 듣지 않았다. 몸에 있는 힘이 썰물처럼 빠져나가 그 자리에 털썩 쓰러지고 말았다.

'일어나야 한다.'

안간힘을 쓰며 다시 일어나려고 했으나 몸이 천근이나 되는듯 꼼짝할 수가 없었다.

"야옹, 야옹!"

그때까지 계속 스님의 뒤를 따라온 고양이가 쓰러진 스님의 품 속을 파고들었다.

'그래, 힘을 내자!'

스님은 고양이를 끌어안았다 놓더니 엉금엉금 기기 시작했다. 고양이가 스님의 뒤를 따랐다. 일주문을 돌아 헛간으로 찾아든 스님은 거적을 몸에 감고 고양이와 함께 누웠다.

정수스님은 고양이의 따뜻한 체온을 느끼며 깊은 잠 속에 빠져들었다.

이튿날 날이 밝자, 스님의 이야기는 서라벌 장안에 퍼졌다. 이 소문을 들은 애장왕(哀莊王)이 정수스님을 불러

국사로 봉했다. 훗날 사람들은 스님을 관음보살의 화현으
로 믿었다.